离当年梦想有多远

崔干行 著

南方日报出版社
NANFANG DAILY PRESS
中国·广州

图书在版编目（CIP）数据

离当年梦想有多远 / 崔干行著. — 广州 ：南方日报出版社，2015.5
ISBN 978-7-5491-0933-3

Ⅰ. ①离… Ⅱ. ①崔… Ⅲ. ①日记—作品集—中国—当代②书信集—中国—当代 Ⅳ. ①I267.5

中国版本图书馆 CIP 数据核字(2015)第 104156 号

LI DANGNIAN MENGXIANG YOU DUOYUAN
离当年梦想有多远

著　　者：崔干行
出版发行：南方日报出版社
地　　址：广州市广州大道中 289 号
责任编辑：刘志一
装帧设计：肖晓文
责任技编：王　兰
责任校对：阮昌汉
经　　销：全国新华书店
印　　刷：广东信源彩色印务有限公司
开　　本：889mm×1194mm　1/16
印　　张：14.75
字　　数：220 千字
版　　次：2015 年 5 月第 1 版
印　　次：2015 年 5 月第 1 次印刷
定　　价：35.00 元

投稿热线：（020）87373998-8503　读者热线：（020）87373998-8502

网址：http://www.nanfangdaily.com.cn/press　http://www.southcn.com/ebook

目录

CONTENTS

前言　留下历史

摆放在读者面前的是一本历史书。

当然，也许你会说，不，这只是一本回忆录。

我不大喜欢“回忆录”的提法，因为“回忆”总是会受到生理和心理的影响，很难避免对内容的重新构建，从而使作品的价值打上折扣。而实际上，这本书尽管也有不少内容是通过“回忆”取得的，但主要的依据是史料。

第一章“九十九天”，主题“虔诚”与“毅力”，是依据我1966年从广州徒步（串联）99天到达北京的日记写成的。在日记中，我用具有“时代气息”的文字记录下沿途所见、所闻、所想。

第二章“血与火”，主题“叛逆”与“反思”，是依据我1968年主编的近15万字的《广州二中红卫兵大事记》写成的。广州二中（我高中时就读的学校）是干部子弟比较多的学校，我所记述的是一支以干部子弟为主体的反对“血统论”和反对武斗的红卫兵。

第三章“海南岁月”，主题“迷惘”与“责任”，收入我1968年代表35位红卫兵写给省市领导的上山下乡申请书。广州二中上百知青赴海南农场和北京中学55位知青首批赴云南西双版纳遥相呼应。在“后知青时代”一节，写的是我在中学和大学任职期间经历的若干件“大事”和“小事”。当然，记录下来的“事”都是有“意义”又有意思的。

第四章“家与国”，主题“磨难”与“希望”，内含我弟弟1974年在农场九年后偷渡澳门和香港，到达目的地后写回来的第一封信，详述偷渡经过；以及广州三中（我初中时就读的学校）几位同班同学回忆当年因家庭成分问题导致考不上高中从而面临的困境。此外，还包含我舅父叶佩弦（中国科学院物理研究所研究员）写的若干篇回忆20世纪40年代和50年代在广东乡间生活的散文，从中我们也可以看到我的外祖父（20世纪20年代到30年代先后担任广东省新兴县、开平县县长）和外叔祖父（中华人民共和国第一任对外贸易部部长）之间看似奇特但又很正常的关系，也可以说这种“关系”体现出“不曾破裂的国共合作”。

是不是可以这样说呢，与共和国一起成长的一代人为实现梦想的曲折经历（包括肉体和心灵上的种种创伤），无论对他们自己还是对下一代都可能是一笔无形的财富。

把几十年前的事情写下来，目的只有一个，留下历史。为了尊重历史，在使用当年的日记、笔记、书信时，我都遵循一条原则：对文字只删不改。也就是说，把没有必要公之于众的内容删掉（人名用××代替），但绝对不改动，不增加。错别字或病句也原文照录，只是对影响阅读之处做了说明。标点符号倒是有小小改动，尽量规范（总得要为读者着想一下吧）。

亲爱的读者，当你有兴趣、有耐心读完这本书后，请你告诉我，我当年的梦想实现了吗？或者说，我离当年的梦想有多远？

第一章　九十九天

第一节　成了“人物”

2001年9月，暑热未退，我带广州大学中文系十多位师范专业学生到广州市第七十九中学实习。七十九中是一所“麻雀学校”，但校园整洁，往南不远处就是珠江。

想不到竟然遇上一件麻烦事。

这天上午第三节，轮到女学生雯上课。铃声响了，雯还没有出现。有同学说，刚才看见她进了洗手间，但叫她也不回应。没办法，怕出意外，只得让一个女同学进去找她。但雯不肯进课室。我们说了一些安慰的话，让同学送她回家，鼓励她明天再来上课。

到了第二天，快到上课时候，雯还是没有出现。打电话到雯家里，家里也很焦急，说她一早就出门了。我们派同学去找，看见她在车站旁边发呆。

第三天，我和另一位老师到雯家里。她躲在房间怎么也不肯出来。她的老父亲对我们说，雯读大一时体育不及格，心想反正都不能毕业了，所以也没有信心实习。

我们开导雯。又过了两天，勉强把她“扶”上了讲台。

雯是一个内秀的女孩子，她没有意识到自己的情感意志出现了问题；而雨也是中文系的女学生，也挺文静的，她坦承自己有“心理障碍”。

如果按正常状态走过来，1999年雨就毕业了，但她没有这样“走”，大三时申请退学。我和她父母都觉得可惜。的确，雨学习比较吃力，好多门课亮红灯，但毕竟大三了，学的是文科，文字水平还挺不错。雨对我说：“没有办法，我就是走不进学校那道大门。一走近那道大门，我的头就痛得要死。”

真是“疑心多病症”。以后几年，这种尴尬事竟然一再出现。

2006年11月8日，《南方都市报》在《广州新闻•人物》版用将近两个版面登载了我40年前“徒步99天赴京串联”的“口述实录”，并刊登了我在南方都市报编辑部“重新戴上当年的东方红长征队袖章”的照片。之后，我的一位初中女同学打来电话：“你真应该给我们的孩子说说这段‘长征’，他们缺乏毅力，太脆弱了。”

我没有想到，“尘封”40年的那段历史还会引起这样的“效应”（之所以说“尘封”，是因为我从来都没有在公众场合提过这件事）。的确，每一代人都有他们独特的精神气质和生活方式，我们的下一代生活在与我们完全不同的环境里，他们有他们的优点，也有他们的缺点。所以，我愿意再次话当年，和同辈及晚辈们共同分享我人生中那段经历。

当然，多年以后，我才知道，所谓缺乏“毅力”，所谓“脆弱”，有的其实是一种病态，那就不是简单的“说说”可以解决问题的了。

我和另外两位同学是1966年11月7日启程徒步“赴京串联”的。这时离“文化大革命”开始的标志性事件“五一六”通知发表将近6个月。当时，我们是广州市第二中学高二（4）班学生，在经历了对学校党支部、工作组“造反”，以及到社会“破四旧”这样的“革命活动”后，进入了大串联阶段。“大串联”主要在大中学生之间进行：到“兄弟学校”参观大字报，了解“革命造反”信息，并宣讲自己学校的经验，正如毛泽东主席1966年12月26日的一次谈话所说，“大串连使全国革命连成一片”（见《毛泽东年谱》，中共中央文献研究室编，中央文献出版社2013年版）。而从“八一八”（1966年8月18日）开始，毛泽东主席已经连续六次接见“红卫兵”和“革命师生”，大家也就都把上北京接受伟大领袖检阅看作串联的一项重要任务，也是最大的荣誉和幸福。

但我们没有“资格”，因为我们的“出身”不是“红五类”。所谓“红五类”，“即家庭出身为工人、贫下中农、革命干部、革命军人和革命知识分子的子女”（见《中华人民共和国史1966—1976》，郑谦、张化著，人民出版社2010年版），也有用“革命烈士”取代“革命知识分子”的。和“红五类”相对应的是“黑五类”。“黑五类”指的是家庭出身为地主、富农、反革命分子、坏分子和右派分子的子女。后来，不知不觉间，加上了资本家和“黑帮”，成了“黑七类”。再后来，又不知不觉间，去掉了资本家和“黑帮”，加上叛徒、特务、走资本主义道路当权派和知识分子，成了“黑九类”（这下子，该知道为什么“文革”期间有一段时间老师被称呼为“臭老九”了吧）。有兴趣的读者，不妨对“不知不觉间”做一点研究，弄清来龙去脉。

“上北京”有政策。中共中央、国务院1966年9月5日发出了一个《关于组织外地高等学校革命师生、中等学校革命学生代表和革命教职工代表来北京参观文化大革命运动的通知》（以下简称《通知》）。《通知》明确：“外地中等学校[包括全日制和半工（农）半读中等专业学校及普通中学]按每十名学生选出革命学生代表一人；教职工按每一百名学生选出革命教职工代表一人参加。”《通知》明确，“来京参观一律免费乘坐火车”，“到京后的伙食、住宿由北京市负责安排”。这里有两个硬件，一是十里挑一，二是“革命”。前者是比例，后者是标准。根据“比例”，我远未能达到这个“标准”。

一天晚上，我和同班同学翟广雄在广州二中礼堂聊天。广雄个子不高，文静，戴副深度近视眼镜。他望着窗外的夜空，感慨地说：“要能到北京多好啊！”

广州二中礼堂在教学楼三楼。我们班的课室就在礼堂靠右面。教学楼外侧是“在毛泽东旗帜下前进”九个大字。今天能见证岁月的不多了，只有枝叶繁密的大榕树，以及挂在树丫上那口铁钟。礼堂那座木地板舞台也在21世纪初“改头换面”，它曾经是红卫兵大辩论的“阵地”，20世纪90年代又上演过话剧《雷雨》。

我想起《人民日报》1966年10月22日发表的一篇题为《红卫兵不怕远征难》的社论。社论说“不坐火车汽车，徒步行军进行大串联，这又是一很有意义的创举”，“希望各地的革命学生，在自愿和可能的条件下，也这样做”。社论发表的背景是当时国内交通因为串联已拥挤不堪，而大连海运学院15名学生经历近一个月的艰辛，行程两千余里，到达北京。

我说：“我们也走路去吧。”

我的提议得到广雄赞同。那一年我19岁，广雄18岁。

过了两天，同班同学刘坚加入我们的队伍。刘坚身材轻巧，是篮球场活跃分子，他父亲是二中老师。正所谓“人以群分”，我们三个的“家庭成分”都属不红不“黑”一类，没有资格佩戴“红卫兵”袖章，也没有资格坐火车串联。

说走就走，我们到广东省人委外地革命师生接待站取了一张1966年11月制作的“徒步行军路线示意图”。这幅图南起广州，东达上海，西至成都，北到北京；上面还特别标出延安、井冈山、遵义、瑞金、韶山等“革命圣地”。图上描绘了从广州到北京的铁路路线。有一段毛泽东主席语录：“大风大浪也不可怕。人类社会就是从大风大浪中发展起来的。”还有毛泽东的七律诗《长征》，“红军不怕远征难，万水千山只等闲”。

行装并不简单，每人背一个类似军队行军的背包，一个绿色军用水壶，好像还有一把小刀。路上都设有“接待站”，住的是大、中、小学因学生串联而空了的校舍，或各机关、团体腾出来的办公或储物的房间。一般没有床，只用一些稻草打地铺。一餐饭也就一角钱，但要交粮票。印象中，我母亲（姓叶名佩珊）前后给了我数十元路费用以“防身”。

除了另加说明，下面有关串联内容用上不同字体的都是出自当时写的日记。为了不造成阅读障碍，这些引文不再注明出处。不过，“广州到韶山”的记录，是“当时”写的，却不是“当日”写的。因为这一段内容是在韶山补写，用的是在韶山买的日记本。日记本封面枣红色，左上方由《毛泽东选集》和一支步枪组成图案，右下角是“民兵”两个字。扉页是一幅“首都民兵师”的阅兵照片，我在下方写上“1966年11月30日购于毛主席旧居韶山”。

第二节　从广州走到韶山

1966年11月7日。

今天我和朝东、刘坚同学组成长征队，响应毛主席的号召，开始了步行革命串连，向韶山、北京进发。

早8：05从广州市立体交叉出发，约12时多到达江村接待站。约3时出发，5时多到花县接待站。共走32公里（22，10）。

今天是第一天，所以心情是比较兴奋的，看到一切都感到新奇。但是由于行军开始，所以还是比较累的。虽然这样，我们还是顶住了第一个考验——花县车站工人劝我们上车的“好意”。

朝东就是广雄。朝东是他的“文革专用名”。之所以说是“专用名”，是由于“文革”结束后，不少同学又把名字改回来了（据广雄后来说，他这个名字没有“注册”，所以，我的日记可能是他的名字唯一一次被“正式”使用）。当时改名的同学不少，新名字一般都和“革命”有关，诸如卫东、反修、文革、红军。我倒没动过改名的念头，只是母亲见我的很多同学都改了，怕我也改一个“违背祖先意愿”的名字，于是对我说，你如果要改就把“行”字改为“衡”吧（粤语“步行”的“行”和“衡”同音）。不过我不为所动，觉得这样的“革命”毫无意义，也因而没有了以后复名的麻烦。

“共走32公里”，一般一个小时走5公里。“（22，10）”表示上午走了22公里，下午走了10公里。这里的“上午”指午饭前，“下午”指午饭后，不是标准的时间提法。

99篇日记中有20篇做了删节，共560个字。删节的内容包括四个方面。其一，“文化大革命”中的暴力语言。如“如果谁反对×××，就砸碎他的狗头”，“谁反对××××，谁就是反革命”，又如“把××老鳖打翻在地”（“老鳖”是某地对领导干部的一种侮辱性称呼）。其二，对某些长征队中某些事情的记叙和评论。如“今天看他开始认为乌龙泉没接待站时苦起脸，简直不愿走，而一知有饭吃，又兴奋”，本来是很正常的一种心态，但已经不清楚这个“他”是谁，又怕引起误会，也省略了。其三，没有必要公开的人名和事件。如“×××今天被红卫兵从广东揪回武汉了”。在大串联途中，这样的新闻司空见惯，也难免会写在日记上。有些人名会采用半“公开”的略去方式，即用××表示。其四，有的文字表述不清，已没有办法“考证”。如评论某个有关“长征队”的建议时，认为“长征队应有一定人数，三人确是困难”。这样的文字可以说是不知所云。此外，有的文字显得累赘，如“所以心情是比较兴奋的”，按照今天的写作习惯，我会写成“所以心情比较兴奋”，但出于尊重历史，也尊重当时的自己，就不改动了。“串连”和“串联”的混写也不作统一。但有两种情况，则不得不改。其一，标点符号做了一些“手脚”，因为当时有不少用的是“实心号”（只是笔尖一点）；又如“8：05”也就是8点零5分，在日记上是写成“8.05”的。其二，有些不规范的“简体字”改了过来，如果不改过来，也就没办法排版、打印了。略去的人名、错别字及辨认不清的字，均在字或“××”后用括号加“注”说明。

记不得为什么要选择11月7日这一天。也许是纪念“俄国十月革命”吧。

这里说的“立体交叉”在广州越秀公园北面，是我国第一座城市道路立交桥。越秀公园有明代建筑镇海楼（五层楼）和中山纪念碑。顺着纪念碑前的百步梯南下，经过“孙中山读书治事处”，到达南门（南门正对中山纪念堂），再往东走大约百米，就是我们的二中了。

“车站”指的是火车站，“上车”是上火车。我们是沿着铁路走的，这样比较好认路。到北京的方式，既然出发前决定“徒步”，就不想反悔，所以拒绝了“好意”。

第一天走到的花县现在称花都，属广州一个区。花县是洪秀全故乡。当时的我们只能从课本上知道“太平天国是中国近代史上规模巨大的一次伟大的反封建反侵略的农民运动”，《天朝田亩制度》颁布的目的是想建立“有田同耕，有饭同食，有衣同穿，有钱同使，无处不均匀，无人不饱暖”的理想社会，而不可能知道洪秀全和太平天国的“另一面”。

接下来，我在回忆这段史实时列了很多数字，目的要说明我们是一步一个脚印到达目的地的。这样写可能很枯燥，但当时沿着铁路走，本来就很枯燥；再加上“教徒”朝圣，三步一拜，有闲心欣赏路上风景吗？

第二天是更艰苦的一天，要么26，要么41。我们选择了后者。累得很，脚起了泡，到接待站时简直不愿动了。这时思想斗争是激烈的，只要一动摇，就会成为逃兵。我们还是顶住这考验，相信前途是光明的。

中午约2时到银盏坳，晚上7时多到源潭接待站，共走41公里（26，15）。

脚上的“泡”很痛，用针把它挑破后，会有水渗出来，然后贴上胶布，几天后，伤口结成厚茧，就不再痛了。

源潭属清远县。这里最有名的是“清远鸡”。广州人“无鸡不成宴”（特别“心仪”的是渗着血丝的白斩鸡），但自从出现“禽流感”，对鸡的“感情”就相当复杂了。

一个大城市中学生，出行第一天就走了32公里，第二天走了41公里，除毅力外，和生活环境与习惯形成也有很大关系。拿我自己来说吧，七岁读小学前就在中国人民银行广东省分行托儿所全托。这个托儿所的性质也就是幼儿园。我母亲在这间银行上班。

当时的具体情境基本都记不得了。幸运的是我保留了一张很珍贵的照片（听母亲说是在街上小摊档买的）。我们七位同学（应该是八位，有一位没有进入镜头）围坐在一张桌子上吃早餐。每人面前一个瓷碗，内盛的应该是粥或牛奶，手上都拿着一块饼干。

倒是有一件事印象比较深，斯大林逝世时，老师和学生都戴上黑纱，默哀，汽笛长鸣。

托儿所坐落在广州东山梅花村，每逢周六有专车接我们回到地处长堤的省人民银行。

我读小学一、二年级也是寄宿，学校是位于西村的广州师范学校附属小学。校园环境很“野”，印象中有不少蓖麻树，树上结有红红绿绿带刺的果；青绿的草地上，出没着鲁莽的草蜢和略显妩媚的纺织娘。晚上，宿舍外面的草丛有一闪一闪的萤火虫。也是周六回家，周日下午回学校。我当时住在西关十八甫新街，离学校不算近。有一次下雨，我和住同一栋楼的一位比我高一级的女同学一起坐一辆人力三轮车回校。这种三轮车俗称荷包车，车靠背座上安有一个活动的半圆形的车篷，前面还有一块挡雨的帘子。

学校生活平静。有一天，我们到班主任罗老师的办公室玩。大家轮流唱歌。我唱的是："公鸡好汉子，大红的冠子，金黄的爪子，油亮的脖子。出来瞧一瞧，给你吃豆子。出来瞧一瞧，给你吃豆子。"唱歌时的角色应该是狡猾的狐狸吧。

还很清楚地记得一年级《语文》开头的几篇课文。第一课的题目是《开学》，课文就一句话："开学了。"后面三篇课文也都只有一句话："我们上学。""学校里同学很多。""老师教我们，我们要听老师的话。"都是大白话。

第3天，早上约8时出发，中午到旧横石，下午到黎洞接待站，只走34公里（23，11）。黎洞虽然简陋一些，但接待员是很热情的。

由于带的东西太多，所以我们在旧横石车站寄了一些回去。热情的列车员满足了我们的要求。

第4天，中午到波罗坑，晚上到英德接待站，共走35公里。

波罗坑接待站刚刚建立，所以中午吃饭是较困难的，但这已算不了什么，吃干粮，就睡在路边。

英德有我们当年十分崇敬的马口灭火英雄（和"马口灭火英雄"齐名的有广州市何济公制药厂的"救火女英雄"向秀丽，2009年她被中央宣传部等11个部门联合授予"100位新中国成立以来感动中国人物"称号）。1960年2月26日，马口造纸厂失火，相邻的硫铁矿领导组织灭火。当时报道13人牺牲，其中党员7人，团员6人。45年后"追寻故事"时发现，当年还有3位解除劳教人员和3位正在劳教人员献出生命。消息读后令人唏嘘。

第5天，中午到冬瓜铺，晚上到沙口，共走35公里。

第6天，中午到乌石接待站，晚上到马坝，共走33公里。

日记很简短，大都是时间、地名和路程的罗列。没有多少具体的"事"，更没有多少"情"。每天实在太疲倦了，到了接待站，简单聊几句，倒头便睡。

第7天，早上走15公里到韶关市。到接待站时为10时多，分配到火柴厂。火柴厂的工人同志对我们十分热情，敲锣打鼓欢迎我们。

下午到市委补写了长征证明，因我们的证明本是校文革的。

对广东人来说，休整的第一件大事是冲凉。火柴厂的冲凉房男女通用，中间只是用若干木板隔开一个个小间。我隔壁是个女的，她大声地和另一边的一个男的说话。

中共韶关地委文化革命小组接待室给我们重新写了一个介绍函。这张“文革介字第4号”的“函”写着“兹介绍广州东方红战校崔干行等三位长征同学步行至韶山、北京，请沿途有关部门给予协助为荷”。直到今天我还保存着这张“千疮百孔”的文物。当我们说到这段“光荣”历史时，经常有人问，你们在路上到哪里吃饭？在哪里睡觉？看看“函”上面盖满的各地印章就清楚了：广东驻武汉接待站“借棉衣贰件，借绒裤壹条，胶鞋叁双，宣传费陆元，药费壹元伍角，补助钱陆元，借钱捌元，补粮票拾贰斤”；“语录证章在衡阳市已取”；“安阳市食宿已办”；“许织已发”；“保宿三人”；“北京站3人票已发”，日期是“67.2.16”。“许织”的“许”是许昌，“织”可能是纺织品；“保宿”的“保”是保定。

这里提及的“东方红战校”就是广州市二中的“文革”“专用名”。改名是当时冲击“资产阶级风俗习惯”的一项主要内容。在广州，“陶陶居”酒家改为“东风楼”，“上下九”改为“秀丽路”。1980年开始，这些店和路又陆续恢复旧名（也有没有“恢复”的，如现在的北京路“文革”前称“永汉路”），学校好像恢复得更早。其实，恢复旧名是轻而易举的，但要恢复一些良好的风俗习惯和礼仪就相当困难了，和破镜难圆是一样道理。

在韶关印象最深的还是在公园门前巧遇我父亲（姓崔名勇章）。他原来在广东省财政厅工作，“下放”韶关多年了。作为一个小知识分子，他有自知之明，事事谨小慎微。1965年9月，父亲被中国人民银行韶关专区支行授予“三等奖称号”，原因是“在社会主义革命和社会主义建设中，积极响应党的号召，认真学习，努力工作，克服困难，在一九六五年上半年完成了党交给的各项任务，取得优良成绩”。不过，他的荣誉也仅此而已。我后来到了海南，写信给他时还鼓励他“争取加入中国共产党”，真是好傻好天真。我记忆中父亲长年出差在外，最后一次到汕头，是中途用“专车”（救护车）接回广州医院做手术的。

在韶关见面之所以说“巧遇”，是因为当时通信设备不发达，父亲知道我们会经过韶关，但不清楚具体时间。

这是我第一次到韶关。1975年1月，韶关成了我离开海南的跳板，我以“照顾”父亲为理由到了韶关。这时才知道他住得多么逼仄。大概十平方米的单间，房间外狭窄的走廊一字儿摆放着各家各户的砂煲风炉，以及柴和煤。

第8天，参观了火柴厂，看了工人们的操作。

我们在韶关印了红臂章，把队命名为毛泽东思想东方红长征队。××是不愿步行到北京的。当然这不能怪他。他本来的目的地就只是韶山。但他决不能阻止我们北上，决不能拖后腿。

“××”指的是刘坚。实际上，刘坚要到韶山只是“个人行为”，根本不存在“阻止”和“拖后腿”。日记这样写，只不过表明自己要走到北京的决心罢了。广州当时不少徒步串联的长征队，目的地也都只是韶山和井冈山。

第9天，离开韶关，继续沿京广线北上。

中午到的接待站是不好的，有大字报批评他（注：“他”指接待站）。晚上到安口农场，共走40公里。

今天在韶关相遇的从化小红军长征队10人和我们又走到一起了，大家都很团结，决定了一起走。

在韶关结识的从化（中学）“小红军长征队”一行8男2女，目标是韶山。从化现在归属广州，最出名的是温泉和荔枝蜜。还记得作家杨朔那篇散文《荔枝蜜》吗？

第10天，跑（注：应是“走”）了8公里到乐昌吃早饭。约11时出发，晚上到达离歧门一公里的大源。共走30公里。

我们学毛著应自觉好，三个人难道还不够灵活机动吗？当然，我们学毛著还是学得不够的。

大概我们对如何在路上“学毛著”产生了不同意见吧，诸如围坐一起读几段，还是各自躺在睡铺上翻几页，不管哪种方式，都够虔诚的了。

第11天，从大源出发，走了31公里到坪石，约2时，下午就休息了。坪石是广东北部的一个重镇，离湖南很近了。

我们在坪石开始学印了传单，印的是周总理在各地长征队云集北京的大会上的讲话。

这几天在粤北行走，一路上重山叠岭，隧道一个接一个。坐过京广线火车的人都清楚，穿过某些隧道要历时好几分钟，黑咕隆咚的。我们穿过隧道时，如果遇上火车，就躲到铁道旁边的“掩体”，这些“掩体”一般可以容纳两三个人。如果不走隧道改走公路，那就得绕一个大弯，得多走很多路。

印传单，后来成了相当一部分红卫兵的技能。最原始的方法是：先在蜡纸上刻字和画图；完毕后，把蜡纸的一边固定，下面放上白纸；再然后，在蜡纸上涂上油墨，用毛刷轻轻地刷一下，白纸上就显现出图和字来了。我现在还记得，广雄的字很漂亮。他是一个很有才气的人，还是广州二中管乐队台柱。我们三个人中只有他是共青团员。

第12天，中午到太平里吃午饭，晚上到达良田，共走41公里。

今天进入湖南省。第一次进入外省，感到格外高兴。什么都是挺新奇的。看到湖南的地方，田地、房屋，远远看去就象（像）图画一样，美极了，祖国是多么辽阔广大。

到良田的一段路是翻山的，感到还比较吃力。

回想起来，其实当时感到最“新奇”的倒是吃饭时的青菜，有点半生不熟的味道，不过，我们很快适应了，一路上，“有粥食粥，有饭食饭”。

这是我第一次跨出省门，那时没有“黄金周”，也没有“旅游热”，能不能这样说呢，“文化大革命”不经意间给了我们一个见识社会的机会。

第13天，从良田出发走了公路，12时多就到了郴县，走了23公里。

今天下雨，所以走起路来觉得很闷，到了郴县就休息了。

郴县是比较大的县城，文化大革命开展得比较好，贴的大字报、大标语真不少。

我们在郴县还看了电影《毛泽东思想的伟大胜利》，记录了三次核爆炸。会场的气氛很好，开映前都学习《毛主席语录》。

“文化大革命”初期，新闻片在电影院中“一枝独秀”，印象最深的是“毛泽东主席接见红卫兵和革命师生”。而“文革”前印象最深的是“世界乒乓球锦标赛”，不夸张地说，观看这些体育新闻片，尽管早就知道结果，但那种惬意，超过现在看直播。此外，“周恩来总理访问亚非欧十四国”也很受欢迎，这些新闻片成为我们了解异国风情的为数不多的“窗口”。

第14天，今天仍然是走公路，中午到达栖凤渡，晚上到马田墟，走了46公里（26，20）。

今天走得比较累，因路标不准确。公路上坡是比较多的，中途也少休息，所以经常掉队。

第15天，中午到冷水铺，晚上到耒阳县接待站，共走38公里。

我们知道了欧阳海烈士的墓就在附近，决定明天去参观、扫墓，然后再出发。并要翟广雄准备在墓前表决心。

12年后，1978年夏天某日，我在广东韶关市第五中学给初三级学生上语文课《革命青春红似火》。

“急转弯！陡坡路！三十米距离，每小时三十公里的速度，四秒钟后，脱轨覆车的惨祸，即将发生！”

“在这千钧一发的刹那间，欧阳海箭步飞身，抢上路心，水淋淋的雨衣，噗啦啦地飘起，高高地扬向天空。他脸不变色，心不跳，拼出性命把战马推离了道轨……”

那本纸质已经发黄的语文书上，有不少备课时的评点，诸如“临危不惧”“不怕牺牲”。

今天已经没有这篇课文了，不过，2009年，欧阳海仍然作为“爱民模范”被授予“感动中国人物”称号。

第16天，早上整队出发到欧阳海烈士生前所在部队。去的长征队不少，一面面红旗迎风招展。

到部队后瞻仰了欧阳海烈士纪念碑。接着列队到墓前默哀，表决心。前几天是欧阳海烈士牺牲三周年，他父亲来后刚走。我们感到很可惜。最后参观了欧阳海烈士事迹展览，对英雄事迹更了解。我们留言，向欧阳海同志学习。

下午和部队战士比赛了篮球。

纪念碑前，13位“长征”队员一起留影，大家都戴着“军帽”，束着腰带，红袖章是不可少的了，满脸虔诚。

第17天，今天是行军以来最艰苦的一天，大家一致同意：赶到衡阳去。

早上约4时就出发了，9时多走了24公里吃早饭。中午到观音塔吃午饭。晚上约7时多到达衡阳接待站。

今天走路由于决心大，所以走路开始不觉什么，到了最后才觉得艰苦，累了。分配到铁道工程学校。走了65公里（38，27）。

湖南耒阳，欧阳海烈士纪念碑，我（后右三）和长征队的队员，“我们都是来自五湖四海”

从欧阳海牺牲的耒阳到衡阳，整整65公里。

为了提高心理承受能力，我前一晚把闹钟拨快两个小时，当早上叫醒队员时，实际上只是3点钟。一路上睡眼惺忪。直到吃早饭时我才把秘密告诉大家。“怪不得天怎么老不亮。”大家都舒了口气。

到了衡阳才感到腿真抬不起来了。上午走了38公里，下午走了27公里。

第18天，参观了衡阳市的文化革命，这里搞得还比较热烈，组织了革命组织——红卫队。工人起来了，这是湖南文革的一个特点。

我们离开广州时，工人好像还没有“起来”，所以到了衡阳会有这样的感觉。

第19天，在衡阳再休息了一天，决定了今后的路程。

两支长征队共有13人，所以行程要协商。最终，决定一起到韶山，然后兵分两路。

第20天，转入公路、小路，向韶山进发了。中午到×××（注：一个当时就不清楚的地名）吃午饭。晚上到达界牌。约走了45公里。

今天精神很不好，另外走的也是小路、山路，所以觉得累极了，头也挺痛的，但仍坚持到最后。

没有经历过徒步的人，可能会认为公路比铁路好走，路面宽，沿途不乏风光、美景，但实际情况不是这样，除了公路路程肯定要比铁路远，公路也多有斜坡、石子，体力消耗大。

第21天，上午到达白果接待站。晚上到彭家阁子。共走约38公里。住在小学里。

第22天。因为彭家阁子开饭时间迟，故走了10多公里才吃饭。下午3时多到达湘乡县。共走约35公里。

第23天。今天开始向韶山挺进，大家心情很兴奋。5时多就出发了，只带了两个馒头。到了10：07，我们到达了接待站，分配到公社住。我们终于胜利到达伟大领袖毛主席的旧居——韶山。

韶山很大，很漂亮。新建了饮食店、商店、房子。这里是毛主席的故居，一草一木都格外亲。

来韶山参观的革命师生不少，一车一车的，挤得很。下午我就参观了陈列馆，对伟大领袖毛主席和他革命的一家有了更深切的了解，要誓死保卫毛主席！

从湘乡到韶山，走了20公里。

徒步串联中，我们经常在心中默默地背诵“下定决心，不怕牺牲，排除万难，去争取胜利”。这是《愚公移山》中一段著名语录。

《愚公移山》是毛泽东著作“老三篇”中的一篇，提倡的是勤奋、刻苦、勇敢、向上的精神，另外两篇是《为人民服务》和《纪念白求恩》。

《为人民服务》是1944年9月8日毛泽东在中共中央直属机关为追悼张思德而召集的会议上所做的讲话。平心而论，这篇讲话几乎都由“金句”构成。比如“因为我们是为人民服务的，所以，我们如果有缺点，就不怕别人批评指出。不管是什么人，谁向我们指出都行”。

《为人民服务》现在被收入人教版小学《语文》六年级下册。课文后有一道练习题要求“结合你知道的事例”，说说对内容的“理解和体会”。今天要找这样的“事例”不知是否容易，尽管现在仍然可以在不少服务机构的显眼位置看到“毛体”的“为人民服务”几个大字。

《纪念白求恩》也一度被收入中学语文课本。这篇文章是毛泽东1939年12月21日写的。那时他显然提倡又红又专，要求我们既要学习白求恩“对工作的极端的负责任，对同志对人民的极端的热忱”，“要学习他毫无自私自利之心的精神”，又要“对技术精益求精”。

语文课本现在没有《纪念白求恩》了，更多的原因可能是从语文角度考虑吧。有材料披露白求恩在国外的一些“真实的”生活细节，意思是认为他并不值得毛泽东那样的高度评价。但我认为他至少做到“五十多岁了，为了帮助中国的抗日战争”，“不远万里，来到中国”，“不幸以身殉职”，而要创造这种“奇迹”，的确得有“这点精神”。

实际上，现在不少课文还是有传递“这点精神”的，比如小学有一篇课文叫《自己的花是给别人看的》，内容是季羡林先生回忆在德国的留学经历。里面有这样一段文字：“每一家都是这样，在屋子里的时候，自己的花是让别人看的；走在街上的时候，自己又看别人的花。人人为我，我为人人。我觉得这一种境界是颇耐人寻味的。”

即使按现在比较普遍的说法，毛泽东晚年犯了严重错误，但“老三篇”这种（“早期思想”体现出来的）精神仍然值得倡导。那些朴素的文字，我们当时读起来感到很亲切，觉得这就是真理，而对毛泽东的崇拜就是在这过程中逐步产生的。

第24天。参观了韶山中学，买了老三篇。接着参观了毛主席的旧居。这里都是按照旧的摆设，一桌一椅都使人感到亲切。参观后我们又在旧居前拍影留念。

刘坚终于决定和小红军长征队坐车到长沙了。他的心情是可以理解的，不能勉强，但我们已有着最大的信心，继续步行。我们要用双腿走到北京。

在韶山，我和广雄、刘坚一起拍了长征途中的第二张照片。大家都佩戴着至少两枚毛泽东像章，手上拿着《毛主席语录》。背景是毛泽东故居。

湖南韶山，毛泽东故居，“喜看稻菽千重浪，遍地英雄下夕烟”，我（中）和翟广雄（左）、刘坚

我们当时并不知道，毛泽东在11月中下旬，第七次和第八次接见“红卫兵和革命师生”后，我们的最终愿望其实已经落空。1966年11月16日，中共中央、国务院发了一个《关于革命师生进行革命串联问题的通知》（以下简称《通知》）。《通知》说：“在今年11月21日起到明年春暖季节，全国各地大专院校、军事院校和中等学校的革命师生和红卫兵战士一律暂停火车、轮船、汽车，来北京和到各地进行革命串联。”不过步行串联却是得到支持的。《通知》说：“林彪同志11月3日在接见全国各地来京革命师生大会上的讲话中告诉我们：‘毛主席是支持同志们步行串联的……当然，这种步行串联，必须有计划、有组织、有准备地进行。’为了实现林彪同志的这一号召，今冬各省可先在本省范围内，专区范围内有组织地进行大中学校革命师生徒步串联的试点……为明年徒步大串联做好准备。对于已在进行徒步串联的少数革命师生（几个人到几十个人），中央和各地党政机关应主动地给以必要的便利。”

12月2日又发出了一个《中共中央、国务院关于革命师生进行革命串联问题的补充通知》（以下简称《补充通知》）。《补充通知》要求11月16日以前到北京的外地师生和红卫兵，和正在全国各地串联的师生和红卫兵，必须在12月20日以前返回原地，从21日起吃饭、乘车不再实行免费。

我们可能属于《通知》中说的“少数革命师生”。

第三节　从韶山走到北京

1966年12月1日。

第25天，早上7：05，离开伟大领袖毛主席的故乡——韶山，继续向我们伟大的首都——北京前进。

韶山到湘潭的公路是柏油路，比较好走，而且是两个人，速度自由，所以走得比较轻松。到了9：30到达韶东车站，小休之后，继续前进。约12：30到达七里铺车站，1时多到达姜畲公社接待站。将近3时继续出发，6时多到达湘潭市文革接待站。分配到市二中住宿。全天共行程若（约）48公里（33，15）。

今天气温下降，很冷，穿起棉衣走路也不觉得热了。风也很大，耳朵被括（刮）得象（像）刀割一样痛。但我们顶过来了。我们也预料到将来困难将更大，但要坚持到胜利。

在公路上坡时，往往看到一些搬运工人吃力地拉车。我以往都曾有（以）长征者自居，觉得自己也够辛苦吃力的了，还帮别人？这是错误想法，今后若看见这种情况，必须尽力帮助。

在日记本上，“7：05”的“05”下面还有一横，省略了。以下类似情况，都是如此处理。

刘坚坐车离开了，剩下我和广雄。从韶山到长沙这一段是两个人走的。

要帮别人“拉车”？是不是“扮嘢”？是不是太做作了一点？2007年1月13日，广州某报刊登的一篇调研报告有这样一个材料：“学生在对语文课的评价中写道：‘天哪！最可怕的是，当老师念出范文时，竟是雨天扶小树苗、扶老奶奶过马路，谁谁谁帮谁谁谁怎么样……老掉牙的俗文章，在21世纪竟然还能搬上课堂。’”其实，这样的“小事”不但应该做，还可以写；只是要做得“习以为常”一点，而写呢，则要“人文”一点。

第26天。湘潭是湖南第四大城市，但文化革命的开展比起衡阳则差得远，很有点冷冷清清，大字报也不多，红卫兵等也很少见。

湘潭也显现出湖南文革的特点，工人能积极投身在文化革命中，如纺织厂、纱厂等等，各方面的意见争论也较激烈。例如在某商店外贴着“红保军是湖南省委资产阶级反动路线的产物”，但在它上面又贴着“红色政权保卫军是毛主席的忠实的红小兵”。

湘潭市各处都贴着“向步行串联的红卫兵和革命师生致敬！”“红卫兵不怕远征难”等标语。这些标语是各单位贴的。显然，革命的群众都支持步行革命串连的，这也增强了我的信心。

今天在湘潭买了许多纪念章，但质量不好，有些差极了。这是一种不负责任的行为，该批评。

当时局势已经开始混乱，有关“红保军”（应该是个群众组织）的标语是两派“口水战”的早期表现，大家不是或不可能用一种心平气和的态度去讨论或辩论某些“文化”或“革命”的问题。

日记所说的“资产阶级反动路线”第一次公开出现是在《红旗》杂志1966年第13期社论《在毛泽东思想的大路上前进》。社论指明它的主要表现是“压制群众”。对各级领导者来说，这种“压制”的表现相当复杂。后来用得滥了，成了“帽子”和“棍子”。

“文革”期间有两样值得“抢购”的“时尚”物品，一是纪念章，一是《毛主席语录》。前者以“大”为荣，后者则以“小”为贵。

日记中记录了不少“文革”期间的人和事。对今天的读者来说，这些人和事，要么已经“众所周知”，要么不感兴趣，所以，都只是略略提点一下，没有再展开叙述或议论。

第27天。湘潭市较冷清，因而在10点多钟我们决定提前出发到长沙去。当然，肯定要赶夜路。但这也好，锻炼锻炼。

11：20离开湘潭二中，刚到大桥就帮助拉煤工人推车。坡大，煤车重，我感到很吃力。这时就背诵主席语录，下定决心，不怕牺牲，排除万难，去争取胜利。终于胜利了。

47公里的路程确是迈（漫）长的。当然，自己是充满信心。到了5:10到了手干校吃晚饭。这时还有21公里，天也将黑，但仍然谢绝了手干校同志的留宿。沿途一些同志要留我们住，我们也谢绝了。

路是越来越难走，腿累得抬起来也难了。心里就念着红军不怕远征难，万水千山只等闲。“我们的同志在困难的时候，要看到成绩，要看到光明，要提高我们的勇气。”终于一步步走过来了。在10：37到达长沙水利设计院，受到接待站同志的热情接待。

现在阅读这段日记会感到相当可笑，但记录下的情感却是相当真实。其实，这样背诵语录也真会产生一种“精神力量”，和广东搬运工用粤语喊“哎哟吭，哎哟吭，鬼叫你穷，顶硬上”的道理一样。

"手干校"指的可能是手工业干校。

第28天到第34天，也就是从1966年12月4日到12月10日，我们在湖南省会长沙"革命串联"。

"革命串联"的第一项内容是看大字报。1975年《宪法》规定"大鸣、大放、大辩论、大字报，是人民群众创造的社会主义革命新形式"，五年后的1980年《宪法》就取消了"公民有运用'大鸣、大放、大辩论、大字报'的权利"。其实，"四大"主要问题不在"形式"，在于成了"运动"。当时的"四大"充其量只是表面的言论自由，如果触及"禁区"，后果不堪设想。

大字报一般张贴在校园，有的贴在原有或新搭起的阅报栏、宣传栏，更多的是粘在树木或临时竖起的竹竿之间搭起的芦苇棚上。大字报数量之多，完全可以用铺天盖地来形容。由于僧多粥少，所以很多大字报都写上"保留×天，不准覆盖"。当年用的糨糊，大多是用不知什么粉煮成的，一大桶一大桶，使用时有的还有点烫手。大字报内容主要有以下几方面：其一，毛泽东"最新指示"或"披露"出来的过去谈话。原文登出后，就是"热烈欢呼"和"坚决拥护"。其二，首长讲话。印象中最多的是周恩来和中央文革小组成员讲话。内容多是对"文革"进行中出现的问题的表态。其三，对大大小小"走资派"的"批判"。"走资派"姓名上都要打上极具侮辱性的叉号。其四，不同群众组织之间的批驳。这方面量不多，因为还没有到"高潮"时期。其五，小道消息。比如某某被"揪"出来了。能不能这样说呢，让我们这些平民百姓了解了很多以前不可能知道的"国家大事"，从而增长了见识，是"文化大革命"另一个副产品。

"革命串联"第二项内容是参观具有"革命意义"的名胜古迹。没有"革命意义"的大都被毁坏了，或"暂停开放"。

第28天。长沙市的革命形势好得很，看了令人十分激动、兴奋。工农兵、革命学生、革命群众都起来了。一些坚强的革命组织首都第三司令部、长沙市高等院校红卫兵司令部等的革命造反精神都很高，对资产阶级反动路线批判正在深入发展。长沙市的革命组织很多，今天，复员转业军人八一兵团总部又成立了。

街道上大字报多得很，也有贴了刘××、陈×的，各方面意见都在争论。

步行革命串联就要步行革命串连，不能只步行，不革命串联。一定要好好学习长沙市文化革命的经验。

“革命”一词用得很滥，“革命群众”“革命组织”“革命造反精神”，“革命”在当时的内涵就是“造反”。

“首都第三司令部”即首都大专院校红卫兵革命造反总司令部，简称“三司”。这个群众组织之所以“坚强”，是由于它的主要负责人之一的蒯大富（清华大学学生）“文化大革命”初期反工作组，得到中央文革小组的支持。在当时中学生心目中，蒯和“三司”是“造反”的代名词。这段时间，大概是这个组织的成员到长沙“点火”来了。

“刘××”和“陈×”分别是刘少奇和陈毅。

第29天。今天参观了毛主席创办的湖南自修大学旧址以及毛主席的母校——湖南省第一师范学校。进一步熟悉了我们伟大领袖的早期革命活动。我还看了访问杨开慧烈士哥嫂的报道，很感动，毛主席的一家是革命的一家。

在长沙市贴了许多刘少奇、陈毅等的大字报。虽然意见不同有争论，但这样贴大字报是不好的，把党内的问题公开了，对敌人有利。例如那么大的标题“刘少奇是中国的赫鲁晓夫”是不好的。我们要象（像）周总理说的那样写小字报。这样也可不使主席为难。对于陈毅等的讲话，我认为是没问题的，是经林副主席看过的，照某张大字报说的，岂不是怀疑林副主席？

这里对中华人民共和国主席刘少奇和外交部长陈毅直呼其名，但前一天却是用“刘××”和“陈×”代替，相隔仅一天而已。看来刚开始阅读这种内容的大字报时，即使是在日记里写的心得，还是有所顾忌，认为不妥，后来看得多，也就“习以为常”了。

“文化大革命”初期，林彪的讲话也成为判断是非的“标准”；所以，1971年林倒台后的一段时间，有人感到困惑与彷徨。

第30天，今天过河去了湖南师范学校和湖大。湖大很大，大字报很多，这天还没有看完。其中有毛主席的新诗词，有贴李雪峰的大字报，还有反映湖北、天津、西安的大字报。其中较注目的是发生在安徽的11.15—17事件。此外，还有陶铸同志的讲话。

今天长沙市又组织了对湖南省委的资产阶级反动路线的批判，可见湖南的群众革命热情是很高的。

李雪峰是6月份兼任北京市委改组后的第一书记，不到半年，又被贴大字报了。

大字报中披露的“事件”不少，真真假假，这里没有必要一一核实了，有兴趣的读者可以去查阅相关的历史资料。

陶铸1966年6月调到中央工作，时任政治局常委、文化革命小组顾问，自然也有不少“讲话”。

第31天，××要走了。

“××”指的是刘坚。刘坚回广州后，仍保持和我们联系，提供了不少广州“文革”的信息。四天后，从化“小红军长征队”中的黄锐星加入我们的队伍（另外九人也不玩“徒步”了，他们的“目标”也是韶山）。

第32天，检查了身体，没有问题，这好极了。

下午去参观了中共湖南区委会旧址。我们的伟大领袖毛主席是当时的中共湖南区委书记，领导湖南农民闹革命。在长沙有许多毛主席当年曾活动的有纪念意义的地方，如第一师范、清水塘、船山学社、橘子洲头等。参观了这些地方，使人对主席当年的革命活动更了解。

今天买到了毛选第三卷。我真高兴极了。而且售量很多，供应求了。

这是文化革命的胜利，黑帮再不能拢（垄）断出版我们伟大领袖著作的权利了。

“黑帮”是当时对一些领导干部的诬蔑性称呼。1966年12月3日，周恩来在接见北京外国语学院群众组织代表时“说：毛主席不赞成用‘保皇派’的名称，因为伤人太多，‘黑帮’‘黑线’也是如此”。（见《毛泽东年谱》）“拢（垄）断”也是莫须有的罪名。

第33天。今天再过河西，先参观了毛主席到过的“爱晚亭”。“爱晚亭”三个字是毛主席亲笔题写的。然后再到湖大参观大字报。其中有周总理、陈伯达、陈毅等同志最近的讲话。陈伯达对他的那篇所谓和誓死卫东队的讲话避（辟）谣。周总理讲了许多有关问题。陈毅同志的讲话精神和11.13基本一致。

我觉得陈毅同志的讲话是直率的、正确的，不像一些人说的那样违反十六条。语气是较重，但这对青年一代是无限关怀。

看了三司令部和北京另两单位的谈判，觉得三司令部在某些问题是存在不少缺点的。从湖大的“红卫兵”报中也揭露出湖大红保军问题不少。从来长这六天中，对长沙形势有了一点点了解，各方面的意见都看过一些，但还未能下结论，只能说，绝大多数是革命的。

“谈判”也是“文化大革命”中群众组织之间斗争的常用手段，更多的只能用“争权夺利”去形容，而相互“揭露”则是一种“常态”。日记中引用的文字有很多是大字报的内容。这些内容给我印象比较深，记下来了，但并非都是我同意的，所以有“还未能下结论”一说。

在爱晚亭，我单独拍了一张照片。穿上棉衣了。

陈伯达时任中央文革小组组长，经常“讲话”，而从各种渠道传出来的“讲话”也真真假假，所以也经常要“避（辟）谣”。

这里提及陈毅的两次讲话。“11.13”（1966年11月13日）是在工人体育场接见军队系统各院校和文体单位来京人员时的讲话。“陈毅、徐向

湖南长沙，爱晚亭，“下定决心，不怕牺牲，排除万难，去争取胜利”

前、叶剑英等在讲话中抨击‘文化大革命’运动中的一些极端做法，强调军队不能乱”。“最近的讲话”应该是1966年11月29日，在同一地点又召开同一性质的十万人大会，“陈毅、叶剑英等再次批评‘文化大革命’中的错误做法”。（见《周恩来年谱》，中共中央文献研究室编，中央文献出版社1997年版）

“十六条”也即1966年8月8日中共八届十一中全会通过的，由毛泽东主持制定的《中国共产党中央委员会关于无产阶级文化大革命的决定》（以下简称《决定》）。《决定》对起来“造反”的青年学生表示支持和肯定，并强调指出这次“运动的重点，是整党内那些走资本主义道路的当权派”。由于这个“当权派”没有一个标准，也就造成各个单位都去“整”的局面。1966年10月24日，在召集中共中央政治局部分成员、各中央局负责人开会时，毛泽东说：“要振作精神好好搞一下，万万不能承认反党反社会主义。把中央局、省市委都打倒，让他们学生来接班，行吗？不知工农业，只读一点书，行吗？”（见《毛泽东年谱》）不过，局面已控制不了。

第34天，今天是在长的最后一天，上午再参观大字报。目前《湖南日报》已被井冈山红卫兵封闭多日。这几天，对这事情支持的有，不同意的有，抗议的有。昨天，红卫军一中分队发出勒令在今天必须撤销封条，若不然就开封。形势是紧张的，各方面都持有理由。我觉得封湖南日报不是一件小事，必须经大多数协商而行。若封后也必须采取积极方法，不能就此了事。对湖南日报的错误必须批判，但封了他是否解决问题呢？是否有全面考虑呢？

今天，又看到重庆前几天发生市委挑动工人斗学生，打死十多人的消息。可见阶级斗争仍激烈存在。

在封湖南日报这件事的态度上可以看出我的“保守”本性。

“文化大革命”期间，重庆和全国一样，秩序混乱，武斗的“规格”也高。各个群众组织都把责任推到“当权派”身上。

12月8日，我在湖南医学院第二附属医院做了体检，“咽稍充血”，透视“正常”，尿检“蛋白质（一）”。

后来广雄回忆这一段经历时说，从湘潭到达长沙后，他因为扁桃腺炎发高烧，在医院病房住了两天，“有一次到外面看大字报，被医生发现，骂了一顿”。

12月11日，我和广雄，以及从化“小红军长征队”的黄锐星离开长沙继续北上。

第35天。今天离开长沙继续北上，早7时多离开水利电力研究所，约12时多到霞凝休息，走了20公里。12：30出发，2：10到达桥头驿，吃午饭。下午3：50出发，约6时多到达高家坊。一天行程41公里（28，13）。

由于下着小雨，路滑，且是铁道，所以较难走，走得很慢。

沿途问我们拿语录、传单的小孩很多，纠缠很久。看来我们还未能起一个宣传队的作用，应多油印。

晚上宿在二中。

路上的“小孩”大都三五成群，嘴巴很甜，开口闭口“红卫兵叔叔”。

第36天，上午将近8时才出发，于11：55到达越江（湘阴）休息。12：30出发，于2：15到达左培圹接待站。下午3：35左右出发，约5：30到达汨罗。共走36公里（28，8）。

汨罗是有名的地方，有一条汨罗江，屈原投江。

天气特（突）然酷然（热），浑身出汗。但由于习惯、适应，所以走起来也不觉得累了。目前脚板有所锻炼，但思想上还锻炼不大。见识广了，我相信我的意志会越来越坚强。

屈原是战国时楚国的诗人。不少版本的高中《语文》都收入他写的《离骚（节选）》。古代端午节，人们一边吃粽子，一边吟诵“亦余心之所善兮，虽九死其犹未悔”。今天呢？

第37天，上午约7：45出发，10：50到达桃林休息。11：30出发，约1：40到达黄秀桥接待站吃午饭。下午3：00出发，将近5：00到达荣家湾。共走39公里（29，10）。

上午走3公里后到汨罗江的大桥。守桥解放军为了安全，不让我们过去。当时只有两方法，1）坐木船，2）绕道到另一桥。我选择了后一方法，是比较远，要走“冤枉”路。但长征能贪享乐么？长征要一步步走过来的。我们要认认真真、踏踏实实的学习老红军，不怕艰苦。除了万不得已，一定要用双腿走到北京。

汨罗江不算宽，但由于京广线从大桥通过，所以位置相当重要。“另一桥”其实也不远，大概有几百米距离。

40多年后，我近90岁高龄的母亲说到这段往事时，还笑了："记得，记得，听你们说过了，你这个人就是古怪，有船都不坐。"现在做点反思，我当时是不是更像个虔诚的教徒，希望通过肉体感受痛苦以达到精神的解脱？

第38天，上午约8时多出发，经麻塘、湖滨，下午1：50到达岳阳县。参观岳阳楼后，4：45出发，约6时多到城陵矶车站，梅西区委接待站。共走35公里（27，8）。

天气突然下降，冷得很，且下雨，路滑。但还是坚持到最后，完成计划。

登上岳阳楼，观望洞庭湖，今天的岳阳楼也变了样，革命化了，到处挂上主席像和语录。

何来"天气突然下降"？是气温下降。天气太冷，胡乱写两句，词语搭配都错了。

忘记当时有没有想起范仲淹《岳阳楼记》的"先天下之忧而忧，后天下之乐而乐"。

第39天，昨天下午晴天，晚上又下雨，路又滑了。早上约8：45出发，12：10到达云溪车站，休息后12：30出发，于2：20到路口铺接待站。下午3：15出发，5时半到临湘县委接待站。共走35公里（26，9）。

由于下午到了近的接待站，所以，计划打乱了，明天不能到蒲圻。但走公路，没有那么危险，铁路危险，要注意避免无谓牺牲，但亦要勇敢，用毛泽东思想武装起头脑。

看了南下和广州红卫兵、革命师生捣毁蒋光头题字后很激动，广州的革命气氛掀起来了吧！

沿途接待站很热情，对我们无微不至的关心，真是祖国处处都是家。

"蒋光头"是当时对蒋介石一种极不尊重的称呼。忘记是什么"题字”了，不过，这种“捣毁”行动在当时倒是一种“正常”现象，是一种“革命行动”。

第40天，早上8点钟出发，11点多到达羊楼司，休息后走约1公里就到了省界（大桥）。我们进入湖北省了。2时多到胜利桥接待站（赵李桥）吃饭。下午3时多出发，约5：30到达茶崦岭接待站。共走39公里（29，10）。

天气是变化无常的，上午出太阳，下午下大雨，这都给长征带来了困难。但我们下定决心，不怕牺牲，排除万难，去争取胜利。

晚上住宿困难大极了。接待站工作人员少，他们是心有余而力不足，我们应体谅他们。可一些“长征”队员却乱喊乱叫，对着接待员发脾气。这像什么话呢？长征队要吃得苦，不是来享福、游山玩水的。为了减轻接待站负担，我们不吃晚饭了，准备住到候车室（候车室设备简陋，接待员不同意），然而车站同志对我们十分热情，他们给我们准备了一房间，还对我们问寒问暖，这使我们十分感动，我们一定要坚持长征到胜利。

对“游山玩水”这种现象，潘鸣啸的《失落的一代》（中国大百科全书出版社2010年版）有一段这样的评价：“为了推广‘文化大革命’，毛泽东在1966年6月提出让红卫兵到全国去串联，由国家负责所有经费，包括旅费。年轻人们紧紧抓住了这一出乎意料的机会进行免费革命旅游，后来政府几经困难才得以终止这场代价不菲的运动。”

在继续往北行进的途中，有一次颇惊险的经历。我们一路是沿着铁路走的，这样不容易迷路，也少走些弯路，但相当危险。在湖北境内某天，北风很大，我正低着头沿着铁轨旁窄窄的小道走着，前面出现一个插在路基上的小木桩，正当我跨过小木桩时，一列由南往北的货车紧挨着我擦身而过（走铁轨或旁边的小道时，一般我在前面，广雄跟在我后面，阿星走最后），我惊讶万分地抬起头，见到迎面向我们走来的一位年轻女子举起手要挡住那火车，当然，她被撞到铁轨下了。旁边的几位女子哭着围了过去。那位被撞死的是河南（据广雄回忆是堰城的）一个小学教师，另外几位是她的学生，也是出来串联的。这时，另一侧轨道上一列火车也自北向南呼啸而过。我们分析，这一段是双轨线，那位遇难者当时正走在铁轨上，她只注意到“另一侧”的火车，却没有注意到迎面来的这一趟。“闯祸”的火车停了，司机灰头土脸地走下来。以后几天，我们心有余悸，几次试图改走公路，但还是不习惯，最后还是走铁路。当然，我们不敢走铁轨了，尽管这样挺“舒服”的，不扎脚。后来还遇到过一次火车轧死人的事，尸体被衣服盖着，只剩下一点点。

第41天，天刚亮，我们留下感谢信就冒雨出发了，走到10：45到蒲圻县接待站吃早饭。将近11时出发，下午2：25左右到达××（注：本是车站名，写得太草，“考证”不出来了）车站。休息后再经官埭驿站于5：45到达汀泗桥车站。共走44公里。

今天是艰苦的一天，昨天没吃饭，今早又赶12公里吃早饭。上午吃（下）着大雨，路滑，这带来了极大困难。但我们还是下定决心，排除万难，终于完成了计划——44公里。

我们在岳阳、临湘、蒲圻都没逗留。我们觉得一些人在这住一天，那里住半天，下雨又不愿走，吃要多，住要舒服，简直就不像小红军，没有一点三八作风。我进入湖北两天，看到一些这样的情况，简直气极了，挂着长征队名好听，但不知干什么的。

到达汀泗桥，住宿困难，但在社会主义大家庭，到处都有亲人，搬运站工人同志热情地留下我们住，给我们打水等等，使我们万分激动。从心底里觉得工人同志就是好，工农兵最支持革命学生。

蒲圻后来改名赤壁。

汀泗桥和后面提到的贺胜桥在北伐战争时期曾经发生过惨烈的战役，叶挺独立团在战役中获得“铁军”称号。我们读中学时对这段历史有一点了解。

第42天，早上7：40出发，到了咸宁县文革接待站才吃午（注：日记中写成“于”，不知是“早”还是“午”）饭。于下午4时到达贺胜桥。共走35公里。

步行串连不但走路是辛苦的，生活住宿也是艰苦的，但我们必须要经得住一切的考验，学习老红军，不能动一（不）动就喊“惨”。住得好，吃得好就舒服舒服，否则就惨，这那是什么长征队呢？

其实，喊“惨”，也是一种真情流露。也许，真正的徒步串联者都是“惨并快乐着”。

大约两年多后，文化部大批人员到了咸宁向阳湖的“五七”干校。武汉出版社2010年出版了一部名为《向阳湖纪事》的回忆录。书中既有王世襄的“观鱼、买鱼、餐鱼之乐”，也有牛汉的“和泥、脱坯、干最重的活儿”。回忆什么东西，和他们不同的心态及境遇有关。

第43天，早7：40出发，11：45到土地堂车站休息。1时多到乌龙泉吃午饭，到搬运站休息。约3时出发，5时多一些到达纸坊，共走约36公里（25，11）。

我们要经得起任何考验。饿、冷，一切都要有思想准备。因为我们是长征队，不是享福队。

这两天南下的长征队当（多）得很，但有一些是目的不纯的，可能无车坐吧，被迫吧，什么带着小狗的、抢着吃饭的，丢了长征队的脸！简直游山玩水！我很气，看见这种人就气得厉害，恨不得批他们一顿。

我当时真有点“未见过大蛇屙屎”，大概是长期关在课室里，不知道社会的光怪陆离。2010年的广州亚运会，曾经有好几天允许免费坐车，把个好端端的城市弄得“七国咁（这样）乱”。当时立刻就感觉到“文革”大串联的味道。

第44天，12月20日，早上7时多一点就出发了，于11：30到达武汉市的武昌，走了20公里。这里大学很多，我们打算在这待两三天再到汉口，我们住在湖北中医学院。

一来到城市就获得很多有关文化革命的消息。目前资产阶级反动路线正企图反扑，这是一场尖锐的阶级斗争。

从1966年12月21日到12月27日，也就是从第45天到第51天，我们在湖北省会武汉停留了7天，进行“革命串联”。

第45天，冒雨去武大看了大字报。大字报很多，其中逮捕了一些冲国防部，反对中央文革等的“小孩子”。这好得很。对于×××、×××、×××（注：略去了姓名）等就应法办。从毛主席、林副主席等的讲话中，已把文化大革命中党内的一些情况看清楚了，刘、邓所执行的是资产阶级反动路线。从党内两条路线的斗争更可看出阶级斗争尖锐。我们的伟大领袖毛主席最英明！

瞻仰、拜谒了施洋烈士墓，参观了抗日军政大学展览会。

这里说的“小孩子”应该是“联动（红卫兵联合行动指挥部）”成员。“联动”是当时一个有影响的老红卫兵组织。“×××、×××、×××”都是早期高等学校的红卫兵。按当时的逻辑，反对中央文革应该“法办”。

对“刘邓”总算“看清楚了”。“刘邓”大概从这个时候开始成为大字报的“主角”，成为“司令部”，而我们直到1981年6月27日通过的《中国共产党中央委员会关于建国以来党的若干历史问题的决议》（以下简称《若干历史问题的决议》）公布后，才很清楚地得知“党内根本不存在所谓以刘少奇、邓小平为首的‘资产阶级司令部’”（这里之所以说“才很清楚地得知”是因为我们早就知道不存在这样的“司令部”，只不过这时候有了正式的说法）。之前，“刘邓”留给我这个中学生的最深印象是，刘少奇和夫人访问印尼受到夹道欢迎，而邓小平则是作为中共代表团团长到莫斯科进行谈判，这都是很“为国争光”的事情。1973年3月10日，中共中央向全党发出了《关于恢复邓小平同志的党的组织生活和国务院副总理的职务的决定》。当然，还有“后话”，那是家喻户晓的事情了。1980年5

月17日，中国共产党第十一届中央委员会第五次全体会议通过为刘少奇平反的决议。

第46天，今天下了一场不少（小）的雪，是我一生中看的第一场雪。下雪确是冷，看得出今后我们长征将更加困难。但我们一定要下定决心，学好毛著，夺取胜利。

武汉的形势很好，轰轰烈烈的，但较复杂，我对情况了解还不清。

“形势很好”的标准就是满街大字报和示威游行。前一天说“看清楚了”，现在又说“还不清”，说真的，想通过大字报弄清情况，是极困难甚至不可能的。

第47天。今天从武昌走到汉口，参观了雄伟的长江大桥，但到了汉口，却为找接待站受了一肚子气。接待站人山人海，乱成一团，又说不分配地方。到各机关没接待站证明也不接待。搞了一天，晚上11时多，市委一车把我们送到武昌商校，比原来更远，北上倒变为南下了。我们气得不得了。《武汉晚报》还说什么接待工作做得好，好什么！

在长江大桥的一处石梯级上，我们三个人又照了一张照片。时至今日，武汉长江大桥仍然是“天堑变通途”的重要交通枢纽，那时应该没有“豆腐渣工程”的提法。

第48天，到广东办事处搞补助。走来走去，搞了一天还没完，下雪没车开，我们只有步行。这样去了一天，有什么意义？

第49天，总算领到补助了，但又是在武昌汉口之间走了一整天。有什么法子？住得这么远，又没车，光走一趟桥也要半（注：“半”指“半个”）多小时以上。晚上到向阳门更气人，坐了“黑车”，收了黑钱（没车票），这显然是这鬼司机乘着天黑早收车，就开了公家车出来搞黑货。这种人，就是要造他的反。

湖北武汉，“一桥飞架南北，天堑变通途”，我（右）和翟广雄（左）、黄锐星

那年月，“造反”成了流行语，而“黑”是一个最含贬义的词。

1966年12月26日，第50天，今天是我们伟大领袖毛主席73岁大寿。敬祝毛主席万寿无疆。在这有意义的日子里，我们参观了毛主席主办的中央农民讲习所。毛主席的《湖南农民运动考察报告》就是在武昌写成并在这里讲演的。

检查了身体，肝脾均无事，这是好的。我们长征曾经过血吸虫病、脑膜炎曾流行的地方。如身体垮了那就糟透了。

体检在武汉市武昌区医院进行，诊断结果是“咽红”，“肝脾（一）”。

说到血吸虫病，我们就会想起毛泽东那首《送瘟神》，“绿水青山枉自多，华佗无奈小虫何”。尽管这首诗是毛泽东得知江西余江县消灭血吸虫后写的，但当时还是免不了“闻虫色变”，从地理位置上看，我们途经的地方离“小虫”并不远。

第51天，再到武汉大学看大字报。武大看来问题不小，现校文革就一团糟。数学系半工读班×××（注：略去了姓名）也都不是报上说的红旗，是白旗。另外，从传单所揭，夏菊花也不是“一朵红花”。

武大“半工读班”是一个试验班，“×××”可能是这个班的一个人物，“文革”期间被批为“大白旗”。所谓“白旗”意即只专不红，当时对技术拔尖者往往扣上这样一顶帽子。夏菊花是武汉杂技团演员，1965年被当地媒体誉为“顶碗皇后”，1979年被评为全国三八红旗手。

第52天，上午从武昌坐车到汉口车站开始出发（因武昌到汉口这段路我们已完成）。9：35出发，约1时多到达滠口休息。3时多到横店接待站吃饭。4时多出发，走公路于7时多到祁家湾接待站。共走约37公里（26，11）。

第53天，早上8时多出发，到三汊埠吃午饭。下午6：00到达民主街车站。共走38公里（18，20）。

今天有一计划是到孝感（31）太小（少），若到萧家港（44）又太累了，所以只有到民主街。我是明知民主街没有接待站的，但这又有什么可怕呢，长征就不怕吃苦。

民主街车站的铁路工人对我们很热情，为我们做饭、打洗脚水。当一同志知我们只有一床被子时，就立刻把家中的一张大被拿来。这些都使我们十分感动，他们真是听毛主席话的人民勤务员，我们一定要向他学习。

这种种行为，拿当时的话来说，就是“阶级感情深厚”。

“31”和“44”都是公里数字，“太小（少）”，在这里是行程“松”的意思。

第54天，早上步行了6公里到萧家港吃早饭。约10时再出发，于下午将近3时到花园接待站吃饭。晚上约6时到卫家店。共走约35公里（27，8）。

今天下雪了。第一次在雪中行军，确是有不少困难的，但这一切都难不到（倒）我们。花园是个大接待站，我们也知道卫家店是没有接待站的，但我们还是按计划走到卫家店。为了不再给车站工人增加麻烦，我们自己在花园准备了干粮。

第55天，早上7：15出发到王家店吃早饭，下午5时多到达广水，共走37公里。

今天是66年最后一天了。广水也是一片欢腾，开庆祝会。那些渔场工人对我们也很热情，问寒问暖。古人说，每逢佳节倍思亲，而在我们的祖国，到处都有亲人。

新的一年就来了，祝祖国更大跃进。

情感真实，绝不是“光明的尾巴”，只不过有点“时代烙印”罢了。

第56天，早上8时多出发，到鸡公山吃午饭。晚6：40到李家寨接待站。共走36公里（27，9）。

今天是元旦，但我们不休息，继续行军，进入河南省。省界武胜关是一座险要的关隘，有不少碉堡。听说附近就是大别山区。

在鸡公山，我们遇到李家寨接待站一位同志，他十分热情，引我们走公路，“抢”走我们的背包。到站后又为我们安排住宿，几次问寒问暖，真使我们感动极了。工农兵对长征是支持的。我们一定要好好听毛主席的话，胜利完成长征，决不辜负工农兵群众对我们的期望。

地形“险要”。一提到大别山，就会想起《大别山上红旗飘》。“文革”前看过的类似题材的小说和回忆录不少，如曲波的《林海雪原》、李英儒的《野火春风斗古城》。雪克的《战斗的青春》也相当好看，只是有一点不明白，那位区妇救会主任许凤最后究竟是死是活？好像有不同版本。

第57天，早上8时多出发，走了一段铁路后走公路。公路是一片烂泥，十分难走，把我走火了。铁路是危险的，但我们注意一点不就行了吗？火车没什么好怕。怕前怕后一句话就是怕死。我们走铁路应多加注意，不应怕。下午2时多到了信阳市。共走29公里。

到信阳市分配我们到市税局。税局的同志对我们十分关怀，晚上还开了联欢会。在这里的人虽不多，可有来自河北、河南、山西、广东、黑龙江、内蒙古的。正是为了一个共同革命目标走到一起来了。

在信阳看了元旦社论《把无产阶级文化大革命进行到底》，很振奋人心。这篇文章值得好好学习。毛主席的正确路线一定胜利，资产阶级反动路线一定破产。“老子英雄儿好汉，老子反动儿混蛋”就是反动口号。

《人民日报》《红旗》杂志的这篇文章说：“正当我们党按照毛主席的阶级路线，组织无产阶级文化革命队伍的时候，极少数坚持资产阶级反动路线的人，却利用‘老子英雄儿好汉，老子反动儿混蛋’这个口号，蛊惑一批学生，制造宗派，搅乱阶级阵线。这个口号，开始是一些天真的青年人提出来的，他们由于思想方法上的某些片面性，从反对党内一小撮走资本主义道路的当权派排斥和打击革命干部子女、工农子女这个正确前提出发，走到了另一个极端。”“应当指出，别有用心的人，利用这个口号，实质上是宣扬剥削阶级的反动的血统论。封建地主阶级宣扬什么‘龙生龙，凤生凤，老鼠生儿打地洞’，就是这样的血统论。它是彻头彻尾反动的历史唯心主义。”尽管把责任都推给“坚持资产阶级反动路线的人”，但毕竟公开地给这副对联定了性。

这天晚上，通宵难眠。

我是在广州市第三中学读初中的。这所中学地处大新路，邻近有好几间商铺出售欢庆节日时用的道具，如狮头、大佛，如大鼓、铜锣。在三中读初中时，我担任了三年班长。由于要求上进，在全年级中我和另一位同学第一批被共青团支部通过入团申请。我们是唱着郭沫若词，马思聪曲的那首《中国少年先锋队队歌》长大的：“我们要拥护青年团，准备着参加青年团。我们全体要努力学习和锻炼，走向光辉灿烂的明天。为了新中国的建设而奋斗，战斗在民主阵营最前线。”当时由高二级的莫翠芬同学担任我们的辅导员，发展团员就由他们的团支部负责。

顺便说说，我真正获得“让我们荡起双桨，小船儿推开波浪”的“祖国的花朵”的感受，主要是读初一的上学期，很短暂的一段时间。我们到越秀山秋游，在正门双龙壁前“留影”，同学们一脸无忧无虑。有时，我们会到珠江河畔的广州电影院看“集体场”，售票厅挂着王心刚、王晓棠等22大明星的巨幅照片。

学校生活是愉快的。我们绕着操场跳集体舞。俄语老师教我们唱俄文歌。在一个晚会上，我们几位男班干部穿着白衬衣蓝西裤，小组合唱俄罗斯民歌《故乡》。大家一本正经地把双手摆放在后面，眼睛朝天，“看那田地看那原野，一片美丽风光。俄罗斯的大自然啊，这是我的故乡”。穿着白上衣和红格子裙的文娱委员（我们称呼她为阿琴吧）负责钢琴伴奏。我们这一代人由于自小受到“苏联是老大哥”的教育，对这个远方邻国充满感情。

在三中，我们第一次参加农忙劳动，地点是番禺沙湾。和农民伯伯同吃、同住、同劳动，割稻、打禾、晒谷。那种感觉应该是现在的分校劳动完全体会不到的。尽管一到晚上，还是会数手指头看看还有多少天可以回广州；不过，劳动相当卖力，也确实锻炼了意志和体魄。

当年的一位女同学（我们称呼她为阿梅吧）回忆说，她和另外一位女同学（我们称呼她为阿竹吧）落户一户农家，“住的是搭在河涌上面的草棚屋，只有两张竹搭的‘床’，铺的是禾杆草”。

“两个女孩子？当时会不会很害怕？”我问。

“以前治安很好，主人就住在岸边的泥砖屋。”阿梅说，“吃饭就没有什么肉了，都是青菜、咸鱼、咸菜之类。”

阿竹倒是记得“第一餐是芥兰炒猪肉，很好味的”，“离开时，我们坐船回广州，一路唱着‘祖国，我们远航归来’”。

可惜好景不长。

1962年，在中国共产党八届十中全会上，毛泽东主席提出“阶级斗争是不可避免的。这是马克思列宁主义早就阐明了的一条历史规律，我们千万不要忘记”。

同一年，我的第一次入团申请被团委否决。没有人对我说过原因，也只能够归于“家庭出身”了。我不气馁，初三时再一次被团支部通过申请。这次的介绍人，一位是高中同学朱树荣（比莫翠芬同学低一级），另一位是团委书记李鸿灿。但还是被团委否决了。

记得当时每到星期日，我都专程走到学校门口，通过虚掩的小门怯生生地往里瞧一瞧，看看“光荣榜”上有没有我的名字。对一个不过刚刚步入“青春”的“大孩子”，在短短的一年多时间里，竟然两次申请都被团支部通过而被团委否决，这样的心灵伤害，大概也算得上一项“全国纪录”了。

同学们一个又一个地被批准加入共青团，而我也一次又一次作为入团积极分子被邀请参加他们的入团通表会，而且会后还得一次又一次地表示自己受到很大教育。这些通表会大都风平浪静，但极个别的也有点“微风细雨”。印象最深的是同级不同班的一位女同学（我们称呼她为阿兰吧）的通表会。会上为阿兰家庭中一些小小历史问题纠缠不休，有团员要求她把家庭情况“说清楚”并进行“即席批判”。40多年后，阿兰对这件事记忆犹新。她对我说：“是他们要我提申请的，又要把我家里的事拿出来说这说那，我感到很失望。”

高中我考取了二中。这所学校书香浓郁，闻名遐迩，1956年就被广州市人民政府评定为广州市重点中学。

我是什么时候加入共青团的呢？是1971年5月25日，24岁，距退团标准时间不到九个月。不过，中国人民解放军广州军区生产建设兵团第一师第六团共青团工作委员会直到1974年8月7日，才给我发了一个“团员超龄离团纪念证”，好歹让我在团里待了三年。

回想得太多了，回到串联路上来吧。

第二天，我们在信阳停留一天。

第58天。信阳是个小城市，来这里，使人觉得像倒退了十几年。街上租小人书的、打靶的，等等，使人感到难受。澡堂像个烟馆，一批批在那里躺着，服务员真也有点“点头哈腰”……这究竟是一种什么现象呢？解放十多年，在我国还有这情况存在。希望这场文化大革命把信阳市中一切旧习惯扫除。用毛泽东思想武装起来的信阳市人民一定会这样的。

“文革”前，街上出租小人书的摊档不少。档主把小人书的封面撕下，再张贴开来，以方便读者选择。薄的一分钱租一本，厚的两分钱租一本。我租过小人书看，放假期间，也曾经拿自己收藏的小人书临时摆摊，过过“小老板”的瘾。“文革”开始后，这个职业被“破四旧”了。其实，即使不“破”，也没办法存在，因为“帝王将相”和“才子佳人”的小人书已经没有了，那还有多少读者呢？

至于“澡堂”，由于我们是南方人，少见多怪。

第59天，早上8：00出发，12时多到达长头关公社接待站吃午饭，下午5：10到达明港接待站，共走39公里（23，16）。

我们目前行军的地区是受到自然灾害侵袭的，但劳动人民用毛泽东思想武装头脑，和自然灾害作斗争，取得一定胜利。农民同志、社员们对我们又无微不至的关怀，自己舍出大米来给我们吃，这种精神值得我们学习。我们一定要好好克服困难，争取胜利。在灾区我们还吃上红薯大米饭，这是社员、党对我们的无微不至的关怀。

第60天，早上8点出发，若（约）11：30到新安店车站休息。12：00出发，2时多到黄山坡接待站吃午饭。3时多出发，约下午5时多到确山县接待站。共走约37公里（27，10）。

今天吃的全是北方饭，高粱、菜汤，但吃得还是很香甜。尤其我们觉得这些地方是灾区、山区，经济困难，所以我们对粮食更爱惜。

当时用“香甜”这个词语，一是饿（应该还不至于饥肠辘辘），二是新鲜感。当然，也不排除有点“革命英雄主义”。至于现在再吃“高粱、菜汤”会有什么感觉，那就很难说了。

第61天，早上8时多出发，约12：30到驻马店接待站吃午饭。2时出发，晚6时到遂平县接待站。共走约38公里（20，18）。

脚很痛，体质也弱了，走路也感到累。北方的粮食吃不饱，这点确是困难，必须注意。

每天一般都走30多公里，体力消耗极大。脚上的水泡早就没有了，但相当疲劳。

第62天，上午8时多出发，12时多到土洼车站休息。2：30到西平县接待站。共走26公里。

因不能走48公里到漯河，所以就分为两天走，在西平、漯河分别休息半天。

今天走路是困难的，迎头的大北风把人向后推，感到很吃力，这是从未遇到的。但这一切也是决不能挡住长征队的。

第63天，7时多就出发了，到12：00走了22公里到漯河市。住在漯河师范。

漯河市比信阳更小，若不是有个大火车站，可能还不算市呢。街道及建筑比信阳好。文化革命运动也搞得比较轰烈，街上大字报真也不少。我们看了知道了很多事情，如刘邓问题、×××（注：略去了姓名）的反党，还有令人兴奋的教改草案等等。

有一件令人遗憾的事。为什么在今天的河南还有讨饭的？信阳，漯河，听说安阳更多。什么原因？

我当时没有办法理解，更不可能弄清“原因”。实际上，我是多年以后才知道有个“信阳事件”。张素华的《变局——七千人大会始末》（中国青年出版社2006年版）有两段文字让人触目惊心：“当年的中南局第二书记王任重在讲话中说：‘我到光山（信阳地区的一个县）去看过。房屋倒塌，家徒四壁，一贫如洗，人人戴孝，户户哭声，确实是这样，这不是什么右倾机会主义攻击我们，这是真的。’”“1998年邓力群回忆说：‘我的一位老朋友彭大章（中南海秘书室的负责人之一）从信阳调查回来，对我讲，老邓啊，问题真严重啊！说时神色惨然！后来先念同志也去了，回来讲，他去过的村庄，妇女没有一个不穿白鞋的。’”

“×××”是体育部门领导人，“文革”期间被“打倒”，后平反。体育部门和“荣誉”之类挂钩，又要和外国人打交道，自然成了“文革”“重灾区”。

“教改草案”的具体内容忘记了，但肯定是按毛泽东有关指示去制订的。“文革”期间，毛泽东就教育问题谈了不少看法。比如1965年12月21日，同陈伯达等谈话时，“他说，现在这个大学教育，我很怀疑。从小学到大学，一共十六七年，二十多年看不见稻、粱、菽、麦、黍、稷，看不见工人怎样做工，看不见农民怎样种田，看不见怎样做买卖，身体也搞坏了，真是害死人。大学教育应当改造。”（见《毛泽东年谱》）尽管“文革”期间的“教改”并不成功，但毛泽东的这一说法不无道理。

第64天，约8时多出发，走16公里到高桥中学吃饭，下午2：55到临颍县接待站，共走28公里（16，12）。

解放军处处是我们学习的榜样。福建军校的长征队沿途宣传，到休息地方又打扫院子、帮厨，保持、发扬了解放军的光荣传统。

当时有一句口号：工业学大庆，农业学大寨，全国人民学解放军。

第65天，早上7时多出发，午12：50到接待站（许昌市）吃午饭。再走到许昌一中（第三接待站）。共走26公里。

许昌是个古老的城市，房屋都很古老。这市比信阳、漯河大，大字报也很不小（少）。我们看了一条感到惊奇的消息是陶铸的问题，×××（注：略去了姓名）的问题。但陶铸的事还未有具体的材料。

日记中第二次提到陶铸。对“陶铸的问题”为什么“感到惊奇”呢？

因为他从广东调到北京工作，时间极短，一下子从中央文革小组顾问，位居党和国家领导人的第四位，跌落成为“最大的保皇派”。陶铸的《松树的风格》一度入选高中《语文》课本。我至今还记得这一句：“要求于人的甚少，给予人的甚多，这就是松树的风格。”

“×××”是军队领导人，“文革”期间被“打倒”，后平反。陶和“×××”的遭遇都可以见证当时政局的极度复杂及残酷。

第66天，身体感到很不舒服，但许昌市却找不到医院。身体若跨（垮）了，那怎能完成长征呢？当然，怕也没用，要有充分的信心战胜困难。

第67天，早上7时多出发，12：00到达长葛县接待站。约1：00出发，5时左右到新郑县接待站。共走40公里（22，18）。

路上迎面来的风很大，身体也很不舒服，所以走起来感到吃力。

新郑县接待站的政治气氛很好。接待员真是人民的勤务员，接待很热情，他们时时处处都用主席的教导来指导自己。晚上又为我们进行了阶级教育，进行忆苦思甜，使（给）我们上了一场生动的政治课。

那年月，大家都喜欢“教育”别人，也喜欢被别人“教育”。

很多年以后，才知道路经的长葛有这样一段历史：1961年，时任国务院副总理兼秘书长的习仲勋率工作组到长葛蹲点调查。他要求县委“立即释放那些敢讲真话、不搞浮夸、没有虚报产量的所谓在押政治犯，干部要恢复职务”，“他敏锐地发现：‘计划经济将老百姓管得民不聊生，顺应市场能够解决当时的困局。’”（见《炎黄世界》2014年第5期《习仲勋与长葛调查》，孙斌、于茂世文）

第68天，约7：40出发，12时多到谢庄接待站吃午饭。约2时出发，3时多到小李庄休息。约4时出发，晚上7：10到达郑州市接待站。分配到中南煤矿干部学校。共走约46公里（24，22）。

第三阶段结束，我们将在郑州休整几天。

从1967年1月14日到1月18日，也就是第69天到第73天，我们在河南省会郑州进行“革命串联”。

第69天，检查身体后，没有什么问题。很高兴，信心更足了。

到河南医学院、郑州大学看大字报，知道消息很多。从总理、伯达等的讲话，对陶铸的问题有了认识，对其它一些中央领导同志应如何看也有了认识。另外，看了《红旗》《人民日报》的最新社论，对资产阶级反动路线的新反扑、经济主义有了认识。敌人的手段是毒辣的。我妈妈单位组织干部出外串联就是这形式的表现之一。目前上海工人革命群众动起来了，全国的形势将会越来越好。坚决拥护毛主席的正确路线，向资产阶级反动路线猛烈开火！要关心国家大事，把无产阶级文化大革命进行到底。

北京，天安门广场，“东方红，太阳升”

另外，看了刘坚的信，知我校×××××（注：略去了名称）红卫兵（贯彻资产阶级反动路线者）进行反扑，感到万分气愤，要和这种路线作坚决斗争。

“×××××红卫兵”是二中一个老红卫兵组织。这个组织赞同“自来红”观点，伤害了不少非红五类家庭出身的同学，但把“贯彻资产阶级反动路线”“反扑”这样的帽子扣到这个组织的头上，是非常不妥的，“×××××红卫兵”不过是一个学生组织罢了。

在郑州，是在河南医学院第一附属医院“红卫兵门诊”检查身体。“透视检查申请单”的“病历摘要”上写：“咳嗽胸痛已一周余。”40多年后的今天，无意中翻开病历背面，看见写着这样一段话：“病历寄给你，可保存。病情是假的，不这样说医生是不肯给你检查的（不给你透视、检小便），不讲讲假话不行。”文中的“你”是我母亲。

我不吝惜力气，但不得不注意身体，徒步串联途中，我在几个大城市都做过体格检查。

小学三年级下学期，我得了慢性肾炎，全身水肿（特别是眼睑和小腿），前后三年共留院七次，其中有六次是在广东省人民医院。2012年，广东省人民医院门诊部一位中年医生对我说：“以前医治你的医生现在都是老前辈了，听他们说起上世纪60年代的儿科住院部，就像个幼儿园。”

的确是这样。坐落在广州东川路的这所省级医院的儿科住院部当年有一个很大的病房，布置得很温馨。每张病床上方的墙壁都挂着一个纸制的水果或动物标志，表明该床号码。由于我是“老病号”，和这里的护士很熟，她们都喜欢和我聊天。记得有一位护士阿姨叫卢莹。有一次，不知什么原因，她和我打赌，说：“如果我输了，就跟你姓。那时我也就成了崔莹了。”崔莹是朝鲜战场上罗盛教在冰窟中救起的小孩的姓名。

那时候，广播中经常传来外国名歌，印象最深的是《含苞欲放的花》和《梭罗河》。

忘记了是哪一位护士阿姨送了一本名字叫《病床上的歌》的书给我。不过，我不喜欢这本书，书内的描写给人有点恐怖的感觉。

大约1953年，广东省人民银行托儿所，“排排坐，食粉果”，我（前右）和小伙伴们

记得有天半夜，我旁边床位一个六岁小朋友突然坐了起来，隔着蚊帐对我说：“想妈妈。”他是新病人。不过，几天后他就习惯了。那年月，没有“陪床”，也没有“护工”。

医院北面窗外是马路，路边有几株大榕树。有一次，我拿了一块小石块，心里念念有词：如果能出院，石块就掷中那棵树。石块没有掷中大树，我懊悔不已。但我却很快出院了。那年我12岁。

每逢我对朋友说起这段经历，他们大都没有对我的病情表示“关心”，而是对医药费感兴趣，病了三年，怎么支撑得起来呢？其实，要讲起来也很简单，除了接近家徒四壁外，我享受了挂靠在我母亲单位的公费医疗待遇，连挂号费都不用，每月就交两元。当然，那时的药物比较便宜，极少打吊针（即打点滴），都是静脉或肌肉注射。每天早上或傍晚，护士阿姨拿一支药筒很粗的针给我打“葡萄糖”。“葡萄糖”是个通称，不知道具体加了什么药物。

停了三年学，跳了两年级，所以，我在中学，是个“老大哥”。我很注意锻炼身体。在广州二中读书，确实有得天独厚的地方。背靠越秀山，百步梯、游泳池、运动场成了我们最好的锻炼场所。校运会我也报名参加，项目是长跑，尽管得到的只是倒数第三名。

说以上这些有什么意思呢？目的是想说明，我的99天徒步串联有一点点“背景”。

继续谈谈这一天的感受吧。关于“经济主义”，“文革”时曾任上海市委书记的徐景贤这样回忆：“有些人打着造反的旗号，提出了补发工资、提高津贴、提前转正、发串联费等经济要求，而各级当权派中的某些人又根据市委‘经济上放宽一些，政治上可以争取主动’的指示，纷纷签字同意发放钱款和满足某些人的经济要求。如此一来，天下大乱……”（见《凤凰周刊》编的《大沉浮》，中国发展出版社2012年版）

而“上海工人革命群众动起来了”指的就是“一月风暴”，即“上海工人革命造反总司令部”夺取上海市委的权。在上面这本书中有中共上海市委原第一书记陈丕显的一篇文章《在“一月风暴”的中心》，他认为“上海工总司的成立开了一个恶劣的先例”。

“一月风暴”之后，“工人革命群众”正式参与“文化大革命”运动，并逐步取代红卫兵的作用，成了“文革”运动的“主力军”。

日记第三次提到陶铸，“有了认识”，这时应该知道陶被“打倒”了。多年后才知道毛泽东1966年12月29日在一个会议上批评江青未经中央批准就擅自指责陶铸犯了方向路线错误（见《毛泽东年谱》）。1978年，中共十一届三中全会“肯定了”陶铸“对党和人民的贡献”，“审查和纠正了过去”“所作的错误结论”。

第70天。郑州市是河南省会，文化革命开展还较好，街上的宣传也很多。

市内天气也非常冷，黄沙也括（刮）得厉害，估计今后将会遇到更大困难。但我们有决心克服它。

第71天，最后确定了今后的行动路线，直上绕天津到北京，见毛主席后再直南下。翟广雄的计划变了，他想早些回去到农村，可能是大虫搞的“鬼”吧。志在农村是好的，这是长时间的，但在这文化大革命中斗、批、改未告一段落，走得安乐吗？

我希望在北京参加军训后回广州参加文化大革命。看着资产阶级反动路线未彻底消灭，誓不罢休！要和造反者串连，要到学校串连，到工厂串连。

“大虫”是我们班一位同学的“花名”（外号），“血统论”猖獗时他受到比较大的伤害。

第72天，有消息改组新华社、中宣部，感到兴奋。这是以毛主席为代表的无产阶级革命路线的一个胜利。看着运动的逢（蓬）勃发展，心情更激动，总觉得自己做的小（少）极了，像站在运动之外，这是不行的。要多串联，多学习文件，多学习斗争经验，到北京参加军训，积极参加无产阶级文化大革命。

看到一些打着长征旗号游山玩水的人，他们吃饭不洗碗，好吃懒做，整天待在宿舍打闹、玩扑克，感到万分气愤，他们待到四月去坐车，简直是胡闹。我们决不承认他们是红旗（卫）兵，绝不承认他们是长征队。这种人可是使人感到万分气愤的。

按中央当时设想，1967年4月“春暖后”恢复坐车串联。

第73天，看了文化大革命大事记和两条路线斗争记，认识了很多问题。看到党中央、毛主席和反党分子、资产阶级反动路线作了坚决的斗争，更加感到阶级敌人是不甘心死亡的，他们要作垂死的挣扎。

这一时期编写的“大事记”“斗争记”自然都刻有时代烙印，具有“文革”色彩。

本来打算每个省会都留张影，但在郑州二七广场附近就是找不到照相的。这个愿望直到30年后才得以实现，不过背景标语已经不是“打倒”什么，而是某企业的“帝王彩电”。

第74天，早上7时多出发，约1时到黄河南岸接待站吃饭。午饭后坐车过黄河，再步行，约6：10到达忠义接待站。共走43公里（25，18）。

今天跨过黄河。黄河很宽。黄河大桥很重要，解放军保卫很严。想起解放前，蒋光头炸黄河花园口祸及几十万百姓，这血海深仇不能忘。黄河今天建得很好，黄河大桥在经济政治上都有很大意义。

如果说我们的“长征”有“不足”，那就是跨过黄河这段了，黄河大桥不允许行人经过，不坐火车插翅难飞。我们从“黄河南岸”站坐到“黄河北岸”站。

“蒋光头”是当时对蒋介石的一种极不尊重的称呼。不过，尽管今天对蒋的评价已经比较客观、公允了，但“花园口决堤”成中国抗战史上最惨烈一幕却是史实。“决堤造成重大伤亡并使数万顷良田成为泽国，我国损失惨重而又无法阻止日军南进”。（见2014年7月7日《羊城晚报》，林行上文）

第75天，早上7时出发，走公路，经过毛主席视察过的七里营。下午1：55到达新乡接待站，分配到专手管局。共走约32公里。

今天确给我们很大考验。32公里，只有离忠义15公里的七里营有接待站．而我们到七里营时只有10点多，我们就没有停留，继续前进。结果，午饭没有吃。天气较热，肚子也很饿，但我们仍坚持到胜利。

“专手管局”可能指的是专区手工业管理局。

没有在七里营“停留”可能是个遗憾。1958年毛泽东主席视察七里营时说的“人民公社这个名字好”那句话曾经给我们留下深刻印象。当时，他看见了挂着的“新乡县七里营人民公社”牌子。（见《毛泽东年谱》）后来，“人民公社好”也家喻户晓了。

我们在新乡停留了一天。

第76天，新乡是豫北的大城市，文化革命也搞得比较好。工人、学生都行动起来，街上的大字报很多。

我们遇到一位广州的“长征队”，此人说慌话，到处招摇撞遍（骗），丢尽了革命串联的面，正式挂着“革命串连”去搞游山玩水。我们决不承认他们是“红卫兵”。

今天在新乡买到毛主席纪念章，红光闪闪，真幸福极了。

毛主席纪念章版本很多。第一种是单纯毛主席像。第二种是毛主席像加上遵义、井冈山等革命圣地图案。第三种是毛主席语录。第四种是毛主席像加上“文革”期间不同派别的标志。这些像章一般发行量不大，而且大多是“内部流通”。

第77天，早上7时多出发，1：30到汲县吃中午饭。约2时出发，下午5：05到塔岗接待站。共走36公里（25，11）。

精神今天很不好，咳得挺厉害。

第78天，早上7时多出发，约12：30到高村桥接待站吃午饭。约2时出发，5：05到宜沟公社接待站。共走37公里（22，15）。

第79天，早上将近8时出发，约12时多到宝莲寺吃饭。约1：30出发，将近4时到安阳市。共走34公里（24，10）。分配到二旅社住。

安阳市的文化革命搞得较好，大字报很多，游行示威的也很多，离新乡仅三天就出现了很多新消息，其中伯达同志和蒯大富的讲话很重要。

陈伯达和蒯大富当时都是“风云人物”，到处“讲话”，“唯恐天下不乱”。

第80天，早上8时出发，走了一段冤枉路再进公路，约12时多到讲武城午饭。约1时多走，下午约5时到光禄接待站。共走38公里（20，18）。

今天进行（入）河北省了，已接近北京。许多广东长征队在春节前赶到北京，而我们则到保定，再绕道天津到北京。

安阳的接待站有一些北京某长征队的“离开接待站，彻底闹革命”的传单。建议是好的。

一些长征队每顿只交6分、7分，就交补助费，而自己平时不吃饭么？留下钱另用。最近财贸系统的紧急通告好得很。革命师生借接待站的钱就是要还。

有些文章说，当时串联有接待站，吃饭不用钱；实际上，吃饭的确比较方便，也有补贴，但却并非都是白吃。那么，有没有“白吃”呢？有的，对象是那些运动早期有资格免费坐火车到北京串联的“红卫兵和革命师生”，他们是毛泽东主席的“客人”。

第81天，早上7时多出发，约12时30分到达邯郸市接待站。分配到矿山公司。共走33公里。

邯郸市的文化革命搞得蓬蓬勃勃。目前很多走资本主义道路当权派的权被夺了，从报纸上说的山西，以及全国各地都是这样，这真是震动人心。一片片的大好形势。我更觉得待不住了。长征是有意义的，是革命串联的一部分，到各地革命串联也是有意义的，但我们更要搞好本单位文化革命。我要尽快努力进行好外地革命串联，吸收经验，打回老家去，就地闹革命。

解放军支持革命左派。邯郸今晚解放军游行示威，积极响应党中央、毛主席、林副主席号召，坚决支持革命左派，就（这）种行动受到革命群众热烈支持。

表面“蓬蓬勃勃”，实际上极端混乱。山西是比较早夺权的，而“革命左派”的标准就是“夺权”。

关于“坚决支持革命左派”，具体情况是这样的：1月21日，“毛泽东批告林彪：应派军队支持左派广大群众。所谓不介入，是假的，早已介入了。此事应该重新发布命令，以前命令作废。二十三日，中共中央、国务院、中央军委、中央文革小组发出《关于人民解放军坚决支持革命左派群众的决定》”。（见《周恩来年谱》）

对这里及上文提到的一些现象，《若干历史问题的决议》认为：“文化大革命所打倒的‘走资派’是党和国家各级组织中的领导干部，即社会主义事业的骨干力量”，“派人民解放军实行三支两军（支左、支工、支农、军管、军训），在当时的混乱情况下是必要的，对稳定局势起了积极作用，但也带来了一些消极的后果”。

第82天，下了一夜雪，到处都白了。我们走了整个河南都没下雪，今天反倒下了，今后行程将会更艰巨。

冒雪参观了晋鲁冀豫烈士陵园。陵园内有毛主席和许多首长的提（题）词，有左权将军的墓。遗憾的是一些展览馆没有开放。

第83天，早上7：50出发。下了雪路难走，铁路更难走，改走公路。上午到永年县吃饭。约12时、1时出发，晚5：15到沙河县。共走约39公里（20，19）。

沙河县城少（小）得可怜，简直不是个县。城内有不少传开的“最新消息”。这些消息究竟有没有40%是真的呢？

“消息”实在太多，而且“瞬息万变”，连我们都半信半疑了。

第84天，早7时多出发，约11时到邢台市接待站，约走14公里。

邢台是曾经发生地震的，国家对这里很关心。大概由于经常地震，这里的房屋都比较残旧。

邢台的文革也搞得好。一些执行资产阶级反动路线的人被带（戴）了高帽游街，解放军也示威积极支持左派。

我们住在邢台师范。

如上所说，解放军介入的目的是“稳定局势”，问题在于谁是“左派”，这应该是“带来了一些消极的后果”的一个重要原因。

邢台地震发生在1966年3月8日（在隆尧县）和3月22日（在宁晋县），强度为7.2级。10年后的唐山地震发生在1976年7月28日，强度为7.8级。两地相距如此之近，时间又是如此巧合，前者在“文革”之始，后者在“文革”之终。

第85天，早上7：10出发，先走公路，后走铁路，12：25到达内丘县接待站。1：30出发，约6时多一些到镇内接待站。共走48公里（26，22）。

第86天，早上约8时出发，1时多到达大陈庄接待站。下午将近3时出发，4：45到元氏县接待站。共走34公里（25，9）。

第87天，早上7时多出发，12时多到高迁接待站。下午约3时多到石家庄接待站。分配到河北工读师范学院。共走32公里（22，10）。

外出串联的钱粮伙食有统一规定是好的，但这里和那里不同却令人感到十分遗憾。36斤粮票怎么能顶得住呢？说到学校补助，我们出来已三个月了，和学校没有联系的。统一安排是好的，但必须想到各方面。

有关粮票的具体情况回忆不起来了，但徒步串联到了后期，粮食的

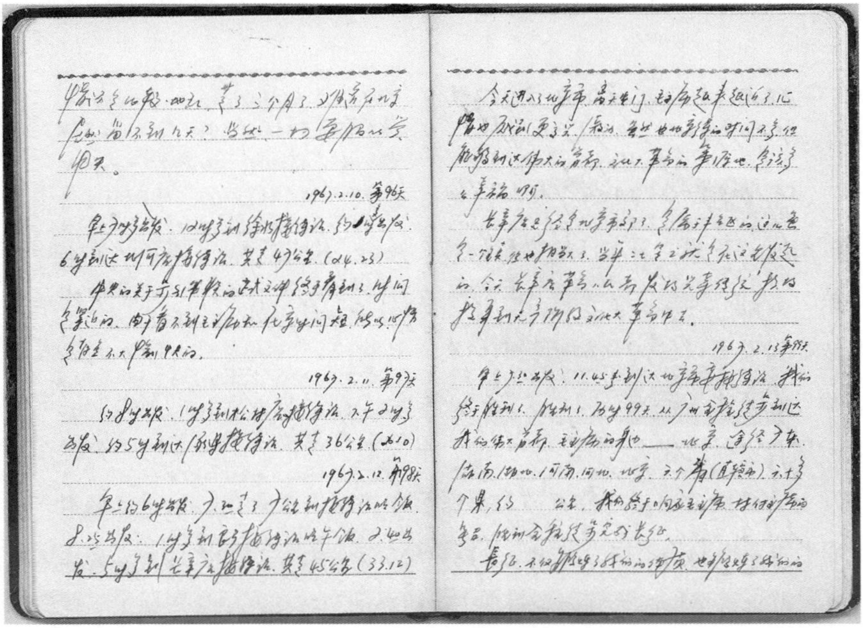

从广州徒步到北京的日记（1966年11月7日至1967年2月13日）

确成了问题。不过，我现在倒还保存有十多张串联途中的粮票，面值最大的是1966年版的“湘潭市通用粮票”，一市斤，有拖拉机图案，红色；最小的是1960年版的“上海市粮票”，只有伍钱，蓝色，印着“本市使用，遗失不补”（我们并没有经过上海市）。各地粮票的名称也不相同，比如“盐利县通用粮票”“重庆市粮食供应券”。

说到“联系”，其实，和家里联系也很少，一般到了大城市，会往邮箱里塞张明信片报平安。现在也有一些徒步探险之类，但设备尤其是通信设备之先进已不可同日而语。

从1967年2月2日到2月4日，也就是第88天到第90天，我们在石家庄进行“革命串联”。

第88天。目前全国展开夺权斗争，夺走资本主义道路当权派的权。北京、上海、山西、贵州、黑龙江，以及石家庄市，形势大好。这将是决定性的胜利。红旗第三期社论发表了，好得很。党中央和毛主席号召支持革命左派夺权。从一些来信中得知，广州及我校还较冷清，这是遗憾的。毛主席接见后，立刻打回广州去，就地闹革命，和工农相结合。

石家庄市的文化大革命好得很。革命造反派已夺了石市地委的党、政、财大权。驻石军区支持革命左派。

这里说的“形势大好”是指“革命委员会”相继成立。1967年1月中下旬，山西、贵州、黑龙江的“造反派”先后“夺权”。《红旗》杂志1967年第3期发表的社论是《论无产阶级革命派的夺权斗争》。对“支持革命左派夺权”应该如何看？《若干历史问题的决议》认为：毛泽东同志发动和领导“文化大革命”的一个主要论点是“过去的各种斗争都不能解决问题，只有实行文化大革命，公开地、全面地、自下而上地发动广大群众来揭发上述的黑暗面，才能把被走资派篡夺的权力重新夺回来”。这个“黑暗面”主要指的是“相当大的一个多数单位的领导权已经不在马克思主义者和人民群众手里”，“党内走资本主义道路的当权派在中央形成了一个资产阶级司令部”。而“‘文化大革命’的历史，证明毛泽东同志发动‘文化大革命’的主要论点既不符合马克思列宁主义，也不符合中国实际”。

第89天，参观了华北烈士陵园。里面的纪念碑、纪念馆记载着华北革命烈士的英雄事迹，抗日战争时的狼牙山五壮士、解放战争的董存瑞、回民英雄马本斋、地雷战的李海子、伟大的国际主义者白求恩大夫等等，还记述了三大战役、抗日战争等等，使人们对英雄的华北人民有一个更深刻的了解。革命烈士永垂不朽。

我们还在白求恩大夫墓前照了相。墓后有我们伟大领袖毛主席写的《纪念白求恩》全文。许多外地革命同志在这里默哀、扫墓。我们要好好学习白求恩同志的共产主义精神和国际主义精神，做到两个极端。

街上的许多大字报，使人感到许多问题必须加以分析。时传祥、庄则栋、吕玉兰等究竟又是个什么人呢？

得知北京的对待外地革命串联师生的最近决定（未知真假），感到有些少突然。以前的极端浪费，什么都优待，吃饭不要钱等是经济主义的表现，必须要改变，但对于长征队，我认为应以适当的补助，不能完全滑到另一个极端。长征队到北京也应该有一个规定住宿日期，这是对的。当然，将见不到伟大领袖毛主席了，这是另（令）人万分遗憾的。至于上海、南京等若不能去，也就算了，早些打回老家闹革命。

日记中列举的烈士陵园中的人物，都是我们当时的偶像，比如有这样一首粤语儿歌：“董存瑞，十八岁，为国牺牲炸堡垒。炸到堡垒粒粒碎，全国人民流眼泪。”我们现在都很清楚，这首儿歌已经成了“历史”，而随着对抗日战场评价的不断全面与客观，想必诸如此类的纪念馆也在不断翻新与充实内容。

拍的那张照片，漫天飞雪，可以看到，天气是越来越冷了。

对大字报披露的事情开始意识到“必须加以分析”。时传祥是被刘少奇主席接见过的掏粪工人（2009年因“宁肯一人臭，换来万人香”成为“感动中国人物”），庄则栋是世界乒乓球单打冠军，吕玉兰是新中国最年轻的合作社社长，也都是当时的“偶像式人物”。为什么还要问“究竟又是什么人呢”，因为他们也被怀疑了。没有经历过“文革”的人，很难想象那样一个“怀疑一切”的年代。领导被打倒，和领导握过手的也要被怀疑。

“最近决定”的具体内容忘记了，大概也是关于取消经济补贴、限制粮食定量、限制在北京停留时间之类的。粮食定量有了限制，对于我们这些“老老实实”地“走”的人来说的确增加了相当大的困难。当然，我们当时完全没有为国家算“经济帐”的意识，“到1966年底，铁路运输约有1000万吨物资被积压待运，主要是煤炭、木材、水泥、钢铁、矿山建筑材料、食盐、农副产品等，大部分是江南地区和三线建设需要的”。（见《中华人民共和国史稿》，当代中国研究所著，人民出版社、当代中国出版社2012年版）

第90天。目前石市的大字报有很大一部分关于天大“八一三”、南大“卫东”的。

从陈伯达、江青等同志的一些讲话中说及，不要大串联，要有组织的串联，外出串联的也应迅速回本单位搞好斗批改。虽然中央还没有指示（正式文件），但形势将向这方面发展。这样也是好的，将给一些投机分子、游山玩水分子以当头一棒。我们要遵照中央精神，搞好串联，迅速回本单位。

“天大”“南大”应该分别是天津大学和南开大学。

我的“徒步串联日记”，以及后面的“红卫兵大事记”，多次提及“陈伯达、江青等同志的一些讲话”，这很正常，如果没有这些人的讲话，“文化大革命”也就不存在了。江和陈1981年均被最高人民法院特别法庭确认为“林彪、江青反革命集团案”主犯。

所谓“好的”，也是充满无可奈何。

第91天，早上约8：30出发，12时多到新安村接待站。1时多出发，下午约5时多到东长寿（新乐县址）接待站。共走38公里（23，15）。

第92天，约8：00出发，12时多到寨西店接待站。1时多出发，4：05

到定县接待站。共走33公里（21，12）。

离春节很近了，一路上很多同志都很关怀我们，沿途向我们问候。接待站接待也比较热情。对这些同志都表示深切的谢意。

长征已经整整三个月了，锻炼是不少的，看问题全面些。目前，我们的目的就要到了，我们将再接再励（厉），坚持到伟大的首都——北京。

即将到来的是“文化大革命”开始后的第一个春节，“革命化”的春节。忘记当时有没有想念在广州行花街和逗利是的日子。

第93天，7时多出发，1时多到望都接待站。2时多出发，7：00到达于家庄接待站。共走49公里（27，22）。

今天行军是比较艰苦的，上午要走27公里才能吃饭，这要有很大的毅力。由于我们吃的是北方粮食，肚子很容易饿的，这是今天第一个考验。在下午出发后本来走约9公里就到方顺桥接待站的，但我们错过了，因完县车站和方顺桥车站是一起的，结果又要走夜路到达于家庄。我们要经受住任何的考验。

北方的冬天，夜色来得早，经常要“走夜路”，周围白茫茫一片，前不着村后不着店，但我们不感到慌张，完全没有“贼人出没”的恐惧。

第94天，早上9：00出发，11：45到达河北省会保定，共走约15公里。分配到市三中住。

在于家庄突然来了电话，在外串联的革命师生在15天内回到本单位。这突然而来的打乱了我们的计划。虽然未有正式文件，保定市内也没看到，但是我们可以肯定，迟早会有这文件的。从伯达、江青等同志的一些讲话及中央军委的命令，可以知道大串联已经是不要了，要有组织的串联。根据中央的精神指示，我们是应该早些结束外出串联，打回老家去的。另外，也为了防再出一突然事件，故我们迫着立刻改道，决定直达北京。在保定也只停留一天了。其它地方到京后根据中央指示再决定去不去。我们是外出徒步革命串联的，决不是游山玩水。一切要听党的话，要听毛主席的话。

今天是大年夜，虽然国务院已决定春节不放假，但街上还是比较热闹。革命派纷纷散发传单。许多单位的走资本主义道路的当权派和执行资产阶级反动路线的都被戴高帽游街。好得很！

“大年夜”（也就是广州街坊说的年三十晚）“戴高帽游街”，近半个世纪后的今天，再看这段文字，设身处地想一想，感触良多。看过好几部描写在喜庆日子上演悲剧的小说，比如鲁迅的《祝福》，而保定这一幕却是现实版，足可以看到“文革”的残酷；从字里行间也不难看出我当年幸灾乐祸的心态。实际上，当年无论是“造反派”还是“保守派”，都有某种程度的“光头佬担遮——无发（法）无天”。“担遮”者，打伞也。

四天后，2月12日，毛泽东同中央文革小组成员谈话。毛泽东说：“现在有打倒一切的风气。干部统统打倒，怎么行？怀疑一切，打倒一切，是无政府主义。”（见《毛泽东年谱》）

1967年2月8日和2月9日，即第94天和第95天，我们在保定“革命串联”。

第95天。春节抓了那些走资本主义道路当权派、资产阶级反动路线执行者来游街示威，确是大快人心。这些家伙昔日威风凛凛，今天就是要他威风扫地，大概在我们的广州也是这样吧。

保定市内有几个群众组织都是互相揭的，这样是否有利于左派大联合呢？

看了中央国务院关于步行串连的通知，心情还是比较地乱。走了三个月了，难道在北京居然留不到几天？当然，一切要服从党中央。

什么叫“走资本主义道路当权派”？什么叫“资产阶级反动路线执行者”？对当时的我们来说都是糊里糊涂，只是把他们简单地归为“革命对象”或“造反对象”。

河北省会这时是保定，1968年迁到石家庄。

河北石家庄，漫天飞雪，“要学习他（白求恩）毫无自私自利之心的精神”

这个“关于步行串连的通知”全称《关于革命师生和红卫兵进行步行串连问题的通知》（以下简称《通知》），是1967年2月6日发出的。《通知》指出：长途步行串连，在全国都停止，已到各地的步行串连队要迅速返回原地，返回时原则上应当步行。串连期间的伙食费、市内交通费一般应当自理。来北京的师生和红卫兵的食宿2月8日起，不再免费。

我们到北京后，接待站发了“返回”的火车票给我们，也安排了住宿，“食”倒是忘记有没有免费了。

多年后，广雄回忆说：“在保定，第一次看到三角形的雪花。到北方后，吃得最多的是馒头、粉条、玉米，还有就是玉米做成的糊糊，高粱做成的包，又红又白那一种。”

第96天，早上7时多出发，12时多到徐水接待站。约1时多出发，6时

广州越秀公园，“做完了一天的功课，我们来尽情欢乐”

到达北河店接待站。共走47公里（24，23）。

中央的关于步行串联的正式文件终于看到了。时间是紧迫的。由于看不到毛主席和在京时间短，所以心情是有点不大愉快的。

这天路过徐水。毛泽东主席那几句给人印象深刻的话“要收那么多粮食呀……以后人民就主要吃小麦，玉米和红薯喂牲口，喂猪；猪喂多了，人民就多吃肉”就是1958年8月视察徐水时说的。徐水成了“共产主义试点”。但仅仅过了两个月，毛主席就否定了这个“经验”，认为“徐水把好猪集中起来给人家看，不实事求是”。（见《毛泽东年谱》）我们当时不可能完整地知道这些信息，只是感觉“粮食吃不饱”。

第97天，约8时出发，1时多到松林店接待站。下午2时多出发，约5时到达涿县接待站。共走36公里（26，10）。

第98天，早上约6时出发，7：30走了7公里到接待站吃饭。8：25出发，1时多到良乡接待站吃午饭。2：40出发，5时多到长辛店接待站。共走45公里（33，12）。

今天进入了北京市，离天安门、毛主席越来越近了。心情也感到更高兴、激动。虽然在北京待的时间不多，但能够到达伟大的首都、文化大革命的策源地，是该多么幸福啊。

长辛店已经是北京市郊了，是属于丰台区的。这儿虽是一个镇，但也相当大了。当年二七大罢工就是在这里发起的。今天，长辛店革命人民都发扬光荣传统，积极投身到无产阶级文化大革命中去。

第99天，1967年2月13日，早上7：30出发，11：45到达北京市委接待站。我们终于胜利了，胜利了。历时99天，从广州全程徒步到达我们伟大首都，毛主席的身边——北京。途经广东、湖南、湖北、河南、河北、北京，六个省（直辖市）六十多个县，约（　　）公里。我们终于响应毛主席、林副主席的号召，胜利全程徒步完成长征。

写日记时还没有统计出多少公里，后来把每天的公里数加起来，是2354公里。再后来，进一步统计，知道我们当时经过了82个县和市。

第四节　“从来就没有什么救世主”

我们终于到达北京。在2月13日的日记中我还这样记录：

长征，不仅锻炼了我们的体质，也锻炼了我们的思想。我们从各个地区吸收了革命的经验，学会了造反精神。我们有很大的决心，打回广州去，彻底闹革命。

长征是将近结束了，我们永远不能忘怀沿途工人、农民、解放军、革命群众对我们的热情支持、热情关心、热情帮助。虽然我不知道他们的名字，但他们永远记在我心中。民主街的铁路工人、李家寨的青年接待员、广水的老工人……他们又出现在我眼前。衷心感谢这些革命群众，我决不辜负他们对我们的期望。

长征，我们是有着不少做得好的。1．注意三大纪律、八项注意。不随便给接待站找麻烦。2．不怕艰苦，饿顶着，寒顶着，下雪下雨照样行军，不怕疲劳，敢于发扬连续作战的作风。3．我们决没有打着长征的旗号干游山玩水的勾当。我们没有去逛公园、随便逛影院。4．我们是全程徒步串联，没有坐车。我知道，坐一步车就等于一步也没有走到。这是一个很大的考验。5．在各地能好好参观大字报，学习当地的革命经验、造反精神。6．能听毛主席的话，“关心国家大事”，比较自觉地进行政治学习、社论学习。但是我们也还有两点做得比较不够的。沿途宣传毛泽东思想不够，只是散发语录、传单。主动访贫问苦不够。这是必须进行总结，吸取经验，主动和工农结合，把文化大革命进行到底。

今天又看到了中央和国务院关于中学生开学的通知。这个通知很好，我一定要一边开学一边闹革命。

今天长征路过了卢沟桥。我们仔细观看了这座有历史意义的桥。

北京，人民英雄纪念碑，“从来就没有什么救世主”

北京市长征接待站设在虎坊桥劳动保护展览馆，已由革命派接馆（管）。接待站将于18日零时撤销。我们分配住在北京外贸学院。

我们在卢沟桥逗留了一段时间。对抗日战争这段历史，我们当时主要通过电影《地道战》《地雷战》《铁道游击队》《平原游击队》、小说《烈火金钢》等了解到的。不过，对眼前的这座桥，我们可能更多注意到它"七七事变"的政治意义和历史意义，而没有注意到它作为石拱桥的文化价值，每个柱头上都雕刻着不同姿态、惟妙惟肖的狮子。

不清楚"革命派"是些什么人。

到北京后的第一件事是剃了个光头，因为我发现身上有跳蚤了，这对南方人来说新奇而又可怕。不过，这一剃不要紧，也就有了脱胎换骨的意义，意味着我加入了"革命队伍"，那年月，不少老红卫兵就是光着脑袋的。

然后，我单独或和广雄、阿星一起，在北京拍了好一些照片。背景分别是天安门、纪念碑、人民大会堂、"首都人民公园"。"首都人民公园"也就是颐和园。后来，我特意把在人民英雄纪念碑前照的那一张放大。我完全相信无数革命先烈为了人民利益献出了宝贵生命，正像电影《董存瑞》那句经典台词："为了新中国，冲啊！"他们梦想中的"新中国"是怎样的呢？人民过着平等、自由、幸福的生活。

1967年3月19日，《中共中央关于停止全国大串联的通知》（以下简称《通知》）下达。《通知》说："在外地、外单位串联的学生和群众，刚刚返回本地、本单位，斗、批、改的任务很繁重。因此，中央决定：继续停止全国大串联，取消原定的今年春暖后进行大串联的计划。"

作家肖复兴写的《绝唱老三届》（新华出版社2012年版）有一篇文章介绍北京学生蔡立坚等三人"从北京徒步串联到达山西"。他们是这样考虑的，"红卫兵长征坐火车给国家的负担太大，我们应该徒步长征串联，一边走还可以一边了解社会"。我们当时应该没有"为国分忧"的境界，也没有多少"走进社会"的意识。

《南方都市报》刊登我的长征"口述史"时加了这样一个标题：《徒步99天赴京串联，睹惨剧虔诚不变》。"虔诚"这个词用得好，当时我们确有一种“宗教信仰”味道。每天《新闻联播》开始时我们都跟着唱：“东方红，太阳升，中国出了个毛泽东。他为人民谋幸福，呼儿嗨哟，他是人民大救星。”不过，当《新闻联播》结束时，我们也会跟着唱：“从来就没有什么救世主，也不靠神仙皇帝。要创造人类的幸福，全靠我们自己。”

也许，我们当时潜意识里，是以为走路到北京，意味着成为“革命”队伍中的一员，从而可以改变自己的命运吧。实际上，在谈这一段经历时，也说不上什么“以此为荣”；40年来在各种场合我从不提这件事，甚至可以说已经淡忘了。“大串联”毕竟只是“文化大革命”的一个产物。

如果说我们的这段还值得回忆的九十九天徒步串联有“闪光点”，那也不过是受到“压制”，不屈服于命运，用苦行僧的方式达到目的；而在这过程中，见识了社会，并得到精神上和意志上的锻炼。

…………

40年后，2007年12月28日。清晨6点30分，天气阴冷。我到广州市西郊泳场室外池游了18分钟。我应该还可以继续5至10分钟，但我不再“坚持”了。

游泳池水温14（一说是17）摄氏度是冬泳起始的标志，这时候应该只能游14分钟，以后每降低1摄氏度就少游1分钟；一般在第二次感觉冷之前上水，以上岸10分钟之后不发抖为底线。这是规律。不过，要掌握这个“规律”好多时候需要付出代价。天气寒冷时，刚下游泳池会感觉很冷，这是第一次感觉冷，但过了一会，身子会慢慢适应并热起来，如果一直游到再次感觉冷，也就是第二次感觉冷，然后上水，那就迟了。这时上来后会浑身发抖，有时会持续十分钟以上，很容易感冒。由于掌握规律，不久后（2008年春）那个最难熬的日子我也坚持过来了。当时水温为9摄氏度。

说到游泳，有一件事还想说说。2006年，广州市组织横渡珠江。我由于报名迟，被安排和三位二十来岁的后生仔推那上百斤重的写着“荔湾区”的牌子，游在最前面。一切还算顺利，不过，刚踏入家门，我就拉肚子。原因显然是现在年年提及的水质问题。我不明白，以前珠江边不是有很多以小船为家的“水上人家”吗？他们当年怎么生活？

回到12月28日这一天。离开游泳场后，我直接坐车到大学城，在广州大学给中文师范专业的44位学生上这个学期“语文教学论”的最后一课。

与4年前刚搬来时相比，大学城漂亮多了。花树高矮参差，错落有致。印度橡胶榕宽大肥厚的叶子，黄槐金黄色的小花；黄白的鸡蛋花，墨绿的芒果；还有树枝稳健壮观的高山榕，被誉为“有效的空气净化器”的垂叶榕。这里实在是一个适宜读书的地方。只是下课后，学生和教师相处的时间不如以前在“城里”。有人说，这样不利于学生成长，他们接受教师的指导少了；也有人说，大学生不像中学生，他们不需要教师事事照顾。

世上好多事情都是这样既对立又统一。

同学们：早上好！上学期我给同学们上了“语文教学论”，这个学期又上了“语文课程改革研究”。有十多个同学还在我指导的那个实习点实习。我很少给一个班的同学连续上一年的课，这样说来，我和同学们也是有缘分了。的确，每当我走进课室，看见同学们期盼的神情，我就感到身上的责任。和同学们一起的时候，我感到愉快。

我感谢我们班的同学。正是大家的“技术支持”，使我能及时用上色彩鲜艳的电子板书上课，增加了教学内容的“可视性”，提高了教学质量。

我感谢我们班的班干部。正是他们的“短信服务”，使我能顺利地组织同学们从大学城进入广州市内见习，完成了教学任务。

同学们都知道，这个学期，我们班里多了一位女同学。她来自其他班，是利用业余时间来听我的课的，一节不漏。实习后，她对我谈了自己的感受。她说：“我真的想做一名教师，从来也没有这样强烈想过，我觉得把自己的知识和人生经历与学生分享是一件很幸福的事。”在有的人还在为读书“有用”还是“无用”感到困惑时，这位同学的言行使我感动。

同样使我感动的是，两周前，一位男同学希望得到我写的那本《教育的理想与现实》。他说，经过实习，他才觉得那本书对他真的很有帮助。

不少同学的桌面上还摆放着《教育的理想与现实》。由红色和黑色构成的封面使人产生联想。2005年由暨南大学出版社出版的这本28万字的书记录了我在大学、中学和小学的所见、所想、所做。上海人民出版社主办的《中外书摘》转载了“语文阅读调查”中的一小节。一位学生给我发来信息：“崔老师，你写的书很实在，我每次看都会从中得到新的启发，真的，《教育的理想与现实》我看了很多次了，书都翻皱了，但仍然觉得很有启发。”我满足了。这本通篇“教育常识”的小书本来就是为老师们和未来的老师们写的。

…………

同学们，我经常扪心自问：你究竟拿什么东西给你的学生？你的学生从你那里得到了什么？是的，我给同学们上了一年课，整整上了90节课，每一节45分钟，我讲了不少东西，组织了不少活动，但究竟有多少东西对同学们真正有用？

同学们很快就要毕业了，很快就要成为一名语文教师，我只能提出这样的希望，希望我一年来在课堂上给大家讲述的一些观点以及所举的一些事例，能对你们的将来有所帮助。

当你面对一所新的学校，一个新的班级，并感受到那种“新”的压力时，希望你能记起我在课堂上说过的“教育是一种创造性的劳动”的观点。每一位教师，他所上的每一节课，所组织的每一项活动，只要是按教育规律实施，他都付出了创造性劳动。每一位教师都要懂得研究自己的教育环境和教学环境，并创造出适合实际情况的教育和教学的模式以及方法。

当你面对不断提出新要求的教学改革，并产生彷徨不安的感觉时，希望你能记起我在课堂上说过的“教学改革是一个‘过程’”的观点。语文教学改革30年的本身是一个探索的过程，是一个不断完善和不断发展的过程，对“以往做法”不能简单地否定，要用辩证的观点看问题。

当你为自己不能掌握那些“名师”的先进方法而感到烦躁不安时，希望你能记起我在课堂上说过的“教师的教学能力发展有一定的规律，有一个从‘必然王国’走向‘自由王国’的过程”的观点。师范实习生以及刚刚“出道”的年轻教师处于“必然”阶段，他们在课堂教学中应该更多地注意教学内容的科学性和教学程序的合理性，尽量把教案设计得清晰而平实。而“自由”阶段的主要特征则是新颖而丰富。

当你进行阅读教学设计因为参考资料中丰富多彩的方法提示而感到难以取舍时，希望你能记起我在课堂上说过的“阅读教学由指导阅读和指导交流两个环节组成”的观点。阅读教学是简单的，又是丰富多彩的。我们不要把它复杂化。但要注意，没有读就没有交流。而要指导学生如何读，首先得了解他们的兴趣。

当你为自己不能使学生写出“独特感受和真切体验”的文章而感到焦虑时，希望你能记起我在课堂上说过的“要实现‘我手写我心’需要有技巧和阅历”的观点，而这个阅历受到社会大环境的影响。当然，要指导学生写好文章，还是得先了解他们的兴趣，了解他们是如何把文章写出来的。

…………

最后10分钟，我打开课件，给学生们展示了广州图书馆转自《南方都市报》那篇题为《徒步99天赴京串联，睹惨剧虔诚不变》的口述实录。“实录”介绍了我19岁的时候，历尽艰辛，从广州步行2354公里到达北京。课室里响起一阵惊叹。

同学们，我不是说当年99天的徒步串联是件快乐的事情，或者幸福的事情。我只是想用年轻时的经历告诉大家，要锻炼自己具有一种坚毅的性格。同学们还很年轻，面前的路还相当漫长。当你培育你的学生“热爱祖国语文的思想感情”，指导他们“正确地理解和运用祖国语文”时，当你成家立业，面对开门七件事“柴米油盐酱醋茶”时，还会遇到很多意想不到的困难，但无论遇到怎样的艰难险阻，我希望大家一定要坚强地生活。我衷心祝愿同学们明年九月找到理想的工作单位。下课！

当我走出课室的瞬间，手机出现一条信息：“崔老师，我会一直记得，在我努力成为一名教师的过程中，我能够遇到您！谢谢您一直以来的指导！谢谢您，崔老师！”我不知道这位学生的姓名，也不清楚其他同学是否有同感，但我相信他们像当年的我们那样，希望拥有自己美好的明天。

第二章　血与火

第一节　写于1968年的“红卫兵大事记”

我们在广州市第二中学经历的“文化大革命”，前后近三年，从1966年到1968年。

其实，作为普通学生，我们对“文化大革命”的到来并不感到很突然。正所谓“家事国事天下事，事事关心”，人民出版社1965年版的《关于国际共产主义运动总路线的论战》和1963年版的《全世界无产者联合起来反对我们的共同敌人》，我一直“珍藏”到现在。九评苏共中央“公开信”发表时，我正在广州市第三中学读初中。三中校园的围墙外侧有一个阅报栏，我在那里读完每一“评”的全文。阅读时，我注意到这样一个“细节”：从“一评”（《苏共领导同我们分歧的由来和发展》）到“六评”（《两种根本对立的和平共处政策》），每一“评”，第一次提到赫鲁晓夫时，都称“同志”，而第二次（起）提到时就不一定有“同志”这两个字了。从“七评”（《苏共领导是当代最大的分裂主义者》）起就不再称“同志”了，显然性质发生了变化。

“不感到很突然”还由于1963年以后，众多文艺作品一部接着一部被“批判”，比如当时比较有看头的电影《北国江南》《红日》《早春二月》。我们被告知，这些电影“宣扬了资产阶级思想”。

“不感到很突然”还由于我们那几年一直接受“阶级教育”。“文革”前，印象深的事情有两件：我们班一位同学的“老工人”父亲到班上“忆苦思甜”，我参加学校话剧队在校门口上演过一场“破除迷信”的街头剧。

1968年10月，也就是离开二中前夕，我们写了一本《红卫兵大事记》

（简称《大事记》），大约有15万字。我把这部“书稿”带到海南东红农场，后来不知怎么传到陈虫虫（后改名为陈重重）同学手上。虫虫“文化大革命”前就读于广州市第二中学高一（3）班。2011年，也就是43年后，他在电话中告诉我这件事，并把整理好的文稿发到我邮箱。

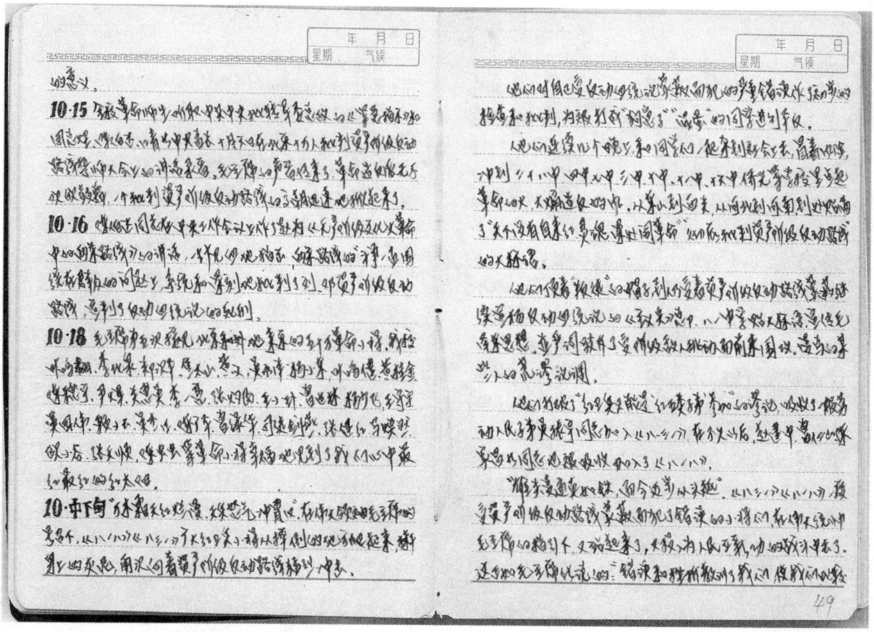

广州二中红卫兵大事记（1966年6月1日至1968年9月13日）

亲爱的红卫兵战友们，当我们满怀战斗的豪情，胜利的喜悦，脱下“二中红革会”那鲜红鲜红的袖章，当我们挥舞着战斗的、革命的笔，回顾三年来毛主席对我们多次谆谆的难忘的教导，回顾那“对反动派造反有理”的如火如荼的战斗历程，心情该是多么的激动啊！

…………

还记得吗？“九一五”张贴的革命对联是何等的振奋人心呵！我们学习了伟大舵手毛主席关于党的阶级路线的指示，在全校贴出了第一副革命对联“父母革命儿接班，父母反动儿背叛，理应如此”，冲破资产阶级“特权思想”的囚笼，砸烂反动血统论的枷锁，向资产阶级反动路线展开猛烈批判。

我和同学们，“在毛泽东旗帜下前进”

这是发生在我们学校的事情，能保留这么一份材料，不能不说难得。但这是我写的吗？读后没有一点感觉。我怎么也想不起是我写的。于是，虫虫又把“实物”扫描发过来，白纸黑字，才知道真的是自己当年的“杰作”。这本《大事记》写在1968年7月21日“增城县三江公社沙头大队北中队全体贫下中农”赠送给我的一本笔记本上。《大事记》正题是《前进毛主席的红卫兵》，副题是《广州市第二中学红联指红卫兵革命委员会无产阶级文化大革命大事记1966.6.1—1968.9.13》。

“红卫兵革命委员会”（简称“红革会”）是我们当时所属红卫兵组织的名称；而“红联指”全称为“红卫兵联合指挥部”，由“红革会”等二中几个观点相同的红卫兵组织组成。

从还原历史来说，这多少是一幸事。

虫虫2011年5月把这篇《大事记》发到网上给当年的红卫兵们，并加了这样一个按语：

感谢阿干为咱们回忆在二中最后那几年的经历留下了详细的文字资料，看过原稿的人都无不为那一个个细小端正的钢笔字所叹服，真不知道当年阿干是如何完成的。

阿干从自己、从高二（4）班、从“红革会”的视角记录下“文革”时的二中，这就必然有局限而使有些人觉得有疏漏，例如一些事情的具体经过。

不管如何，在遇到自己的记忆与该记录不相符时，除非另有文字记录或其他佐证，我选择以该记录为准。毕竟它完成于1968年10月，距今已有40多年之遥了。

请各位静静地看自己的故事吧，文中提到或还没提到的当时在二中的人，都是二中那段历史的创造者或称之为经历者吧，也可以说是文中所叙发生在二中40多年前的故事的“作者”。也请各位“作者”在审视40多年前的自己的同时也替阿干扩充一下视角，使该文的故事再丰满些哪怕摘去一些枯叶也好。

“阿干”就是我了，这是在二中读书时，同班同学给我起的“花名”（也就是“外号”，总不能叫“昵称”吧），后来一直叫到农场。在农场时我实在太瘦，可能给人有“无米落锅”的感觉，有好心的老工人对我的同学说，你们不要再叫他“阿干”了。

高二（4）班（我所在的班）何代宁同学看了这篇《大事记》后，也在网上谈了自己的看法：“这篇大事记在完成之前，曾经征求过‘红革会’几乎所有活跃分子的意见。好些人都提供过材料并参与审稿。初稿完成是在龙眼洞学习班期间。之后的补充，如果还有的话，当是在去海南岛之后的事情了。

“当然，40多年了，中国的形势翻天覆地，每个人对这一段历史都会有不同的解读。

“有这样一篇写实的大事记，至少是对二中当年‘文革’历史的一个补充。在更大的意义上来说，这是广州中学红卫兵运动的一个典型的记录。有历史研究价值，值得尊重。”

第二节 “造反有理”

根据《大事记》的记录，我们学校是1966年6月正式开始“文革”的。

实际上，冰冻三尺，非一日之寒。如果说1965年11月10日《文汇报》发表姚文元文章《评新编历史剧〈海瑞罢官〉》，我们还一头雾水或者半懂不懂，那么，1966年5月16日，中国共产党中央委员会发出通知，我们就猜测到大概有什么事情要发生了。“五一六”通知指出“赫鲁晓夫那样的人物，他们现正睡在我们的身旁”（历史学家大都把1966年5月16日定为“文革”的开始之日）。当时，“赫鲁晓夫”是“修正主义”的代名词。

印象更深的倒是评邓拓、吴晗、廖沫沙（当时分别任北京市委和市政府领导人）以“三家村”为名写的文章。按我们的理解，这些“大毒草”的“伎俩”就是“影射”。当时风声鹤唳，大家都想方设法揪出攻击伟大领袖的“黑手”。《中国青年》1964年第24期封底有一幅题为《你追我赶》的油画，内容是描绘农田丰收景象：一群年轻人挑着刚刚收割的庄稼，个个健步如飞，前景是一片起伏摇动的芦苇。同学们竟然能从中“发现”一些“反动”东西。比如，把画倒过来，可以看到芦苇中有两位伟大领袖的头像。当然，这一切都是“想象”，子虚乌有。实际上，我们当时作为中学生，对“黑手”之类完全谈不上有什么“深仇大恨”，更多的是好奇而已。只是，一连串事件造成到处都有“阶级斗争”的紧张空气。

《大事记》从1966年6月1日开始记录。以下另外字体的内容，除了有说明的，都是《大事记》中的原文。原文有日期，但没有“年”“月”“日”，为了阅读方便，补上了。此外，有的内容做了删节，侮辱性字眼如“黑××”的“黑”也删去，但没有增加，更没有改写。从规范角度考虑，有的标点符号做了修改，“工作队”统一写成“工作组”，“同志”

统一改为“同学”，“战士”“战友”就不改动了，这是“血与火”年代的称谓。没有必要公开的人名或组织名删去或用×代替。

1966年6月1日，我们最最敬爱的伟大领袖毛主席下令向全国、全世界广播了北大聂元梓等同志的全国第一张马列主义的大字报——《宋硕、陆平、彭珮云在文化大革命中究竟干了些什么？》，广播一响，北京“炸”了、全国“炸”了，群众运动如火如荼，六月风暴席卷全国。

《人民日报》发表重要社论《横扫一切牛鬼蛇神》。社论指出：“一个势如暴风骤雨的无产阶级文化大革命高潮已在我国兴起！”

二中在酝酿如何停课闹革命。

“席卷全国”，潘多拉的盒子打开了。

《人民日报》使用了一个极具侮辱性的词语：“牛鬼蛇神”。

《若干历史问题的决议》指出：“‘文化大革命’是一场由领导者错误发动，被反革命集团利用，给党、国家和各族人民带来严重灾难的内乱。”

6月3日，下午四时中央人民广播电台广播了中共中央关于改组北京市委的决定和北京新市委关于撤销北大陆平、彭珮云一切职务的决定后，二中全校一片沸腾，广大革命师生纷纷写大字报、大标语支持这两个决定。

6月4日，高二革命小将怀着对伟大领袖毛主席的无限热爱，画出题为《要扫除一切害人虫，全无敌》的我校第一幅革命漫画，画上比喻《中共中央决定》像政治扫帚一样把牛鬼蛇神统统扫除，毛泽东思想必然取得最后胜利！

革命漫画得到广大革命师生的坚决支持，然而，我校党支部及四清工作组的某些人说什么“这幅画不严肃”，什么“这幅画有问题”。当同学们反驳时，又大叫什么“连党支部的意见都不听”，什么“煽动同学转移目标”。最后，威迫和蒙骗某些同学把这幅画收起来。

“要扫除一切害人虫，全无敌”是毛泽东写的《满江红·和郭沫若同志》中的一句。“文革”期间有不少“战斗队”用毛泽东诗词命名，如“百万雄师”，如“从中笑”。

写到这里，突然感到有点莫名的怯，这是不是为“文化大革命”招魂和唱赞歌？我相信，没有人希望时光倒退。实际上，我也只是希望把史实记录下来，把当时的做法和想法客观地展示出来，给后人阅读或评价提供一份离事实真相尽量接近的材料罢了。如何才能达到这一目的呢？最有效的莫过于引用笔记或日记的原文。现在的不少回忆录凭想象来写，难免重新构建，误差自然会比较大，毕竟是几十年前的事了，正所谓好记性不如烂笔头。

6月5日，通过漫画事件，广大的革命小将已经觉察到二中这间“重点学校”“小独立王国”的阶级斗争是多么激烈、多么复杂，高二同学串联召开了小会，详细地分析了漫画事件的经过和学校的形势，研究了从各方面揭发党支部的计划。

6月6日，高二同学写的我校第一张革命大字报——《这是为什么？》揭发了校党支部某些人压制对我校语文教师写的鼓吹海瑞精神的大毒草《海南随笔》的批判。

工作组、党支部抡起“一致对外”的大棒，叫什么“内外有别”“不准转移斗争大方向”。

据高二级一位同学回忆，他们当年是参照北京“三家村”的“罪行”，一条一条地对应“批判”《海南随笔》。

起头的又是高二级学生。为什么说“又”呢？因为1966年春天在圆明园集会点着“红卫兵运动”星火的一群清华附中学生就是高二级的。为什么是高二级？因为老大哥高三级学生都在准备高考（《人民日报》1966年6月18日公布中央决定暂停高考）。

“火”开始燃烧起来了。应该说，5月底6月初，学校表面看似平静，但大家心里却不平静，一只眼望着北京，一只眼盯着校园，只要有一点点

"火星"，立刻会引起"爆炸"。所谓"望着北京"，就是注意中央的一举一动，具体来说就是注意《人民日报》。"九评"后，《人民日报》在一般人的心目中成为权威，而"社论"往往给大家提供了思想武器和行动"合法性"的指南，大家都"有样学样"。

这两天，广州地区的"三反分子"（"三反"即反党、反社会主义、反毛泽东思想）也开始被"批判"。首当其冲的是我们当年十分尊敬和喜爱的作家秦牧和他的《艺海拾贝》，以及欧阳山和他的《三家巷》。

6月7日，不少同学被迫写出检讨。"一致对外""不准把矛头指向党支部""誓死保护党支部"纷纷出笼。

6月8日，高二同学写出《横扫一切害人虫，全无敌》的长篇大字报，指出党支部矛头指向了群众。这些坚强的红色造反者还把革命漫画重新张贴出来。下午，工作组、党支部开会，一方面为二中党支部打保票，说什么"二中与北大党委不同"，"要相信经过四清的二中党支部"，一方面又"放"出六个教师的黑名单，妄图转移斗争大方向；王××还说什么"对党支部贴大字报是有转向的"啦，什么"高二级同学跟党支部闹对立"啦，什么"有不少同学是不相信党的，甚至连中共广州市委也不相信"啦。一些学生也跟着嚷起来，"如果对党支部贴大字报，对我们是不利的，是有转向的"，"他们提意见的目的，很怀疑是否想把党支部搞好"。会上，高二级红色造反者指出："对我校党支部的错误应写大字报批判。"

这个"会"应该是有学生代表参加的会议，王××是学校校长兼党支部书记。

从这里，我们可以看到工作组、校党支部相当尴尬的处境。他们一方面要积极投身"文化大革命"，正如《大事记》所说"给群众定框框，使大字报'全面开花'，造成'个个教师挨批挨整'的恐怖局面"；另一方面又要对学生的"转向"加以引导，正如《大事记》所说"去调查当时最造反的高二级革命小将'后台'"；再一方面又得自保，要为自己的行为进行辩护和解释（怎么可能反对党中央，反对毛主席呢），而万万没有想到的是，“引导”的结果是火烧到自己身上了。

6月14日，工作组布置各级辅导员搞学生“左中右”排队名单。

我没有见过这份“排队名单”。客观地说，如果仅仅是内部作为掌握动态情况的研究，也属于正常工作范围或者“标准程序”（当然，如果“左中右”有“指标”，性质就不同了）。但在一个如此敏感的时间，如此敏感的地点，做一些如此敏感的事情，往往说不清、道不明。

6月17日，“学生代表大会”开锣，学代会主席按工作组及党支部的调子作了“总结”。

实际上，从一开始，老师和同学中对党支部和工作组就有“支持”和“反对”两种看法。不过，这两种不同看法的出发点应该一致，口号也一致，都是“保卫党中央”，“保卫毛主席”。“支持者”不用说了，怎么能够反对党支部呢？根据工作组的指示，要采取稳定局势的措施，在党的领导下进行“文化大革命”；而“反对者”认为，《人民日报》传达的是毛泽东的声音，要通过“天下大乱，达到天下大治”。

7月1日，高二、高一的一些革命小将怀着对党、对毛主席的无限热爱，写出了入党申请书。

这里的“革命小将”包括“写出第一张革命大字报”的一位“高二同学”。

实际上，无论“支持者”还是“反对者”，基本上都出身于红五类家庭，那些非红五类家庭出身的，怎么敢“轻举妄动”呢？

7月4日，由四清工作总团出面，罢了王××的官。

7月5日，工作组长在学生中扬言教师的“性质”要由“同学讨论来订”；在教师集会中提出科组长也是当权派。

7月6日，革命小将向级辅导员索取学生排队的材料。

晚上，高二级一些班核心组成员到市委书记薄怀奇家中揭发了工作组不相信群众，制造黑名单等等错误。

7月12日，市委书记薄怀奇在层层保护下，驾临二中，召开了部分同学座谈会，革命小将再一次要求撤换工作组。

7月14日，新工作组进驻二中。

薄怀奇时任广州市委书记处书记，文化革命领导小组组长，分管文教工作。据高二级一位同学回忆：“薄书记是在他家里的客厅见我们的。”

当时党支部、工作组的做法，都是贯彻了上头“精神”。比如，1966年6月9日，薄怀奇书记就在一次全市中学生代表会议中强调要摆事实，讲道理，严禁打人，反对学生上街游行和贴大字报。而这又显然根据的是6月3日中共中央政治局常委扩大会议上同意的开展运动的“八条要求”，包括“大字报要贴在校内”“开会不要妨碍工作、教学”“游行不要上街”“内外区别对待”“不准打人、诬蔑人”等等。

7月18日，北京城阳光灿烂，我们心中最红最红的红太阳毛主席胜利地回到无产阶级文化大革命的策源地——北京。毛主席一到北京，第二天就尖锐地指出，派工作组是错误的，运动犯了方向路线错误。

其实，派工作组（队）是很“传统”的做法。问题在于，以前的工作环境、工作对象和“文革”期间的工作环境、工作对象不同。正如周恩来7月29日在北京“万人大会”上所说：工作组绝大多数的同志是好的，主观愿望上是要搞好的，就是因为工作方法是老一套，老革命遇到新问题嘛。（见《周恩来年谱》）刘少奇的机要秘书刘振德说：“由于工作组的选派工作很仓促，临时组成的班子匆忙上阵，再加上上面的指导思想不一致，工作组的工作很难开展。他们大都是按照老框框，求稳怕乱，按部就班”

（见《刘少奇的最后岁月》，黄峥编著，九州出版社2012年版）当代中国研究所著的《中华人民共和国史稿》也这样说：工作组“用过去搞政治运动的老办法，既领导群众批判所谓‘反动学术权威’、‘黑帮’，同时，也努力限制部分师生打人、侮辱人的过火行为，尤其是反对那些极力把斗争矛头对准各级党组织的行为”，“不少工作组受历次运动‘左’倾思想的影响，也整了一些人”。

7月22日，以高二、高一的红色造反者组成的二中常委产生了。它显示了革命小将“搬开绊脚石，自己闹革命”的决心。

这里的“红色造反者”基本上都是“文化大革命”前的学生干部，全都是共青团员。

8月1日，《人民日报》发表社论《全国都应该成为毛泽东思想的大学校》。社论传达了毛主席一九六六年五月七日给林彪同志一封信中的指示。毛主席说：“学生也是这样，以学为主，兼学别样，即不但学文，也要学工、学农、学军，也要批判资产阶级。学制要缩短，教育要革命，资产阶级知识分子统治我们学校的现象再也不能继续下去了。”

“五七指示”还包括“军队应该是一个大学校”，“工人也是这样”一些内容。“《五七指示》所展示出来的社会主义模式，虽然包含有一些大胆的设想和富于想象的预见，反映出对当代资本主义社会弊端的一些尖锐批判，体现了一种理想主义追求，但从总体上来看，它是不现实的。”（见《中华人民共和国史1966—1976》）而当年的红卫兵和学生参与“文化大革命”，包括后来的上山下乡，在一定程度上就是要努力实现毛泽东的这个政治蓝图。

8月7日，毛主席的声音传来，立刻撤走工作组。全校革命师生无不兴奋、激动。

大约在工作组撤出的同时，有关方面也宣布了大中学校“放假半年闹革命”的决定。

8月13日，中央人民广播电台广播了《八届十一中全会公报》，喜讯传来，全校沸腾，广大革命师生上街游行到深夜，誓把无产阶级文化大革命进行到底！

《人民日报》发表社论《学习十六条、熟悉十六条、运用十六条》。

八届十一中全会通过了《中共中央关于无产阶级文化大革命的决定》，也就是“十六条”。《若干历史问题的决议》认为“一九六六年五月中央政治局扩大会议和同年八月八届十一中全会的召开，是‘文化大革命’全面发动的标志”。

8月15日，北京南下串联点火的革命小将带来了毛主席的声音。同学们纷纷杀出社会，杀到外校，大点革命火，大煽造反风。

8月17日，“红色接班人”在《要文斗不要武斗》的大字报中指出，武斗是不符合党的政策的。

“红色接班人”是二中一个学生群众组织。

“要文斗，不要武斗”是根据“十六条”相关条文提出的。

在大串联过程中，我们经常渴望“打回老家去，就地闹革命”，具体来说就是要回到学校“斗、批、改”。“斗、批、改”是“十六条”规定的“文化大革命”的目的和任务。由于“天下大乱”，这个“斗、批、改”一直只能断断续续进行。

在中学，“斗、批、改”早期的主要方式是写大字报和出油印小报，进行“大批判”。“大批判”的目标是文化部门“黑帮”和“刘邓资产阶级反动路线”，但我们都不热心，更多是“走过场”（形式主义）。而具体到学校呢，主要对象有“黑”和“红”两个方面。“黑”，指的是学校和社会上一些所谓“牛鬼蛇神”；“红”，指的是“血统论”。

在我印象中，这个“黑”，在我们学校主要针对三位老师。《大事记》记录有批斗他们的“原因”。

第一位是王校长。王校长兼任党支部书记，“罪行”是“镇压群众运动，执行资产阶级反动路线”。这都是莫须有的，前面已经说过了。

第二位是教导处叶主任。“罪行”是“打击工农革干子弟”，“实行阶级报复”。估计是把学校“文革”前招生、考试、升留级等教务工作的“账”算到叶主任头上。

第三位是一位语文教师。“罪行”是写了“大毒草”《海南随笔》。指责《海南随笔》“鼓吹海瑞精神”，显然是受姚文元《评新编历史剧〈海瑞罢官〉》的影响，实在冤枉得很。

对这三位老师的批斗相当惨烈，毫无人道。

1966年8月11日，革命小将再一次批判斗争了王××，短兵相接，给王××戴了高帽，游了学校。

1966年8月25日，全校革命师生斗争了叶××，彻底打翻在地，再踏上一只脚，叫他永世不得翻身。

在《大事记》的原文中，王校长叶主任都是被指名道姓的。

“当时建了‘牛栏’，把被批斗的老师关在里面。”写作本书时，一位当年“负责管‘牛栏’”的同学对我说，“‘牛栏’地点大约在球场旁的平房里，我记得是学校工厂的房间。当时由武装民兵负责管理，各班各级要开批斗会，得在我这里领人，会后再送回来。初时的批斗是以班或级的形式展开的，也还比较文明，只是叫叫口号，进行批判发言，绝少动手。最多就是给戴高帽，挂黑牌，名字上打××，去批斗和送回时，在学校内游一下。再就是‘勒令劳动’，扫地、扫厕所等。”

这里提及的“戴了高帽”，并非“文化大革命”的发明。毛泽东写于1927年3月的《湖南农民运动考察报告》就有提及：“把土豪劣绅戴上一顶纸扎的高帽子，在那帽子上面写土豪某某或劣绅某某字样。用绳子牵着，前后簇拥着一大群人。也有敲打铜锣，高举旗帜，引人注目的。这种处罚，最使土豪劣绅颤栗。戴过一次高帽子的，从此颜面扫地，做不起人。”“文革”期间，被戴高帽的往往都是知识分子以及高级干部（即使不是“知识分子”也是有“知识”的人），所以，我们可以理解，为什么很多人戴高帽后精神几乎崩溃（被批斗者往往还要先承认“罪行”，这同样极侮辱人格，摧毁人的尊严）。当时的“革命小将”熟读毛泽东这篇文章，能背诵里面许多“指示”，如“革命不是请客吃饭，不是做文章，不是绘画绣花，不能那样雅致，那样从容不迫，文质彬彬，那样温良恭俭让”。再如“矫枉必须过正，不过正不能矫枉”。实际上，毛泽东在“文化大革命”期间多次提出反对武斗。比如他1967年9月20日在武昌同武汉军区和武汉警备司令部负责人谈话时说：“不知谁批准的搞‘喷气式’、挂牌、戴高帽，红卫兵还引用我的《湖南农民运动考察报告》，但那时是对土豪劣绅的。”（见《毛泽东年谱》）

在对上述几位老师的批斗中，我尽管没有可能“冲锋陷阵”，但同样也没有丝毫同情和怜悯，我总希望自己能站稳“革命”立场，一言一行都体现出“造反”精神；我写大字报的笔是尖利的，连直呼姓名都做不到，使用了不少侮辱性词语。我应该对这三位老师表示深深的歉意与内疚。

当时，我绝没有想到，这三位在二中“文化大革命”中的受害最深者后来都成了我直接或间接的同行或同事。

《海南随笔》的作者是语文教师，我后来也在中学当了多年语文教师，在大学研究的是教育学和语文学科教学论。

王校长20世纪80年代在广州师范学院当副院长，而我开始是该学院的学生，后来留校任教。我们好几次见面，都会寒暄几句，但都没有提及往事。

何代宁在2010年6月写了一篇博客《我心中的广州二中》，对当年的王校长有一段回忆：

“我们都很喜欢游泳。夏天游了，天气冷了，我们高一（4）班和高一（3）班的一帮同学还偷偷摸摸去冬泳，违反了学校的规定。结果，王校长马上就到了我们班，狠狠地点名训了我们一顿。除了强调纪律外，最后还有一句很动感情的话：‘万一出了什么事情，我对你们的父母亲没有办法交代呀！’说得我们低头无言，从此不敢再私自活动。”

和我来往比较多的是叶主任。他后来是广州市第一批特级教师。我和叶主任有过一番谈话，内容被收入我写的《教师笔记——对广东语文教学的调查与思考》，该书2002年由广东人民出版社出版。以下是其中部分内容。“T”代表我，“叶”是叶校长（“文革”前是教导主任）。

T：叶校长，我看过你发表在《广东教育》1980年第11期的一篇文章，《打好基础培养能力重在训练》。你认为，要在阅读训练、语言基本训练和写作训练三方面下功夫，使学生逐渐养成自学的能力，这样，才能使他们在今后一生的学习和工作中受益无穷。显然，强调这一点也是重要的，在强调“活”的时候，不能放松了“实”。

叶：我在中学教了近40年书，当过教师、班主任、语文科组长、教导主任、校长，但始终是一个普通教师，从未脱离过语文教学。50年代初，学习苏联“红领巾”教学法；1956年是推广普通话；50年代中，试教文学、汉语分科课本；60年代，搞中学五年一贯制改革；1962年，广东省自己搞语文改革，抓基础，抓讲读课改革，我当时还在广雅中学上公开课，很多人听课；80年代初试教自编的《阅读训练》《写作知识和训练》《现代汉语知识和训练》分科课本；80年代中又执教新编全国重点中学语文分科型课本，连续进行了三轮试教。可以说，改革，是我教学生涯的主线。

T：“文革”后我听过叶校长讲的课，给我印象最深的就是词语的落实，随手抓起一个词语，就能讲解，就能辨析。

叶：字、词、句、读书、写字、读写结合，主要还是这些。

T：“文革”后的改革，主要抓了哪些?

叶：强调“一主两翼”。“一主”就是以发展能力为主，“两翼”指的是基础和智力。广州市的语文教改好，二中的语文在广州市站得住脚，就是抓了这条。缺点是学法少，忽视了语文的学习法，只是强调教法。另外是不够重视中国母语传统。要考虑传统和现代化如何结合。现在什么上网啦，作家写文章也不用笔啦，这只是技术上的，本质还是一个母语问题。

T：还是要重视母语的特点，重视母语的学习和教学。叶校长，你对年轻教师怎么看呢？

叶：年轻人吸收快，现代东西领会快。但注意不要摆花架子。语文教师本身要过关，要有基本功。传统的东西如《滕王阁序》，如果能背一百几十篇，琅琅上口，唐诗背得一两百首，那就不同了。这些中国传统学习方法不能丢。我们以前《说文解字》钻得很深的。

把这段内容在这里摘登出来，是为了表达我对叶主任的歉意和敬意，也让有兴趣回忆往事的当年二中“红卫兵”们对叶主任有一个新的了解。

我在写这本书的时候，有一次打电话给二中一位比我们年轻的语文老师。我向她了解二中的一些情况，并顺便告诉她我打算写一写二中的“文化大革命”。

“你当时是哪一派？‘红旗派’，还是‘东风派’？你们有没有逼叶主任离婚啊？”她在电话那头大笑。“文革”时她还是个小学生。

我尽管多少知道一点这件事，但还是感到震撼。谁能感受到叶主任当时的心情？

《大事记》还对以下事情做了记录（姓名用××代替）：

1966年8月25日，一些受反动路线蒙蔽和无政府主义思潮影响的人把许多教师打入牛栏，并进行百般侮辱和毒打。

1968年5月3日，抄了我校右倾翻案的急先锋、漏网右派分子×××的窝，搜到×××一大批翻案的材料。

6月中旬，有关专案组抄了大叛徒××，国民党残余××以及××等的家，开展清理阶级队伍的工作。

7月2日，革委会组织了斗批×××大会。

7月9日，二中革命师生再一次召开大会斗批×××。

1968年8月至9月，中教学习班进入了清理阶级队伍的阶段。广大红卫兵小将紧跟毛主席的战略部署，组织了专案组和革命的师生员工一起对混入教师队伍的牛鬼蛇神进行了深入调查、批判和斗争。经过了艰巨的战斗，在进一步批臭了漏网右派分子、右倾翻案的急先锋×××之后，又揪出了破坏文化大革命的黑手×××，以及×××等一小撮叛徒、国民党残渣余孽、反革命分子、死不悔改的地富反坏右分子，取得了毛主席革命路线的伟大胜利。

最后两个“×××”包括了多名教师。

对于这里提到的“中教学习班”，2014年春节期间的一次聚会，广州市三中一位老师回忆说：有一千多人，集中在好几间中学。“学习”期间，有跳楼的，好像还有被打死的。

1967年6月28日，我写了一张题为《×××中要革命的老师自己起来解放自己》的大字报，“×××”是一个由出身“红五类”的老师组成的群众组织的名称。大字报披露了老师之间的一点现象。

他们召开了一些实质斗争会的所谓“革命促进会”“恳谈会”，压制了一部分老师，打击了一部分老师的革命性。

“批斗逐步升级，对叶主任真是太残酷。”2013年4月19日，在一次同学聚会中，一位当年的老红卫兵这样回忆，“一位个子不高的女同学，你不要看她平常文质彬彬的样子，打起人来真是够狠。举起拳头就往下打。另一个把叶主任的头一直往下按，使他都失去重心。我当时主持大会，使劲把他们拦住。我觉得太极端了。会还没开始，就把人打得这样。我感到很失望，这也是我后来退出这支红卫兵的主要原因。”

另一位当年的老红卫兵担任现场秩序的维持，护着被批斗的老师，但拳头像雨点一样打下来。“我自己也被打了好几下。”他说。

这些打老师的学生，一般来说，都没有个人仇恨，是谁点燃了他们的仇恨之火？

打人者应该向一切曾受过他们殴打和侮辱的老师表示歉疚和忏悔。歉疚，是觉得对不住别人，对自己的过失感到不安；忏悔，则是认识了过去的错误或罪过而感觉痛心。两者都有一种主动的意识；而这种意识，往往是在反思过程中产生的。

其实，打人者与被打者几十年后心里都仍然存有阴影。广州三中一位当年的红卫兵给我们讲过这样一件事："文革"后，她有一次回三中，当一位女教师见到她时，十分恐慌，脸颊不断地抽搐，"我以后再不敢回去了"。听了这番话，有同学背后说，那位老师是"见过鬼怕黑"，我们这位"红卫兵"当年一定……

我在这里再引用何代宁一段博客。他初中就已经在二中读书，对二中比我了解得多，感情也深得多。所以，下面好几个地方，我想本来应该用上"之一"的，但他也省略了：

"广州二中从来都是广州市最好的学校。她拥有当时市内最强的师资队伍。其中令我的印象最深刻的，有教导处叶主任、历史老师郭心兰、语文老师林曼玲、政治老师黄志章、俄语老师李曦……作为学生，我们在老师们的带动下，就像每一个教室的黑板上挂的标语一样，'团结、紧张、严肃、活泼'，在学校里建立起了浓厚的学习氛围，努力争当'德智体全面发展'的最好的学生。"

林曼玲老师没有教过我。印象中，当时她的"罪名"是"母爱教育"。我想，今天的家长倒是最希望老师能给自己的孩子多一点"母爱"。

我在二中读书时，教语文的是廖晏钟老师。"文化大革命"后，廖老师调到广州市教育局教研室任中学语文教研员（1996年至1998年，连续三年的夏初，我都和他一起被"封闭"在从化，审阅广东省中考语文试题）。他曾被《语文教学通讯》杂志选为封面人物。

大约在20世纪90年代，在广州市教育局教研室，廖老师和我交谈时，介绍了这样一件事情："1980年左右，我们参加'漓江之秋'语文教学研究活动。我在会上做了个发言，中心内容是要培养青年语文教师。这个提议的出发点，第一是'文化大革命'后出现了断层现象，一些青年教师知识方面有欠缺。第二是考虑到我们和上海、北京比，差距大。我们中年一辈很难赶得上了，把希望寄托在青年身上。广州那么大，希望培养一批拔尖人才，否则有愧于广州。这次会议之后，大约是1983年，我们组织了10个语文教师到上海、杭州参观学习。"

这些“语文教师”后来大都成了广州教育界和语文教学领域的“顶梁柱”。

另外还有几位后来和我有“关系”的老师。其中一位是章以武老师。我入读广州师范学院时，章老师教我们写作。章老师的“成名作”是电影剧本《雅马哈鱼档》（拍成电影后显示出浓郁的市井风情和强烈的地域色彩，记录了20世纪80年代初的广州）。他博学，讲话幽默风趣，很有正义感。2003年到中学听课后，他在座谈会上说了这样一番话：“计算机网络教育和语文教育相结合，信息量大很多。不过，实践过程太浮躁，要走到另一个极端……要学生精彩，首先要有教师的精彩。教师要有人格魅力。如果没有血肉，没有情感，将来怎能写好文章？怎能写好文字？今后书法怎么办？”不过，章老师留给我印象最深的倒是闲聊时讲的一句话：“各人头顶一片天。”

提及以上几位老师，不外乎想说明当年我们进行“造反”的二中，实在是藏龙卧虎之地。

当年，那股红色风暴从校内卷到校外。在校外，是以“破四旧”的名义进行的。

“破四旧”的“始作俑者”或鼓动者，可以说是前面提到的《人民日报》1966年6月1日那篇题为《横扫一切牛鬼蛇神》的社论。社论说：“无产阶级文化大革命，是要彻底破除几千年来一切剥削阶级所造成的毒害人民的旧思想、旧文化、旧风俗、旧习惯，在广大人民群众中，创造和形成崭新的无产阶级的新思想、新文化、新风俗、新习惯。”

8月中旬，我校广大革命小将响应毛主席“你们要关心国家大事，要把无产阶级文化大革命进行到底”的伟大号召，开始杀向社会，掀起轰轰烈烈的破四旧、立四新的革命运动。

这个“破四旧”大致有以下内容：第一，改名。包括地名、商店名。第二，改服饰。“宣战”对象是香水、雪花膏、口红、项链等奢侈品及港式衣裙、火箭鞋等等。在广州，扑克、象棋等都停售。第三，毁坏名胜古迹。比如在广州，被毁坏的有海幢寺的四大金刚，华林寺的五百罗汉，黄花岗七十二烈士陵园的自由神雕像，以及越秀山的五羊雕像。第四，抄家。上述2014年春节期间那次聚会，广州市三中一位老师回忆说：当年广州市抄家得来的东西集中在圣心大教堂（石室）和西村体育馆，“一千多张酸枝台椅日晒雨淋；黄金倒是单位集中，收藏处只有几个人知道”。第五，斗人，打人。 这一切，已经演变成对民族传统和外来文化的普通破坏。

8月下旬至9月上旬，二中广大红卫兵小将和革命学生把学校的斗批改发展到社会上的斗批改，取得辉煌成绩。他们抄了地、富、反、坏、右、资的家，把社会上的牛鬼蛇神打得落花流水、人仰马翻！他们押送反动透顶的四类分子回乡，把他们的“变天账”“复辟书”撕了个稀巴烂！

这时候，破的已经不仅仅是“四旧”了。“红色恐怖”制造的冤案实在数不胜数。冤案制造者应该向一切有“单位”和没“单位”的受害者道歉和忏悔。

关于抄家，事隔40年后，当年广州市二中一位同学在博客中还说了这样一件事情（该老师姓名用×代替）：“×老师的历史课深入浅出，生动易记，原来就是我们最喜欢的教师。没想到，她的档案记载，×曾在国民党时期担任过广州市的法官。按当年的标准，那就是典型的历史反革命，应该在隔离审查后去抄家，看看有没有什么隐藏起来的反革命材料。”

“我带着十几个人的一队红卫兵，按照档案上的地址去找×在解放路的家。一路上，我想×作为法官，家里一定很大，这一次可有事情干了。哪知道摸上门后，发现她住的竟然是大路边一座楼房地下的楼梯间，居住面积不到十个平方米，有门无窗，简直不是人住的地方。站在门外，回想起×老师在给我们授课时那种神采飞扬、谆谆善诱的敬业表现，我怎么也不可能将这与眼前的现实联系起来。心中极为惭愧，于是宣布收队。回校后吩咐同学们把×老师从‘牛栏’里放了。”

这大概属于“喜剧”收场了。但更多的是悲剧。

前面提到的初中同学阿竹回忆说：三中红卫兵来抄家时，“我心都凉得像冰块”，“烧了我家很多字画，正间花雕门楣、屏风都被毁了”。阿竹的祖父开了一家很有名的药房，“但后来破落了，家境一落千丈，”阿竹说，“记得国庆典礼要排演，女同学要穿花裙子，我还要向一位女同学借”。

“那为什么还要抄你的家呢？”我问。

“四清、‘文革’，我家都难逃一劫，而且往往还是第一家被抄。”

痛定思痛，每一个稍为有民族感的人都会思考：悲剧为什么会发生？

《中华人民共和国史稿》认为：“一个时期以来，‘左’的理论宣传和教育，把一定范围内存在的阶级斗争扩大化和绝对化，使众多的干部和群众接受了资产阶级随时准备复辟，并成为党内产生修正主义根源的观点，从而误以为‘文化大革命’的发动是必要的。全国革命胜利后，党内一些人脱离群众的现象也超过从前，最突出的是特权思想和官僚主义。”

《大事记》中有这样一段记录：

革命小将批判斗争原党支书的行动始终是革命的！这正如伟大领袖毛主席六七年视察三大区时所说的：“有些干部为什么会受到群众的批判斗争呢？一个是执行了资产阶级反动路线，群众有气。一个是官作大了……严重脱离群众。这样，群众就有意见。平时没有机会讲，无产阶级文化大革命中爆发了，一爆发，就不得了，弄得他们很狼狈。”

毛泽东这段话来自于1967年10月7日中共中央整理转发的《毛主席视察华北、中南和华东地区时的重要指示》。“官作大了”应是“官做大了”，省略号包含这样的内容：“薪水多了，自以为了不起，就摆架子，有事不跟群众商量，不平等待人，不民主，喜欢骂人，训人”。（见《毛泽东年谱》）

那几年，毛泽东在不同场合还讲过类似内容的话。比如1965年重上井冈山，他曾经这样说：“千百万革命先烈用鲜血换来的人民江山，会不会因为我们队伍里滋长特权思想而改变颜色呢……你们看，苏联党内特权、官僚集团占据了国家要害部门，捞取大量政治、经济利益，一般党员和老百姓没有什么权利，你提意见，他们不听，还要打击迫害。我们国家也有这种危险啊！官僚主义作风反过多次，仍然存在，甚至还很严重。你们比我知道得多，但报喜不报忧。做官有特权，有政治需要，有人情关系。县官不如现管，假话满天飞，这些很容易导致干部腐化、蜕化和变质，苏联就是教训。”（见《党的文献》2006年第3期，《回忆毛泽东重上井冈山的一次谈话》，王卓超文）

上面《大事记》中的“始终是革命的”纯属“文革”语言，无须批驳。但客观地说，当时一些大字报内容，的确有反映某些官员“严重脱离群众”的现象，也有反映他们的生活作风问题（那时候“腐败”这个词语使用频率不高）。比如1967年6月19日，我写了一张“批判”广州二中某领导“实行家长式独裁”的大字报，从今天来看，里面很多内容是片面甚至很片面的，但也确实有一些属于“某领导”的错误。以下是其中几段未经删节的内容。（该领导人用“某领导”代替，受“打击”的老师分别用“甲”“乙”“丙”“丁”代替）。

甲同志敢于向他提意见，结果在反右时挨某领导整了一顿，要甲带病检查。

在小整风时，乙老师由于不满某领导的专横跋扈作风，而顶了他几句，某领导立刻公开大骂说：“调出去，调出去！二中怕没有人？只要我到教育局说一声就行！”

党员教师丙回顶了某领导的几次无理批评，某邻导就怀恨在心，在全校师生大会上大骂丙教师，后来又把丙调走。

丁老师有一次没有材料做兔笼，就给某领导大骂，百般打击，说丁是‘拔草主任”，最后又把丁调走。

实际上，“文化大革命”刚开始时，刘少奇也有毛泽东上述看法。据刘少奇机要秘书刘振德回忆，1966年7月中旬某日，刘少奇在听取北京师范大学第一附属中学的工作组成员和学生代表的汇报后，说：“过去中央千方百计寻找一条途径，以纠正各级干部中正在滋长起来的官僚主义作风和脱离群众的现象。社会主义教育运动是一次尝试，希望文化大革命成为一次更好的机会……”（见《刘少奇的最后岁月》）

第三节 “血统论”的肆虐与批判

“红卫兵”1966年5月“诞生”，8月形成“运动”。

人民教育出版社2006年版的八年级下册《中国历史》这样注释“红卫兵”：“当时的部分青年学生出于对中国共产党和毛泽东的信赖，参加保卫毛泽东的斗争，自称是‘红卫兵’。”

1966年6月24日，清华大学附属中学红卫兵写了一张题为《无产阶级革命造反精神万岁》的大字报，声称“革命就是造反，毛泽东思想的灵魂就是造反”。

8月1日，毛泽东主席写信给“清华大学附属中学红卫兵同志们”，对“造反有理”“表示热烈的支持”。信中最后有一段话，说明毛泽东当时还是希望这场运动走上“正轨”：“还有，我们支持你们，我们又要求你们注意争取团结一切可以团结的人们。对于犯有严重错误的人们，在指出他们的错误以后，也要给以工作和改正错误重新做人的出路。”

8月18日，我们最最敬爱的伟大领袖毛主席身穿绿军装，戴上红卫兵袖章，登上天安门，首次接见了百万革命师生和红卫兵小将。

陈虫虫是高一（3）班学生、共青团员，出身革命干部家庭，是10月18日那一批（即第五次）见到毛泽东主席的。据他回忆，从9月15日那一批（即第三次）开始的赴京串联才是属于“官方组织”的，我们学校一共1470人，也就是有147个同学成了“幸运儿”。

我和翟广雄、刘坚，正是在这样的背景下，徒步串联从广州走到韶山和北京。当时还有不少长征队，既有坐车串联的，也有徒步串联的。

多年后的一次聚会，前面提及的广州三中女同学阿兰说，她是毛泽东第八次也就是最后一次接见红卫兵时接受的检阅（阿兰的入团问题尽管稍有波折，还是被团委通过了）。

“你怎么会有资格呢？你可不是‘红五类’。”我说。

“后来很混乱，我们都上了火车，挤得水泄不通。到了北京，吃饭是不用钱。住在已经腾空的课室里，在地上铺上稻草，上面再放一张布。”

我没有见到毛主席，但在1967年9月26日，在北京欢迎阿尔巴尼亚客人时，也亲身见证过一次那种万人蜂拥的时刻。我们离周恩来、谢胡（时任阿尔巴尼亚部长会议主席）的敞篷车还是相当近，但也就是一瞬间。客观地说，当时秩序还算比较文明，没有听说国外朝圣时人们互相踩踏那种恶性事件发生。这种“文明”的代价是，你得在广场上待上很长一段时间，而领袖出现时，大多数人只是远远地见到几个绿色或灰色的身影。我想，这样产生的“幸福感”，更多的是自己给予自己的。

毛泽东当年之所以成为千百万红卫兵的“偶像”，我想至少有这样几个原因。第一，毛泽东是前面提及的“老三篇精神”的倡导者。第二，如《若干历史问题的决议》所说：“对毛泽东同志的个人崇拜被鼓吹到狂热的程度。”第三，毛泽东对青年学子的关心。这种关心，应该是发自内心的。比如1957年11月17日在莫斯科对中国留学生说的“世界是你们的，也是我们的，但归根结底是你们的”那一番话。又如1966年8月4日在中共中央常委扩大会上，对在一线主持工作的中央领导人提出了尖锐的批评：“中央自己违背了自己的命令。中央下令停课半年，专门搞文化大革命，等大家起来了，又来镇压。”（见《毛泽东传》，中共中央文献研究室编，中央文献出版社2011年版）毛泽东在这里说的“镇压”，主要指“文化大革命”初的工作组事件。其实一般工作组存在的问题主要是工作方法和思维方法方面的，尽管也出现过些许冤假错案，但毕竟离动用枪支和坦克还远着呢，所以“镇压”这个词是过重了，甚至可以说是“不着边际”。但不管怎样，毛泽东的态度在当时的确赢得学生好感。17天后，1966年8月21日，“经毛泽东批准，中国人民解放军总参谋部、总政治部发出关于绝对不许动用部队武装镇压革命学生运动的规定”。（见《毛泽东年谱》）第四，毛泽东的个人魅力也是成为“偶像”的一个因素。比如，他那风趣的、天马行空的语言风格极富个性（一些极情绪化的言论多是“文革”后才被“披露”出来的）。相比之下，现在某些官员的官腔令人憎厌。在电视上看过这样一个画面，某官员慰问遭受地震灾害的一个小孩，口里念念有词，而小孩一脸惘然，心里可能在想：这位伯伯你说的是什么呀？

8月22日，一些革干、革军子弟串联成立了我校第一个红卫兵组织——毛泽东主义红卫兵，“红色接班人”和常委的部分同学加入了这个组织。

2013年9月，当年“毛泽东主义红卫兵”中的一位对我回忆说：“8月中旬，陆续有北京学生来广州串联，再加上毛泽东主席《我的第一张大字报》也传到广州，‘文革’的狂热性更加厉害，广州本市中学之间的串联也更加频密。而当‘八一八’毛泽东第一次接见红卫兵后，红卫兵风起云涌。我们学校以高二（3）班、高二（4）班为主的干部子弟也组织了红卫兵。一段时间以后，北京有消息传来，红卫兵叫‘毛泽东主义红卫兵’，我们的组织也就更名了，简称‘主义兵’。后来，我们与东山区另一所中学的‘主义兵’联合，组成广州毛泽东主义红卫兵总部。总部核心人员叫‘勤务员’，‘总勤务员’由那所中学的同学担任。”

1966年8月，二中“主义兵”和某些学生提出了“自来红万岁”“自来红们站起来”等口号，组织了所谓“红五类战斗组”，打击和压制了广大的出身一般劳动人民家庭和剥削阶级家庭的同学。

“主义兵”也就是“毛泽东主义红卫兵”。在写这本书时，为要不要隐去这个名称犹疑很久，最后还是觉得要尊重历史，讲“血统论”这段历史，是不可能绕过“主义兵”的。实际上，从后面的记叙中也可以看到，“主义兵”也是“有血有肉”的。

1966年8月，由于红卫兵这个新生事物的出现，高二级五位革命小将怀着对毛主席无限热爱的心情，抱着对无产阶级革命事业无限忠诚的信念，奔赴无产阶级文化大革命的策源地——北京，去寻求革命的真理。

据五位“革命小将”中的一位（以下简称“高二级革命小将”）回忆：其实，他这是第二次进北京，“第一次是在六月下旬和七月上旬。‘文化大革命’从批校党支部、工作组、校级领导转向斗老师。社会上流传的‘中央首长讲话’很多，各学校的学生也开始进行交流，我们觉得有必要去北京看一下，了解运动大方向。当时还没开始免费串联，我们几位在北京有亲戚关系的同学用盖了学校大印的证明买了火车半票。在北京，我们到学校大字报墙看大字报。当看到‘血统论’那副对联，以及另一起陪衬的顺口溜‘龙生龙，凤生凤，老鼠生儿打地洞’，我们认为正确。回到广州后，我们用大字书写这副对联，并张贴在学校大门两侧及门楣。不能不承认这副对联具有极大的迷惑性，它使家庭出身好的孩子产生高人一等的优越感。之后各班成立了‘红五类小组’，管理班内事务，直接导致班内形成不同家庭出身同学的分化，甚至对立”。

8月23日，反动对联的出现，做成了同学们之间的对立，严重地转移了斗争大方向。高一级同学相继贴出大字报，坚决反对“自来红万岁”等錯误观点。然而，在这时，反动血统论的势力是多么猖獗，“假红五类”“叛徒”“狗崽”等帽子立刻压过来。

这里说的“相继贴出大字报”的“高一级同学”都是“红五类子弟”。实际上，并非只有非红五类子弟反“血统论”，甚至可以说（至少在广州市第二中学），最早起来反“血统论”的是一批出身于革命干部家庭的“红五类子弟”。

2013年9月21日，我和陈虫虫、何代宁等几位原二中同学在广州某酒家叙旧，巧遇45年没有见过面的“高一级同学”中的一位。他还清楚地记得这件事：“我是写过这样一张大字报，反对‘血统论’，当时一些同学把我抓到食堂，我说这是我爸爸妈妈教我的，是毛主席教我的。”

陈虫虫也表示，他当时就不赞成这副对联的观点。2013年9月29日，他发了一份邮件给我，谈了自己的看法。他认为，很多后来加入“红卫兵革命委员会”的同学都不赞成“血统论”。原因有多方面，包括“文革”前受到党的阶级政策的教育，以及学校对学生情商培养的重视。

一个时期抓“阶级斗争”的影响，使得无论出身劳动人民还是非劳动人民的学生都背上包袱。出身好的不注意思想改造，不努力学习，出身不好的对前途悲观。党对此很重视，多次强调：党对待不同出身和经历的青年，重在看他的表现。《中国青年报》还发表了题为《重在表现是党的阶级政策》的社论。这些言论对那个时期的青年学生工作有很大影响。学校也在纠正过去的错误做法。我们学校就有不少非劳动人民出身的同学入了团，担任了班、年级、学校的干部，还有担任了武装民兵班长的。通过一系列活动，使得“出身不由己，道路可选择”的思想观念深入人心。

此外，我校和其他学校一样，很重视课堂学习，但不一样的是，对学生的综合素质养成也很重视。要求每个学生都参加一项课外活动，还要求每个学生都担负一项职务，哪怕是班级某项课外活动小组的负责人。学生在这些活动过程中，结交了其他班级的朋友，开阔视野，少了本位狭隘的意识。

2013年10月4日，已移居海外的当年另一位老红卫兵回了一封邮件给虫虫，认为他“讲的几点还是比较中肯的”。

长期以来，我们接受的基本是正面教育。“文革”前对邢燕子、董加耕等青年榜样的宣传，加上“出身不由己，道路可选择”的舆论导向，“一分为二”哲学观点的深入人心，都对我们的价值取向产生极大影响。况且我们皆非人云亦云之辈，关于“血统论”的两副对联，其优劣高下本来就很明显，想选错都难。

这两位老红卫兵给我们提供了当时的一种背景。尽管如此，但由于

“文革”是在相当复杂的情况下发生的，只有十多岁的中学生们，只能在高呼着“毛主席万岁”的口号中前行，大多还来不及认真、深入地思考，即使有一些抵制和怀疑，更多也只是来自一种直觉。

8月25日，许多班的“红五类战斗组”召开了“揭阶级斗争盖子会”“辩论会”，把矛头指向了一般学生。

“花开两朵，各表一枝”。在广州，第一副对联（“好汉”“混蛋”）横行的时候，到北京串联的同学接触到第二副对联（“接班”“背叛”）。

8月31日，我校第一批赴京的五位小将幸福地见到了伟大的统帅、我们的红司令毛主席。而当我们的伟大领袖乘坐的敞篷车缓缓经过同学面前时，仅仅只有一米！

毛主席接见红卫兵的喜讯迅速传遍全校，广大革命师生无不欢欣鼓舞，斗志昂扬！

“第一批赴京的五位小将”都是高二级学生，也都是“毛泽东主义红卫兵”。8月31日前夜，他们住在其中一位同学的爷爷家里，半夜时，听说毛主席要第二次“接见”，他们立刻出发，跟着北京四十一中红卫兵一起进广场。

正是在北京这段时间，他们接触到第二副对联。据前面提及的那位“高二级革命小将”回忆：当“老子英雄儿接班，老子反动儿背叛，理应如此”出来后，“两相对照，我们自然而然地发觉‘血统论’对联的错误和极大的迷惑性；而且感觉到了‘血统论’在班级和学校产生的问题，它造成朝夕相处的同学们因家庭出身而被分成三六九等，本来融洽的同学关系消失了，产生了不同程度的对立和造成部分同学产生自卑感，我们并不喜欢利用等级斗大的风气”。

9月12日，幸福地被伟大统帅毛主席接见的五位同学，把革命的火种带回被反动血统论的白色恐怖笼罩的二中校园。毛主席关于党的阶级路线（有成分论，不唯成分论，重在政治表现）的指示和江青同志关于对联的指示迅速地传开了。

“江青同志关于对联的指示”的具体内容忘记了，应该是反对“对联”（“好汉”“混蛋”）和“血统论”的。

据“高二级革命小将”回忆：“我们五人回广州后，又将第二副对联写成大字贴在正座一楼的大门上。”一个“又”字把两副对联的曲折经历说得一清二楚。

9月13日，第一批赴京的同学向广大革命师生作了赴京串联汇报。在汇报后关于“要文斗还是要武斗”的辩论会上，某些受蒙蔽的同学竟然大叫“打人是阶级感情最高的表现”，严重对抗“十六条”。对于这种错误言行能置之不理吗？不能！几位同学立即挺身而出，严词驳斥了这些违背毛泽东思想的谬论。

在当时环境下，“有成分论，不唯成分论，重在政治表现”的“阶级路线”无疑使出身非劳动人民家庭的同学喘了一口气，不过，实际上，这个“路线”也是植根于“以阶级斗争为纲”（“血统论”）基础上，貌似公正而已，在执行过程中，“有成分论”是实的，“重在政治表现”往往是虚的，而且，只是指向所谓的“黑五类”“黑七类”子女或“可以教育好的子女”。

同样，客观地说，第二副对联（“接班”“背叛”）尽管同样是“以阶级斗争为纲”的产物，但它是以第一副对联（“好汉”“混蛋”）的对立面出现的，在当时，的确在一定程度上使家庭出身非红五类（尤其是“黑七类”）的同学卸下极沉重的精神包袱。

用“红色恐怖”形容当时情景一点不过分。三五人齐刷刷地进出课室，褪了色的军装，带有白色铁（铜）头的皮带。真是相煎何急！“挺身而出”的几位都是干部子弟，当时也是“毛泽东主义红卫兵”成员。这“几位同学”在《大事记》中都有姓有名，省略了，其中有一位同学的父亲时任广州市副市长，有一位同学的父亲时任广州市委书记；说实在话，在当时那种恐怖气氛下，不是“自己人”，谁敢“挺身而出”。

9月15日，二中第一批赴京的五位同学带来了党中央、毛主席的声音，使不少受蒙蔽的革命同学对反动对联的反动本质有了初步认识，他们开始觉醒了，他们起来造反了！在内部进行了多次斗争后，奋然而起，杀出了“主义兵”，串联成立了“八三一毛泽东主义红卫兵”（后改名为“八三一毛泽东思想红卫兵”），发出了向“自来红”猛烈开火的红色造反宣言，贴出我校第一副革命对联“父母革命儿接班，父母反动儿背叛，理应如此”。毛主席的红卫兵猛烈冲击资产阶级“特权思想”的囚笼，愤怒砸烂“反动血统论”的枷锁。他们的革命行动得到了广大革命师生的坚决支持。

“高二级革命小将”向我介绍了这个“内部多次斗争”。他说：“第二副对联引起争论。当时我们曾在二中‘主义兵’内部展开辩论，因无法说服对方，我们这一批坚持第二副对联的主义兵宣布退出了。然后，组织了一支新红卫兵，也就是‘八三一毛泽东主义红卫兵’。”

为什么称为“八三一”呢？因为这支“杀出”来的红卫兵的主要成员是前面说的五位在1966年8月31日那天见到了毛主席的同学，以及在1966年9月13日辩论会上“挺身而出”的同学。

据“高二级革命小将”回忆：他和另外一位同学作为“主义兵”总部勤务员，也曾经在“主义兵”总部与对立方的勤务员进行辩论，“最终无法说服对方，辩翻了，我们也就退出了”。后来，他们和同意第二副对联观点的几所中学的红卫兵组织了另外一个红卫兵总部，他们两位都是该总部的核心领导人之一。据《大事记》记录，这“另外一个红卫兵总部”1966年10月9日成立。他们“坚决反对反动对联；他们坚决反对经济主义；他们坚决反对某些组织大搞武斗和贪污破四旧中的脏物”。

9月20日，“八三一”与“主义兵”进行关于对联和阶级路线等原则性问题的大辩论。辩论前，某些人强词夺理竟勒令非劳动人民家庭出身的师生离开会场，“八三一”立刻声明不同意这种做法，表示保留意见。在辩论会上，“八三一”战士有力地宣传了党的“有成份论，不唯成份论，重在政治表现”的阶级路线和革命对联。

北岛等编的《暴风雨的记忆》（生活·读书·新知三联书店2012年版）有一篇唐晓峰（北京四中六七届高二级学生）的文章。他这样描述北京的某次“对联”辩论会：“那根本不是什么辩论，而是以势压人。我去过灯市口中学的辩论会。强烈的灯光照在台上，‘红五类’排队上台，在麦克风前厉声叫喊：‘我出身革军！’（欢呼声热烈）‘我出身革干！’（欢呼声热烈）‘我出身工人！’（欢呼声一般）。台下出身不好的都沉默着。沉默干吗还来？是要看看到底有没有人（最好是‘红五类’）能站出来说两句公道话。基本没有，绝大多数没这个胆儿。”

广州二中的“八三一”们倒是站出来了。当然，这种思想认识还有反复，这实在再正常不过。我们把这段历史如实写出来，是尊重历史。

在《大事记》中我们这样评价这段历史（这是45年前的看法）：

“八三一”与“主义兵”之间的争论，实质是阶级路线问题的大辩论，是贯彻执行党中央、毛主席的阶级路线还是推行“自来红”的辩论，是坚持革命对联，掌握斗争大方向，还是坚持反动对联，继续把矛头指向革命师生的辩论。当然，正如伟大领袖毛主席所说的“人的正确思想，只能从社会实践中来”，又说“一个正确的认识往往需要经过由物质到精神、由精神到物质，即由实践到认识，由认识到实践这样多次的反复，才能够完成”。“八三一”对反动血统论的批判也是这样，由于他们还只是对反动对联和“自来红”有了初步认识，而对它的反动本质，对资产阶级反动路线的反动本质还没有从实践斗争中很好地看透，所以，对它的批判还只是从现象开始，还只是初步的，有些甚至是片面的［如只是强调正确对待一般劳动人民子弟，而没有强调（或强调不够）正确对待出身剥削阶级家庭的同学］。但是，这些革命小将竟然敢在反动血统论刚刚盛行时，向它发动了一场较猛烈的冲击，这是百分之百的革命行动！“八三一”在当时得到全校广大革命师生的有力支持就完全证明了这一点！

后来出现了哪一些反复呢？

1966年9月下旬，当反动对联刚开始受到革命小将的批判、抵制，反动的《谭力夫讲话》就出笼了，并且迅速流毒全国。《谭力夫讲话》大力宣扬反动血统论，在学生中制造人为阶级对立，把广大革命群众与党内走资派的矛盾篡改成“红五类子弟”和“黑七类子弟”的矛盾。处在学校领导地位的常委、“八三一”的许多战士在看了《谭力夫讲话》后，开始动摇了。错误地认为在前一阶段宣传革命对联和反对“自来红”是偏右了，应该“左”一些。在这种错误思想的指导下，一些受蒙蔽的同学在班内大开“革命促进会”“辩论会”，把矛头指向同学；一些政治活动（如抗议佐藤政府的游行，看《毛主席第三次接见红卫兵》的电影等）也禁止出身剥削阶级家庭的同学参加。尤其是在九月下旬和十月上旬的四次农忙里，错误发展到顶峰，一些受《谭力夫讲话》蒙蔽的同学，采用了“加强劳动量”“召开揭阶级斗争盖子会”等种种手段，把矛头指向了广大的革命师生，使抗旱场地、二中校园到处都笼罩着一片白色恐怖。

《谭力夫讲话》中的“谭力夫”是北京工业大学学生。“谭力夫与别人联名贴出了《从对联谈起……》的大字报，提出要把该对联提出的血统论当做‘全面的、策略的党的阶级路线来推行’。”（见《炎黄春秋》2011年第10期《清华附中与红卫兵运动》，萧凌文）

当时那种“辩论会”确实相当恐怖，一些同学高叫“自来红万岁”，唱起“鬼见愁”。某班一位同学的父亲有“历史问题”，于是，这位同学受到各种“批判”，而且被团支部在班内张贴布告“开除出团”。由于这个同学当时担任团的领导职务，结果某些同学也因为受到他的“重用”或来往密切而被牵连。农忙时开了一次批判会，全班同学在打谷场围成一个圈，要那几个同学站起来“交代问题”。多年同学情谊几乎丧尽。

“为什么父亲‘历史有问题’，这个同学还能入团，而且是团干部呢？”2013年的一次聚会，我向一位当事人了解。

“应该是生父的历史有问题，他的继父是革命干部。‘文化大革命’期间，什么老底都被翻出来了。”

在这次聚会中，一位同学还说了这样一件事：当年批斗同学时站在最前线的一位红卫兵，后来移居国外了，“有一次我们一起饮茶，她说，想起‘文革’时候做的事，‘觉得好昂居’”。“昂居”，粤语，笨、傻、不懂事的意思。

不过，这种局面并没有持续多久。

1966年10月9日，赴京南返的革命小将带来了首都无产阶级革命派和红卫兵小将向资产阶级反动路线和《谭力夫讲话》发动猛烈批判的战讯。“八三一”和广大革命师生进一步认识到反动血统论的反动本质。

10月中下旬，他们对自己受反动血统论蒙蔽而犯的严重错误作了初步的检查和批判，为被打成“狗崽子”“混蛋”的同学进行平反。他们连续几个晚上和同学们一起杀到社会上去，冒着风险，冲到二十八中、四中、七中、三中、十中、十一中、十六中、侨光等学校里点起革命的火，大煽造反的风。从东山到西关，从河北到河南，到处贴满了“天下没有自来红，灵魂深处闹革命”“彻底批判资产阶级反动路线”的标语。他们打破了“红卫兵只能是红五类子弟参加”的谬论，吸收了一般劳动人民子弟加入“八三一”。

10月27日，“八三一”印发了传单《天下就是没有“自来红”》。传单引用了毛主席关于阶级斗争和培养接班人的指示，摘录了《人民日报》社论《灵魂深处闹革命》和《解放军报》社论《思想革命化的必由之路》，坚定地指出“天下就是没有自来红！只有自觉红”。

1967年2月下旬和3月，“八三一”下属班级的战士们按照毛主席、党中央的教导，对自己在前一阶段犯了的严重错误作进一步深刻的检查，交还整同学的“黑材料”，为被打成“狗崽子”“混蛋”的同学彻底平反，赔礼、道歉。高二（4）班的一些战士还亲自到被打成“混蛋”的同学家中，向她赔礼、道歉。

然而，这个时候，有些组织的同学却又违背了毛主席和中央首长的教导，把斗争矛头指向因受蒙蔽而犯错误的同学。他们把“勒令检查”的大字报抛得到处都是；他们在犯错误的组织和同学的签名上打×；他们甚至极力鼓吹“受蒙蔽有罪”，大叫“宣扬‘受蒙蔽无罪’是出卖原则的秘诀”，转移了复课闹革命的斗争大方向。

“赴京南返的革命小将”应该是1966年10月1日在北京被毛泽东主席接见的那一批二中红卫兵，其中多有“八三一”的成员。

近半个世纪前的“赔礼”“道歉”是非常真诚的。如果没有记错，这个“她”是我们班内一位有爱心的同学。中学期间，我只短暂戴过眼镜，而眼镜就是这位同学送给我的。我坐在后排，黑板上的数字经常模糊一片，好多时候分不清“4”还是“9”。

以上这种情况并不是个别的，比如，“清华附中有些班级的红卫兵相对比较温和，甚至保护了自己的班主任，这些班级的高知子弟也没有被打，而且工宣队进校后班里的革委会还向这些学生公开道歉。这样的班级中同学之间没有结怨”。（见《清华附中与红卫兵运动》）总的来说，1966年的“红八月”和1967年武斗猖獗的夏天，各地，各校，甚至各班的情况都不完全一样。

至于“把斗争矛头指向因受蒙蔽而犯错误的同学”，则是二中两大派形成的其中一个“诱因”，关于这方面，不打算展开叙述了。

1967年3月31日，“八三一毛泽东思想红卫兵”和“八一八毛泽东思想红卫兵”联合，组成“广州二中红卫兵革命委员会”。“八一八”是广州二中另一支反对“血统论”的红卫兵。

4月中旬，我和翟广雄等同学加入了这支红卫兵。说不上是一个“盛大”的日子，但在我的潜意识里，应该多少有点被革命队伍承认的感觉吧。

1967年4月，也就是99天徒步赴京串联结束两个月后，我写了我的第一张大字报，题目是《“自来红”见鬼去》。以下是其中几段正文。

去年八月，所谓“红五类战斗组”在一片“自来红万岁！”“我们就是自来红，里里外外红透了”的呼喊声中成立了。一成立，他们就以左派自居，除我以外一切都受怀疑，宣布解散“核心组”，宣布“一切权力归红五类子弟！”接着又抛出了一份高呼“红五类子弟掌权万岁！”的大字报，这篇大字报，把所有“地、富、反、坏、右、伪军官、伪职员……”子弟打成“混蛋”！从此，在这两三个月里资产阶级反动路线的白色恐怖笼罩了市二中。

为什么“红五类战斗组”有这么大权力呢？！

按照反动血统论的逻辑：自来红万岁！自来红掌权万岁！出身红五类的思想生来红的，所以就要坐江山……

毛主席教导我们：“在阶级斗争中，每一个人都在一定的阶级地位中生活，各种思想无不打上阶级的烙印。”也就是说人们的思想是在阶级斗争的实践中逐步形成的，他要么反映这个阶级，要么反映另一个阶级。

可是，“自来红万岁”这种血统论者却轻视了实践，看轻了阶级斗争的改造，认为家庭的出身、家庭的影响决定了一切。这是违背主席教导的，是彻头彻尾的反动的历史唯心主义。我们在社会主义建设中，每一个人都只有投身到三大革命中去才能够改造自己的思想，才能够成为社会主义的接班人。在社会上存在着阶级和阶级斗争的条件下，所谓“自来红”“红色保险箱”，只不过是一种天真的幻想。老子革命可带给儿子良好的影响，可是人的革命性是不能遗传的，谁要成为一个革命者，谁就得接受革命的教育和改造。这正如工人家庭出身的尉凤英说的：“自来红是根本没有的事，要成为彻底的革命者，首先向我字开火。”今天这场震惊中外的无产阶级文化革命更是考验每一个人的时候。联系到我校的情况，揭校党支部，揭工作组，揭市委，向资反路线开火，粉碎资本主义反革命复辟逆流，这一切都是多么尖锐的阶级斗争。如果单靠“自来红”，不要毛泽东思想，能经受住考验吗？你是不是坚定的革命左派就要看你能不能用毛泽东思想武装头脑，紧紧掌握斗争的大方向，把矛头对准走资本主义道路当权派。决不能够简单地在工农革干子弟和革命左派中间划上等号。

大字报披露了当时一些现象，但批判（如果还能说得上是批判）是极其苍白的，拿几段语录和社论做论据，发几句空洞议论，而且通篇立论还是在“以阶级斗争为纲”的基础上。唯一“亮点”是“坐江山”。其实，“打江山”和“坐江山”的关系，只要正视历史，都不难理解。

时至今日，我不很清楚当年“对联”及“血统论”的制造者，现在是以忏悔者的身份出现，还是以受迫害者的身份出现，我只知道这副对联使成千上万的“狗崽子”长时间受尽侮辱，而家破人亡的惨剧也时有所闻。当然，更多的是在青年时期失去了公平的上学和就业机会，从而导致一生碌碌无为，甚至穷困潦倒。

这段时间，同学们还相继写出一批大字报，如《变相斗争会》《抗旱？“劳改”》《对待群众就是不能七斗八斗》等等，对“血统论”进行批判。然后，这种批判就基本告一段落了。

实际上也只是“告一段落”而已，因为在当时并不见得“血统论”就是“死老虎”。很多批判只是凭一种感觉，没有真正探求“为什么”。比如，都知道对联的横批“基本如此”（还有的改为“绝对如此”）极端荒谬，完全否定了学校和社会的影响以及个人努力，违背了辩证法，但为什么会提出这样的横批？目的在哪里？大都不了了之。当然，我们更没有思考过“血统论”和德国纳粹“种族歧视”之间的“相似点”了。

我们当时可能没有想到，近半个世纪后，我们不时还可以看到“血统论”倡导的世袭魅影，某市长之女不按“正常程序”被提拔为副市长，某副县长之子违背选拔原则被提拔为副县长。这样的行为，我们一般认为是以权谋私、用人唯亲，但其中有没有“血统论”的变异呢？

第四节　“刀枪入库”

1967年3月15日，我们的伟大领袖毛主席英明地决定对广东、广州实行军管。

在资产阶级派性和无政府主义思潮的影响下，广州地区的群众组织开始分为东风派和红旗派。

广州二中的情况怎样呢？自从工作队撤出后，二中相当长一段时间呈无政府主义状态。

校常委实际在1966年11月已不宣而散。

校常委是1966年7月成立的第一个完全由学生组成的“领导班子”，有好几位是后来的“红革会”成员。据《大事记》记录，1967年2月复课闹革命时，常委的多位成员“批判和检查了在大串联、反动血统论等问题上所犯的错误，向被压制和打击的同学赔礼、道歉”。

1967年1月25日，我校一些群众组织搞了一个若儿戏的“夺权”，后来“掌权者”不宣而散。

1967年3月25日，广州市二中临时委员会光荣诞生，但由于没有很好带领广大革命师生批判资产阶级反动路线，4月，几个组织代表相继声明退出，校临委实际上已解散。

4月6日至4月12日，为了响应党中央毛主席支援春耕的伟大号召，全校革命师生到郊区前进公社参加抢修水库劳动。

4月8日，在社会上“揪广谭”运动的冲击和影响下，许多组织、许多同学私自离开劳动岗位回广州，并宣称什么“4·8造反”，严重冲击了我校的“复课闹革命”。然而，“红革会”“主义兵”和广大革命师生却坚守斗争岗位，直到劳动结束。

经过“4·8事件”，我校各革命群众组织逐渐分为两大派。“红革会”“主义兵”等革命群众组织坚决反对把矛头指向中国人民解放军，认为广州三月军管的成绩是主要的，有错误，但主流是好的。

"揪广谭"是广州某些群众组织的观点，他们认为广东和广州有"谭震林式人物"，这些"人物"对"造反派"反攻倒算，要否定"文革"。《若干历史问题的决议》称："谭震林等对文化大革命的错误做法提出了强烈的批评，但被诬为'二月逆流'而受到压制和打击。"

6月13日，《红灯报》第六期刊登了"红革会"红雨战斗队题为《不准把矛头指向人民解放军》的文章，"痛击社会上""刮起的把斗争锋芒指向钢铁长城——中国人民解放军的'揪广谭'逆流"。

6月22日，《红卫兵》报（原《红灯报》）新一期发表评论员文章《绝不允许把斗争锋芒指向中国人民解放军》。文章痛斥了逐步升级的"揪广谭"运动的种种谬论。

《红灯报》是"红革会"的会报。

我们回到"夺权"的问题。

"夺权"后面临的难题是谁"掌权"。大家都清楚，不可能由学生"掌权"，"常委""临委"都是过渡性质的，而要结合谁，不同的派又得打"口水战"了。比如，对待原党支部书记、校长王××，"红卫兵革命委员会"是赞成"保"的，但其他一些组织不同意，认为我们是"一拉二捧三结合"。1968年5月，我写了一张大字报，题目是《是"一批二保"还是"一拉二捧三结合"》。以下是其中若干做了删节（没有改动）的段落。原文有指名道姓。

为了能对王××同志作出正确评价，我们一方面对王××的材料进行多次反复核实，并多次到老师和王××昔日的老战友、老同志处作详细了解。另一方面多次与王××谈心，对他的错误严肃地指出。

经过多方面的调查，我们在二月份对王××公开作了全面评价。我们认为"从王××的全部历史和全部工作看来，大节是好的，成绩是肯定的'，他"在20多年革命斗争的实践证明，功大于过，大节是好的，立场是坚定的"。同时，我们又按照一分为二的辩证法，强调指出："王××

同志也犯过不少错误，有些甚至是很严重的。例如：在干部问题上‘用人唯才’‘用人唯亲’；文化大革命运动初期曾一度执行了资产阶级反动路线，压制了敢于起来造反的革命小将。”并指出其犯错误的根源……最后，我们根据王××全部历史和一贯表现，以及他当时斗私态度及对错误的认识，参考了我校广大革命师生意见，以及和我校其他领导干部比较，推荐王××同志当我校革委会第一把手，让他在阶级斗争的第一线中经受严峻的考验，希望他在阶级斗争中用实际行动改正错误。

…………

即使在我们和广大革命师生按照毛主席的干部政策，推荐王××当我校革委会第一把手时，我们仍认为对王××应采取“一批二保”的政策，对王××的错误仍应继续进行批判。而事实上我们也是这样做的。

当王××在斗私中出现一些缺点和错误时，我们就多次向他指出，要他更深入检查，狠触灵魂。

当王××对深入同学中斗私、亮私产生一些错误情绪时，我们又对他进行了批评，写出了《王××必须到群众中去》等文章，向他指出要深入群众。

从这些事实里怎么能够说我校广大革命师生员工对王××的错误没有进行批判呢？怎么能够说对王××是“一捧二拉三结合”呢？

大字报中“批判”“压制”等词语都应该用上引号，至于“执行资产阶级反动路线”，前面已经多次分析到了。客观地说，谁是“革命干部”，该结合谁，也是一个十分复杂的问题。之所以说复杂，是因为这个“结合”往往加剧了“派”的对立。革命干部要出来“亮相”，就要对“文化大革命”中的一些问题表态，而这些问题，不同“派”往往有不同看法。

这样的大字报，还是属于“口水战”，还是属于“拿起笔，做刀枪”，发展下去就是“真刀真枪”了。

1967年7、8、9月间，是广州武斗比较严重的日子。不过，我们学校没有成规模的武斗，只有一点零零星星的“打砸抢”。根据《大事记》记录，1967年5月中下旬，二中几个群众组织“进入档案室搜索”和“把总务处的存纸抢光”。

1967年6月6日，中共中央发出严禁打砸抢抄抓的《通告》。之前，《人民日报》于5月22日发表了社论《立即制止武斗》。社论说：“革命派和一些受蒙蔽参加保守组织的群众之间的矛盾，是人民内部矛盾，而不是敌我矛盾。”这样的提法，把群众组织分为“革命派”和“保守组织”，实际上加剧了各方的对立情绪。我们现在重新阅读当年的一些社论，可以看到，制造派别的一个因素正是这些“社论”所传递的“观点”和“思想”。再比如1967年1月24日《解放军报》有一篇题为《用实际行动全力支援无产阶级革命派》的社论。社论说：“当前，无产阶级的革命派正在大联合，以排山倒海之势展开夺权斗争，阵线已经分明，左派队伍日益壮大，保守派正在全线崩溃。”正是在这样一种思想指引下，许多人把自己称作“左派”或“造反派”，而把另一方称为“保守派”。

7月23日，一些群众组织，在中山纪念堂挑起广州地区的第一场大型武斗，严重转移斗争的大方向。

这次“大型武斗”死亡人数说法不一。薛声钦的《十年人生梦——文革亲历记》（中国文史出版社2007年版）说“只死一人”，而中共广州市委党史研究室编的《中共广州党史纪事1919·5—2006·12》（广州出版社2008年版）则说“4人在武斗中丧生”。后者对原因及过程是这样记录的：“自1966年底至1967年初逐渐形成的两大派群众组织中的‘东风派’在中山纪念堂举行成立‘毛泽东主义红卫兵’总部大会，而‘红旗派’则在邻近的越秀山体育场召开‘追悼七·廿广州糖厂死难烈士及坚持文斗反对武斗大会’”，“中午，两派赴会群众在中山纪念堂一带相遇，从发生口角发展到武斗。由于地域狭小而人数众多（约有2万多人），场面极为混乱。少数人在武斗中使用了砖石棍棒，个别人还使用了刀矛等利器”。2013年3月23日《羊城晚报》刊登了一篇题为《广州“文革”武斗的两次高潮》的文章则说“伤亡人数有统计称50多人被杀”。为什么差别那么大？我想可能有些“数据”来自当时的一些小报。

7月24日，中山纪念堂的烽火刚熄，邻近的二中刀枪又起，一部分人霸占了全校三座大楼，占领了所有制高点，修筑了工事。

9月，广州地区严重武斗，使斗批改根本无法开展。在这种情况下，十多位红卫兵战士相继奔赴北京，他们到红代会、各大专院校进行革命串联，取得了大批判、大联合经验。

这“十多位红卫兵战士”包括我。当时中央已经不允许免费串联了，而且下了很严的命令。我们大多数买了车票（买的是半票，19元4角），但也有少数几个没有买。车厢里很拥挤。坐椅下、行李架上都是人，那种“拥挤”，可以拿今天的春运来形容。到了湖南衡阳车站，当地一个群众组织荷枪实弹包围了火车，把没票的全都赶下来（目的想来也是要维持秩序，只是声大夹恶）。据同学回忆，“甄别”后，对“没票的”中属于“造反派”的就网开一面了。

这次到北京，其实是一次“逍遥游”，在北海划船，在颐和园留影，“不到长城非好汉”（那时登上长城，更多的是“以革命的名义”；40多年后，我游览印度的泰姬陵、埃及的金字塔，才算多少有一点“人文情怀”），但也是比较重要的赴京活动，经过广州二中高三级叶鸿龄同学的介绍，我们认识了北京二十五中的凌瑜同学。叶在一篇回忆文章中说：“崔干行甚至留宿在红代会处，和凌瑜一起刻蜡板、印传单、写大字报。”由于我们和北京中学红卫兵关系密切，稍后一点，他们争取上山下乡到云南西双版纳的举动给了我们相当大的影响。

在北京待了一段时间，离开时，我们都不想再买车票了。于是，1967年10月11日，大家各自花两角买了一张从永定门到长辛店的短程票。但到了长辛店，我们都没有下车，一直坐到终点站保定。到保定时，已是深夜。我们东游西逛，最后找到了保定市“红卫兵”的一个总部。里面没有人，我们躺到桌子上。由于时值秋天，日夜温差大，天气很冷，就顺手拿一些保定市的“红卫兵报”盖在身上。忘记了是这个晚上还是第二天晚

我和同学们，“不到长城非好汉”

上，我们攀围墙进入火车站，上了一趟南下的火车。上了火车，才知道是要往西面方向去的。于是，到了郑州只好又下来了。在车站等了一段时间，总算等到一列往广州开的火车。进出车门还是很严的。我手上正好提着一串另一位同学买的鸡蛋。于是，我装扮成下车买东西的旅客，大摇大摆地上了车。也有一些同学上了这趟车。将近到广州时，要查车票，我们把情况老老实实告诉了乘务员。他们没有要我们补票，只是说：“快回家吧。”把这段经历写下来，只是想说说当时的混乱局面，我们也不是永远都是乖孩子。步行串联时借的棉衣后来还给政府了，但车票没有补买。

可能有人担心写这样的东西会使今天的年轻读者产生错觉，以为大串联很好玩。说实话，如果不买票（今天的说法是坐“霸王车”），那真是提心吊胆。

9月14日，毛主席的最新指示“在工人阶级内部，没有根本的利害冲突，在无产阶级专政下的工人阶级内部，更没有理由一定要分裂为势不两立的两大派组织”公开发表了！“红革会”战士无不兴奋万分，千盼万盼，终于盼到了毛主席的重要指示。

毛主席“最新指示”发表的背景是武汉“七二0事件”。1967年7月20日，武汉发生了“对于毛泽东来说，可能是‘文革’爆发以来，‘天下大乱’的浓缩”的“七二0事件”。而这个事件的导火索就是“中央关于解决武汉问题”的“指示”。“指示”认为：“武汉军区‘支左’大方向错了”，“‘工总’等造反派是革命左派”，“‘百万雄师’是保守组织”。（见《毛泽东正值神州有事时》，顾保孜文，钱嗣杰摄影，人民文学出版社2013年版）

“武汉七二0事件的激化，也使毛泽东认识到采取‘支左’的办法是不可能解决问题的”，“他一再强调：在工人阶级内部，没有根本的利害冲突……从而间接否定了前期提出的‘支持左派’的错误主张”。（见《中华人民共和国史稿》）

9月24日，毛主席视察三大区的喜讯传来，全国一片欢腾，“红革会”同学主动回学校，找“兵团”负责人商谈有关搞好本单位大批判、大联合的问题。

“兵团”是一个和“红革会”观点不同的二中学生组织。

9月25日，经过两个多月校外战斗的“红革会”战士重新回学校来了。他们决心与学校其他群众组织搞好革命大联合和革命大批判。他们贴出大字报、大标语，热烈呼吁全校革命师生杀回学校来；他们大立批判专栏，深入开展革命的大批判。

如果当年要选年度热词，“大”肯定颇具竞争力。

1967年11月10日，二中各革命群众组织在毛主席革命路线的原则下联合起来了，二中联委诞生了。

12月19日，个别同学挑动我校一场大型武斗。中午，“红革会”发表了《要文斗不要武斗紧急呼吁》。

12月22日，在军训团、校联委广大革命师生的努力下，武斗问题很快得到解决。

二中的“武斗”，仅此而已，但邻近的一所中学“战情”较重。2013年春，该学校一位当年的学生对我回忆说：1967年8月11日，某红卫兵组织听说某知名作家刚下飞机被绑架，准备去营救。营救前，他们外出打算做一些“准备工作”，但回校路上，汽车经东风路某大楼时“遭到伏击”，死五人（一位高中学生，四位初中学生），多人受伤。后来，校内开了追悼会，还在教学楼前打好砖石基础，准备修建纪念碑。这个碑后来究竟有没有建成，说法不一，但有一点是肯定的，现在不存在了。后来，我向一位“知情者”了解，她欲言又止：“……在原来建碑的空地上种了一些花，据说……每当这些花开时，就有好事情来了。”

12月23日，军训团和“红革会”“主义兵”等组织分别贴出大字报欢呼我校两大派组织的战士结成第一对“一对红”，我校各班级开始展开大办毛泽东思想学习班和“一帮一、一对红”的活动。

这期间，我写了好几张大字报。以下这部分内容节选自1968年1月9日写的《打倒资产阶级小资产阶级派性》中的“派性表现”部分。

资产阶级、小资产阶级派性高于党性有各种表现。

学风不正。有些同志学习毛主席著作，不是为了解决实际斗争中迫切需要解决的问题，而是武装嘴巴，夸夸其谈，为了某种派性的需要。他们对毛主席的指示，采取实用主义的态度，合则拿来，不合则去。更甚恶劣者，竟断章取义地引用毛主席指示，为他的错误言论和行动作辩护。这是第一种。

对待无产阶级司令部的指示，他们采取实用主义的态度。如对待周总理等中央首长的讲话，凡是符合他们需要的就听、就办，不符合他们需要的就不听、不办。这是第二种。

以势压人。对与不同观点的其他革命群众组织的矛盾，不是用讨论的方法、说理的方法、批评和自我批评的方法去解决，而是用咒骂、拳头，甚至刀枪去压服。这是第三种。

唯我独左。对待自己，他们总认为“老子天下第一”“唯我独左”“唯我独革”，自己说了算。在大联合中，必须“以我为核心”，看到的，只是小团体的利益，“我”的利益。这是第四种。

对待干部，采取无原则的态度。你打我保，我打你保。凡是同意他们观点的，都是“同志”，都是“革命干部”；凡是不同意他们观点的，都是“走资派”，都是“牛鬼蛇神”。谁今天同意他们的观点，立刻要被捧上三结合“宝座”，明天不同意他们的观点，就遭到残酷斗争。这是第五种。

有了错误，从不作自我批评。总是以为自己对，真理都在自己手中。总是认为只有自己才行，别人都不行。对自己，错了也说“大方向对”，对别人则无限上纲。这是第六种。

对待广大革命群众，采取无原则态度。从本派利益出发，谁支持他就团结谁。今天同意他们的观点，就是“无产阶级革命派”“造反派”“左派”，如果明天不同意他们的观点，立刻就变成“老保”“老颠”“右倾”“机会主义”，一顶顶帽子戴将过来。这是第七种。

报复主义严重。谁今天批评了他一下，明天立刻进行回击。这是第八种。

对人家光看缺点，对自己只讲长处，自我吹嘘，自我陶醉，对文化革命中取得的成绩，不是归功于战无不胜的毛泽东思想，而是归功于“我”“我组织”。把一切功劳归给自己，把一切错误推给别人。这是第九种。

派别压倒一切。借口不同观点，不愿同其他组织、其他革命师生一道去农忙，一起去搞大批判，死抱着小山头，不愿意大联合，不愿意搞复课闹革命。这是第十种。

还可以举一些，主要是这十种。

这篇大字报通篇“文革”语言，只要略为翻阅过《毛泽东选集》，都知道这里套的是《反对自由主义》的路子。

1968年3月12日，我以“广州二中红卫兵联合指挥部政宣组”的名义，写了一份“关于实现我校两派政宣组全面联合的建议”：

今天，我校的无产阶级文化大革命，和全国、全省、全市一样，形势大好。各种类型的毛泽东思想学习班逐步开办，教工两大派铲平山头，实现革命大联合；学生两大派“干部专案组”全面合并；二中革命委员会即将诞生。这一切，为两大派政宣组合并创造了最有利的条件，都是二中红卫兵和革命师生员工全面落实毛主席最新指示的硕果，是毛主席革命路线的伟大胜利。

形势在飞跃地发展，大联合的战鼓咚咚地响，毛主席的最新指示深入人心。

“革命的红卫兵和革命的学生组织要实现革命的大联合，只要两派都是革命的群众组织，就要在革命的原则下实现革命的大联合。”

“当着群众还不觉悟的时候，我们要进攻，那是冒险主义。群众不愿干的事，我们硬要领导他们去干，其结果必然失败。当着群众要求前进的时候，我们不前进，那是右倾机会主义。”

今天，我校两大派的政宣组有什么理由不沿着毛主席指引的方向前进呢？

今天，我校两大派的政宣组有什么理由不能实现全面大联合呢？

为了紧跟毛主席的伟大战略部署，巩固我校的大联合，促进我校的三结合，为了集中力量，搞好我校毛泽东思想宣传工作，迎接革委会的诞生，我们提出下面建议：

（一）我校两大派政宣组联合起来，共同学习宣传最新指示，围歼派性，打倒无政府主义，打倒私字，大立公字。

（二）把我校两大派的报刊、学习资料合并起来，把两大派广播站合并起来，把两大派的宣传栏合并起来。

（三）组织我校统一的宣传组。

希望我们的意见得到军训团、校联委、全校革命师生的充分考虑。

同时，也希望“兵团”政宣组的同志和我们一起订出全面合并的具体方案。

无产阶级革命派联合起来！

“红卫兵联合指挥部”简称“红联指”，由“红革会”和广州二中几个观点相同的红卫兵组织组成。政宣组实际上就是“舆论工具”。“红卫兵运动”后期，各方“交火”基本通过政宣组进行。政宣组这个“舆论工具”统一了，就是真正的大联合了。我们这“派”政宣组主要以“斗批改办公室”的形式出现。我是这个“办公室”成员之一。

关于大联合，《大事记》还做了不少记录：

1968年3月7日，在“斗批改办公室”政宣组的建议和“兵团”宣传部的同意下，《斗批改战报》和《二中兵团》刊物出版了合刊，这是二中两大派宣传机构联合的第一步。

3月14日，经过“红联指”政宣组和“兵团”宣传部的协商，发出《联合声明》。决定成立二中兵团、二中红联指联合宣传部，合并两派广播站、宣传栏；合办刊物《新二中》，并决定《二中兵团》刊物和《斗批改战报》停刊。

3月20日，二中革委会胜利诞生。

二中革委会《新二中》编辑部主办的《新二中》发刊，并发表文章热烈欢呼二中革委会成立。

高一（1）班文革诞生，其他班文革也相继成立。

5月2日，“红联指”小兵、激扬文字等战斗队写出大字报《无产阶级革命派联合起来》，指出“东风派和红旗派都是无产阶级革命派”，“我校两大派在文化大革命中虽然都犯有不同的缺点、错误，但他们的主流是肯定的，各组织应抱着‘自己有了错误，要作自我批评’的态度，总结经验，吸取教训，对出现的缺点、错误应多作自我批评，而不要彼此互骂

‘老保’‘老颠’，无休止地追究责任”。

同学们陆续回到学校，不过，也是“三天打鱼，两天晒网”。原来属于不同派别的，见了面表情各异，大多比较尴尬。

对于我和我的绝大多数同学，在整整两年时间里，经历的是一个炼狱似的过程；而在实际中基本上是逍遥地过日子。我们的“兵部”设在二中后山（越秀山组成部分）一座平房，是“文革”前学校小工厂之类的一个车间。到了晚上，回来的人比较多，写写大字报，谈论国家大事（有“小道消息”，但基本上没有“八卦新闻”），经常面红面绿（面红耳赤）。“累”了，就三个五个到室外走走。室外空气很好，到处是树木。记得有一个晚上，好几个同学“失惊无神”（突然、冷不防）地冲回室内。原来有一个同学在昏暗的路灯下讲“鬼古”（鬼的故事），把“革命小将”吓得打回“原型”。

除了写大字报，游行也是一种颇刺激神经的“革命活动”。《大事记》多有记录：

1967年6月17日，我国第一颗氢弹爆炸成功，喜讯传来，全校沸腾，“红革会”“主义兵”等群众组织的广大革命师生立刻扛起大旗，高举毛主席画像和语录牌，到军管会报喜。

游行不知道是不是一种“文化”。“文革”前的游行主要是庆祝“五一”“十一”等节日。记得有一年在越秀山运动场集会，我担任少先队旗手，走在学生方块的最前面。“文革”期间的游行主要有两个内容，一是庆祝毛主席“最新指示”的发表；二是声援亚非拉人民争取独立的斗争。这些游行一般都是政府或学校组织的。当然也有些属于“派性”的游行，但在记忆中，我没有参加过这一类游行。

顺便说一说，我们当时这支红卫兵大都是一些俊男美女（有当年的照片为证），用今天的话来说就是青春靓丽，却不知怎么的在“业余”时间相互起了不少极“丑陋”的花名（外号），有的还显得相当富有想象力。

比如有一位被称作“恐怖”。该同学其实对人极其友善，总是满脸笑容，只是辩论时喜欢加上手部语言，并且过度接近对方的脸部。还有一个外号更是被起得莫名其妙，“嗦哆咪”。“嗦哆咪”本是革命样板戏《白毛女》剧中狗腿子穆仁智的出场音乐，给人“鬼鬼祟祟”的感觉。据说这个外号是在某地农忙时产生的，原因是外号获得者（一个初一女同学）经常静悄悄地出现在某些正在“高谈阔论”而停下手中劳动的高中同学后面，并“督促”他们抓紧干活。这些外号看来都富有“文革”背景。

“逍遥”日子实在无聊，大家所向往的还是“复课闹革命”。但当时形势也实在够复杂，多次号召也没办法把课“复”起来（中央在1966年7月曾宣布大中学校“放假半年闹革命”）。

1967年3月1日，响应党中央、毛主席的号召，广大革命师生正式复课闹革命。

7月12日，响应党中央、毛主席再一次发出的“复课闹革命”的号召，“红革会”等群众组织成立了“广州二中复课闹革命筹备小组”，向全校革命师生发出了复课闹革命的倡议书。

10月13日，军训团进驻二中。这是毛主席对青年一代最大的关怀和爱护。

10月14日，中央发出通知，号召“大中小学校立即复课闹革命”。

10月中下旬，“红革会”派出代表和学校其它革命群众组织协商有关我校大联合问题。各组织下属各班级互相发出邀请书，商量筹备有关成立班领导小组问题。一些班级也开始进行复课闹革命了，有些班两大派同学还成立了战斗组进行教改，如高三（4）班“同心干”。

“红革会”斗批改办公室编印了《毛主席论教育》。

11月3日，“红革会”写出了一系列批判文章，对旧教育制度、方针、阶级路线、“中教五十条”等作了尖锐的批判。

11月和12月，“斗批改办公室”赴农村第一调查队奔赴黄山洞大队进行教改调查取得很大成绩；“斗批改办公室”赴农村第二调查队和教工“斗私批修”战斗组奔赴从化县鳌头公社培红中学、白兔小学、白兔大队红星生产队进行教改调查，取得很大收获。

12月24日，《斗批改战报》红三号刊登教改调查报告《介绍一间小学》和《农村调查报告》。

1968年4月1日，响应毛主席“复课闹革命”的伟大号召，二中正式复课，开展形势教育。

不过，真正算得上“课”的，除了对“旧教育制度”进行“批判”外，就是下乡劳动。

1967年6月23日至6月30日，“红革会”“主义兵”等革命群众组织一百多人奔赴郊区前进公社大源一队参加夏收。在农村，红卫兵小将们和贫下中农一起学习毛主席著作，共同劳动，接受贫下中农的阶级教育。小将们的革命精神受到贫下中农的热烈赞扬。农忙胜利结束时，公社贫下中农向他们赠送了绣有“市二中，抓革命促生产”字样的锦旗和感谢信。这是对广大革命师生的最大鼓舞。红卫兵小将也向贫下中农赠送了宝书——《毛主席语录五十条》和《毛主席语录一百条》。

1968年7月12日至7月22日，二中广大革命师生出发往增城三江公社沙头大队支援夏收。

我那本记录《大事记》的笔记本就是在沙头大队得到的。

这些农忙劳动绝不是轻松愉快的事情。插田（插秧）、割禾、打谷，日晒雨淋，一个个又黑又瘦。当时基本是“两同”，集体住宿，和农民同吃、同劳动。一方面觉得日子过得真慢；但另一方面，大家又都清楚，这是“触及灵魂”的革命工作。

1968年8月25日，中央发出了《关于派工人宣传队进驻学校的通知》。由于我们很快就离开了学校，不清楚“工宣队”和“文革”初期的“工作组”，在指导思想和工作方式上是否有什么不同。很久以后，我们才知道毛泽东主席1967年7月28日凌晨召见北京高等学校造反派组织“五大领袖”时就制止武斗说过一番话。其中有一段是这样的：“现在是轮到你们小将犯错误的时候了。不要脑子膨胀，甚至全身膨胀，闹浮肿病。希望你们不要分天派地派，搞成一派算了，搞什么两派。”（见《毛泽东正值神州有事时》）而1968年8月13日，在会见意大利共产党（马列）代表团时，毛泽东还说过这样的话：“现在中国红卫兵有这样一种思潮，旧的东西一概否定，这种思潮是不对的。马克思不是这样。”（见《毛泽东年谱》）

我们的《大事记》，记录到1968年9月13日：

越秀山麓凯歌传，二中校园一片红，工人毛泽东思想宣传队进校来了，工人毛泽东思想宣传队走上二中斗批改的舞台来了。

在这难忘的一天，红卫兵小将在欢迎工人毛泽东思想宣传队的大会上，庄严宣布：“自9月13日起，二中红卫兵联合指挥部，为紧跟毛主席伟大战略部署，彻底铲平山头。”在昔日，百十名红色造反者，为了革命，为了捍卫毛主席的革命路线，聚集在“红联指”“红革会”的战旗下；在今天，同样是为了革命，为了捍卫毛主席的革命路线，英雄的红卫兵战士，毅然脱下鲜红鲜红的“红革会”袖章，和无数支革命队伍一起，

我和同学们，“恰同学少年，风华正茂”

联合在毛泽东思想的伟大红旗下。

这时候，才真正是“刀枪入库，马放南山”。

这是一支反对“血统论“，反对武斗，支持联合，支持复课闹革命的红卫兵队伍。他们犯过错误，他们也勇于承认错误。当然，他们没有也不可能超越历史。

实际上，从“脱下鲜红鲜红的”红卫兵“袖章”这一刻起，“红卫兵”这一组织在学校尽管仍然存在，但是它的原本的“造反”意义已消失了。1968年秋，“老红卫兵”和“造反派红卫兵”上山下乡后，学校中新的一批学生也纷纷加入了红卫兵或红小兵，组织“合法化”了。1978年8月19日，中共中央转发了共青团十大筹委会《关于红卫兵问题的请示报告》（以下简称《报告》）。《报告》指出：“作为文化大革命中产生的红卫兵组织，已经完成了它的历史使命”，“红卫兵组织可以不再继续存在了”。（1978年，我在韶关第五中学任教，这年夏天，我的学生照毕业集体照片，每人也都还佩戴着红卫兵袖章，他们可能是最后那一批“红卫兵”了。）

1968年秋天某日，“红革会”部分同学到一所老字号照相馆拍摄了一张集体照片。里面包括高中和初中的33位同学，年龄最大者21岁，最小者仅16岁，他们的父辈，既有市长、厅长，也有工人、小职员。

每位同学左臂上都佩戴着红卫兵袖章，胸前是一枚毛主席像章，像章上面有五个字：我们是希望。而照片上面还印有一句话：“红卫兵战友们！战场上见！”

1968年10月，我们陆续离开学校，没有毕业照，实际上也没有“毕业”。

…………

时间一晃，44年过去了。

2012年4月9日，我再次回到广州市第二中学。

清晨，上学时段。地铁到了纪念堂站，装满学生的车箱一下子空了。穿蓝色校服的往南出口走去，那是到一所稍“普通”的学校。而穿绿色校服的则往北出口走去。到了纪念堂北面，绿色校服的再分流。往西面去的是到二中的“民办”学校，而往东面去的是到二中的“正校”，前者靠“实力”考上，而后者是“派位”，幸运儿。

在当年的主教学楼，听孙老师上了一节林嗣环的《口技》。这篇课文的魅力看似在情节，主要还在文字。文中有不少值得玩味的词语，如“鼠作作索索，盆器倾侧，妇梦中咳嗽”时，“宾客意少舒，稍稍正坐”，后面这句话的意思不难理解，但值得想象，值得细细体会其中意味。

老师范读课文时，不少学生熟练地跟读，显然，他们已做了比较充分的预习，而且对这篇课文有了一定感觉。“他们已经跟我一年多了。”课后，孙老师这样对我说。对二中这一种“档次”的学生，培养良好习惯同样非常必要。在“把握课文大体内容”这个环节，老师向学生提供了一个表格，包括“场景”“声音种类”“作者评说”等内容。当学生正要着手填写“表格”时，老师指点：“用不同颜色的笔在书上做上记号就可以了。”

孙老师从广州师范学院毕业已经有好多年，教学上得心应手。这节课，她就设计了一个颇适合一年级学生的课堂练习，“根据图片，请在原文中找到与之相配的文字”。阅读完第一段，跟着要求学生背诵。课后交谈时，她对现在的一些“教学理论”也颇有看法。她说，一线的情况并不是想象那么简单的，五十个学生有五十个想法，甚至有一百个想法，“我只是想着怎样把自己的工作做好”。

这种朴实的想法在一线教师中很有代表性，也可以说是他们的教学理念。而这一教学理念和教学大楼外墙壁悬挂的那八个大字的意思是一样的，“立志成才振兴中华”，只是前者显得“平凡”，而后者显得“伟大”。

离开课室，我沿着石级走到教学楼一层。昔日的校长室、教导处已不存在了，替代的是宽阔的展厅。我走出展厅，指着悬挂在外墙壁上那八个大字，问一位拿着书本坐在石凳上的女孩子：“这是‘文化大革命’后换上的，以前是九个字。你知道是哪九个字吗？”

她惊讶地望着我，轻轻地摇摇头。

“‘在毛泽东旗帜下前进’。”我说。

第三章　海南岁月

第一节　“我们是希望”

《南方人物周刊》2006年第7期是《1976—2006知青沉浮录》专刊。当翻到第51页时，我浑身一阵战栗，上面刊登的一幅照片竟然有凌瑜的坟墓，照片下的说明是“西双版纳大勐龙东风农场公墓内，有当年去世的71个知青的墓碑”。

凌瑜是我们当年的好朋友。20世纪70年代初某一天，我在海南东红农场接到退回来的我给凌瑜的一封信，信封一角简单地写着“凌瑜同志已经不幸病逝”。这噩耗令我们感到无比悲痛。更想不到的是，30多年后会在一本杂志上看到他的墓碑。

是凌瑜帮助我们走上“上山下乡”这条路的。

如前所说，广州市第二中学，这所傍依越秀山的名牌学校干部子弟多，所以，“文化大革命”期间与北京红卫兵关系密切。当时跟我们特别要好的一个是前面提及的凌瑜。他是北京二十五中高中学生，在一个区“红代会”工作，脸色微黑，稍胖，为人相当真诚。我们在北京吃饭时，他总是抢着付钱，“你们打老远来，五块钱我还出不起吗？”五块钱在当时不是个小数目。据凌瑜一位同校同级但不同班的同学安哥介绍，凌瑜“父母是右派，1958年就被劳改了。他是靠姐姐供他读完高中的”，“他性格内向，心地善良而正直”。

大约1967年下半年，我们学校高二级何代宁，高一级陈虫虫等同学了解到北京红卫兵准备到云南西双版纳，于是他们也提出要去。“当时全国只有三个生产建设兵团，黑龙江、新疆，还有就是云南。”一位同学回忆说，“想穿军装，这是一个原因，正式当兵轮不到了，到兵团也好。”

另外一位同学回忆说："当时我们主要有两个目的，一是显示自己不怕艰苦，愿意到边疆去，改造那里的落后面貌；二是想越过国境去打仗，搞世界革命。"

停课将近两年，"革命"高潮已经过去。大家都在等待，要为"解放全人类"做出贡献，总不能每天都只是当"夜老鼠"贴大字报吧？当时还有一种很复杂、很无奈的心态，正如一位同学开玩笑说的，"三十岁仲要'老窦'畀钱买须刨（三十岁还要父亲给钱买须刨）"。

所以，当知道北京凌瑜他们要求到西双版纳时，我们也要求到西双版纳。就当时的一般认识，"和工农相结合"就要去艰苦地方，去边疆。我们当时特别喜欢毛泽东1957年在莫斯科对留学生的一段讲话："你们青年人朝气蓬勃，正在兴旺时期，好像早晨八九点钟的太阳。希望寄托在你们身上。"我们自己设计的一枚"红卫兵"会徽的正中就刻着"我们是希望"五个大字。

大约是1968年初，我们接到凌瑜的来信。他说，他们到西双版纳的申请被批准了，随信还附来重抄的批复文件。事情经过大体是这样的：1967年11月下旬某日，他的几个同学趁中央首长在人民大会堂接见某部门代表的机会，守在主席台边，等周恩来总理出来时，把临时写就的"首都中学生赴滇申请报告"递给了他，"只等党中央一声令下，我们就奔赴边疆"。周总理看了之后，在"报告"上方做了批示："富春、秋里同志可考虑这个要求，请与北京市革委会联系一下。"再后来，李富春副总理也在旁边加了批示："是否与云南取得联系。" 最后，交给北京市委的负责人去办。

1968年2月8日，包括凌瑜在内的北京55位中学生作为首批赴滇知青出发了，并且很快就到了西双版纳景洪镇。"一到达目的地，他们就写报告刊登在《红卫兵报》上，呼吁其他的同学仿效他们走同一条路。"（见《失落的一代》）以后，凌瑜给我们的每一封信都热切希望早日"并肩战斗"，并且出了不少点子。我们分别给广东省革命委员会和云南省革命委员会写了申请书。我们这边自然有"走后门"的条件，云南就委托凌瑜他们办了。由于相隔太远，我们都用上了电报。

《大事记》对这段情况做了如下记录：

1968年9月8日，郑次平、孙文纪、何代宁、刘小惠、肖大连到广州市革命委员会，表示了和工农兵相结合的决心，提出了到祖国最需要的、最艰苦的地方——滇南地区安家落户，做一名普通农垦战士的要求。市革委常委钟明同志会见了红卫兵小将，并对红卫兵小将的革命行动表示最最坚决的支持。

9月11日，《红旗》杂志第三期传达了毛主席最新指示，“从旧学校培养的学生”，“由工农兵给他们以再教育，彻底改变旧思想。这样的知识分子，工农兵是欢迎的”。

9月12日，红卫兵坚决响应毛主席的伟大号召，接受工农兵的再教育，彻底改变旧思想。部分战士向省市革命委员会写了到滇边地区安家落户的申请书。他们说：“我们强烈要求到祖国最艰苦的边疆——西双版纳去安家落户，当一名普通的农垦战士，在为祖国创造财富的过程中，彻底改造自己，把自己锻炼成为无产阶级革命事业的坚强可靠的接班人，做一名真正的无愧于毛主席的红卫兵！”他们还坚决地指出：“革命的道路已经选定，我们就坚决走到底！我们坚信，我们的道路是正确的！我们的方向，是青年运动的方向！我们的事业是正义的事业！我们要亲手参加埋葬帝国主义的战斗。战争打响，我们要做东南亚战场上插入敌人心脏的一把尖刀；战争不打，几十年内改变西双版纳全貌，红心不变色，壮志不动摇！”

红卫兵战士在9月12号和13号把申请书分别交给省革委常委罗天同志和市革委钟明同志，得到首长同志的坚决支持。

然而，到云南的希望最终落空，因为“广东没有到云南支边的任务”，大批人马赴滇是不可能的了。

10月，钟明同志接见了我们。他说：“你们要到云南的热情是很可贵的，精神是很值得赞扬的，但全国一盘棋，大家不能都跑到一个地方去呀。北京是直辖市，跟我们不同。”他提出，你们是否去海南呢？海南需

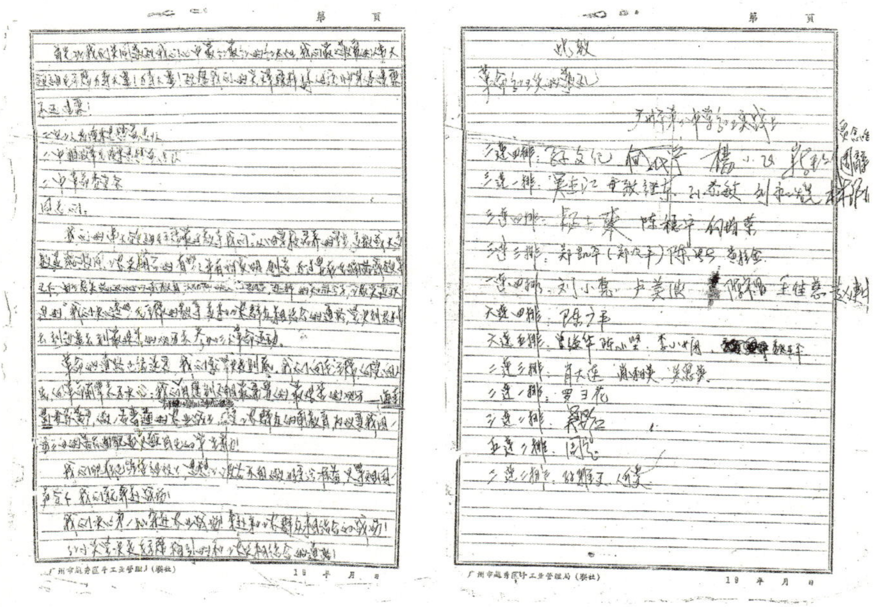

上山下乡申请书（1968年10月15日）

要人。

不能去云南当然是一件令人遗憾的事，但我们当时也没有丝毫犹豫。海南也很艰苦，那我们就去海南吧。当时我们正在广州郊区龙眼洞省财经学校军训。“海南需要人”还是“内部消息”。大家商量，写个申请吧，希望第一批去。于是，我执笔写了一封申请信。全文如下：

首先让我们共同敬祝我们心中最红最红的红太阳，我们最最敬爱的伟大领袖毛主席万寿无疆！万寿无疆！祝愿我们的光辉榜样林副统帅身体健康！永远健康！

二中工人毛泽东思想宣传队，

二中解放军毛泽东思想宣传队，

二中革命委员会，

同志们：

我们的伟大领袖毛主席最近教导我们：“从旧学校培养的学生，多数或大多数是能够同工农兵结合的，有些人并有所发明、创造，不过要在正确路线领导之下，由工农兵给他们以再教育，彻底改变旧思想。这样的知识分子，工农兵是欢迎的。”我们决心遵照毛主席的教导，走和工农群众相结合的道路，坚决到农村去，到边疆去，到最艰苦的地方去，参加三大革命运动。

革命的道路已经选定，我们就坚决走到底。我们向毛主席，向党，向人民，向革命前辈表示决心：我们坚决绝对服从祖国分配，并自愿到祖国最需要的，最艰苦的地方——海南岛安家落户，做一名普通的农业战士，接受工农群众的再教育，为改变我国一穷二白的落后面貌而贡献自己的毕生精力。

我们现在已经在组织上、思想上以及各方面做好充分准备，只等祖国一声令下，我们就奔赴战场。

我们决心第一批奔赴农业战场！奔赴和工农群众相结合的战场！

红小兵坚决走毛主席指引的和工农群众相结合的道路！

此致

革命红卫兵的敬礼

广州市第二中学红卫兵战士

1968.10.15

下面以军训的连排为单位签名。我所在的高二（4）班为“二连四排”，共有孙文纪、何代宁、杨少飞、周育新、贾念鸿和我6个人签了名。全校一共有35位同学签了名，还包括高一级的张继东、孙恭敏、林沪儿、杨小东、陈穗宁、陈虫虫、郑次平、何均荣，高二级的肖大连、孙雅文，高三级的刘小惠、卢美波、王佳慈、陈家昌，初一级的陈广平、李小娴、魏亚平、曾绿华，初二级的周定等。

“今天，有不少人对我们当时的举动不理解，以为我们是被迫的。其实，我们那时的确满腔热血，要报效祖国。”已经退休的原广州越秀区海珠北路小学校长刘小惠回忆起签名时的情景仍显得激动。她是著名高胡演奏家刘天一的小女儿，当时也有条件留在广州。10月中下旬，有一批同学被学校选为辅导员（每班大约三个），不用上山下乡，刘小惠是其中之一，她还在学校上了几天“班”。

郑次平（后改名为郑凯平）则是一天“班”都没有上。她回忆说：“当老师找我谈话让我留校当辅导员时，我把准备去海南的想法告诉老师，所以，留校名单最终换了其他同学。知道这消息后，妈妈有点担心，因为我体质一直不好，爸爸则由我自己决定。”次平的父亲时任广东省人民政府副秘书长。

40多年后，何代宁也在博客中谈了自己的看法：“对我本人来说，选择到海南的国营农场，即后来的广州军区生产建设兵团去作为自己人生中首项职业，完全是自己的选择。”

“在兵团四年的经历，异常的艰苦，但也非常快乐。说是艰苦，是因为我在离开连队三年后再趁出差的机会重返旧地的时候，已经感到自己无论如何不能再胜任这种强度的劳动了。说是快乐，是因为我以后再也没有碰到像当年在兵团同事间那种真诚的相互关怀，没有心计，没有尔虞我诈。无论是老职工，还是知青，大家在一起，结成生命的共同体，积极向上。我今天还常常怀念当年在兵团的人和事，草和木，感情至深。”

我印象中，在红岭一队那简陋的茅草房里，何代宁那张床每天都铺叠得整整齐齐，以至几十年后，在大学的课堂上，我还经常向我的学生说：“这就是热爱生活。”

千百万知识青年上山下乡，每个人抱的目的和具体想法有不同，这再正常不过，因为每个人的思想个性，以及身处的社会环境和家庭条件不同。只能说上述数十位签名的同学在当时的想法比较一致，共同点是具有责任感、使命感和民族感，但实际上，当时对绝大多数同学而言也没有多种方案可供选择。

现在有学者探讨党和国家当时为什么要这么多中学生上山下乡，这是从政治和历史角度研究这一问题。我们当时的确具有报国的愿望，但想法很简单：第一，国家建设需要；第二，青年学生要接受“再教育”，在广阔天地炼红心；第三，缩小三大差别，并最终“改变我国一穷二白的落后面貌”。并没有要恢复社会秩序，为国家解决就业困难等具体想法。

1968年11月8日，我们坐上红卫轮奔赴海南。

在海南，我们和凌瑜一直保持书信往来。当噩耗传来时，我们都感到相当震惊和难过。将近40年过去的时候，我从安哥2008年4月12日发表在《羊城晚报》上的一篇文章才知道当时的细节：

大约在1969年9月，一个雷电交加的夜晚，我到他所在的新建连队送文件，见到他病得很重，上吐下泻。我见到他吐的是绿色的胆汁。他的同班同学王惠民是卫生员，给他吃了药，似乎稳住了一些。我们和队里的老工人都说要抬他去医院，但他坚决不肯。

第二天一早，我和王惠民还有一个老工人一起用担架把凌瑜抬到了五分场卫生院。卫生院的医生一看，他已经昏迷了，立刻派拖拉机把他送小街的总场医院。

两天以后，凌瑜去世了，死因是中毒性痢疾。开完追悼会，我们男同学争先恐后地把凌瑜的棺材扛上肩，向墓地走去。同学把我换下来以后，我回头一看，送葬的队伍约有上千人，有的老工人、老大娘不时在抹眼泪。

按安哥2009年2月在花城出版社出版的《哥哥不是吹牛皮》一书所说，“1969年9月”应该是“1970年3月15日”。

《失落的一代》一书中有一段文字写的“男同学”有可能是凌瑜：“当年第一批自愿报名去云南的北京青年有55人，人们戏称‘55’。我们的一位知青朋友那时就在西双版纳，他认识‘55’之中的一个：‘这个男同学是在我们旁边的那个团队里，像许多知青一样，他曾经食物中毒。因他体力衰竭，无法康复，很快就去世了。那是1970年初的事。他出身不好，所以拼老命地干，白天当农民，晚上做会计，希望借此证明自己具有革命精神。’”

我把凌瑜病逝的消息告诉在广州工作的叶鸿龄。叶回忆说：她也曾经把一封来自云南的信转给到了海南的同学们，“写信人是在云南的北京知青同学，他传递了凌瑜不幸病逝的消息，悲切之情溢于字里行间，特别令我至今难忘的是，凌瑜离去的那天晚上，他工作过的新、旧连队，所有北京知青同学连同农场老职工，全都吃不下饭。饭堂煮好的饭一粒也没有人吃，菜一条也没有人动。大家守了一个晚上”。叶出身革命干部家庭，是我们中最早认识凌瑜的同学。“文革”期间，她给在北京中学红代会工作的同是高三级的李冬民写信，了解何时可以复课。回信的是凌瑜。叶回忆说：“他首先自报家门，出身在一个旧军官家庭，这在血统论流行之际是一个敏感话题。接着他坦荡地谈了对时局、学校情况、前途理想的见解和看法。我给他回信说，我们是不赞同血统论的。”1971年6月15日，叶鸿龄寄了一本题为《革命青春红似火》的书给我，在扉页上写了一段话：“送给翻开新的革命历史一页的崔干行同志。愿像所有展翅高翔的英雄们一样，特别是像我们敬仰的凌瑜烈士一样，把自己壮丽的青春献给无产阶级革命事业，奋斗到底！”

这本由上海人民出版社1970年出版的小书第一篇就是写金训华的：“河水正以每秒钟七八米的流速向下倾泻，电柱像箭一样向下冲去。小金万分焦急，一边跑，一边甩掉身上的衣服，大喊一声：‘跟我下，马上捞！’小金首先跳进大河。”

“冲上去，冲上去，抓住电柱就是胜利！小金离电柱只有一米远了，这时，又一股漫甸子上的洪水冲进大河，呼啸着向他盖去……”

第二节　一个三县交界的地方

1968年11月8日清晨。我带着行李到广州二中集中。离开家门时，话也不多说两句，扭头就走，只是不想儿女情长。到了二中，门前一片热闹（人声鼎沸是肯定的，有没有锣鼓喧天倒是忘记了）。这时，我突然想起母亲（我父亲在韶关，我大弟弟在中山平沙农场）。于是找了个借口，忘记带什么东西了，返回家里，再次见了母亲一面。这一别就是两年多。当时的这种复杂心情并非我独有。40多年后，何代宁在博客中这样回忆那一天：“我带着妹妹、弟弟在妈妈的床前告别时，妈妈连蚊帐也没有掀开。我知道她是不愿意让我们看到她难过的样子。”何代宁是和妹妹一起到海南的。

郑次平回忆说："父亲亲自骑28寸单车，帮我把行李运送到二中门口。"

和我一起徒步到北京的翟广雄回忆说，他没有到海南（我们班50个同学有12个到了海南），但他那天来送我们了，而且偷偷上了接我们到码头的大卡车，"车一开，不知道谁就打出了我们那面红卫兵大旗"。

接着，就是广州太古仓、海口秀英港，这些"故地"，回忆到海南当知青的文章基本都提及。印象特别深的是太古仓和我们握手泪别的二中某老师（从来没有见过老师流眼泪），以及秀英港欢迎队伍胸前硕大的毛泽东像章。

在船上，大家围坐一起闲聊。大约晚上八九点钟，"封船"了，大家被要求只能待在船舱内。黑漆的大海远处有一小片灯光。有人轻声说，那是澳门。大家都往那边张望。一位男同学轻声开一位女同学的玩笑："是不是想去那边？"这种玩笑在广州一般不会开，现在可能大家多少意识到"成人"了。

我们的目的地是东红农场。场长是一位我们很敬佩的"农民老红军"。场部位于琼海县（那时海南还属广东省），20多个生产队分布在海南东部的琼海、文昌、定安三个县的范围，以丘陵地区为主。大约半年后（1969年4月），广州军区生产建设兵团成立，接管了原海南、湛江的国营农场和华南热带作物学院、研究院，并分别在海南岛和湛江组成若干个"师"。东红农场被编为一师六团。成立兵团后，农场改称团，生产队改称连队。尽管后来（1974年）又都改为农场，但多少使老想着"战场上见"的我们过了一把瘾。

11月9日，我们二中几百号人在琼海大路镇下车，浩浩荡荡进入场部。走在最前头的是我们班的一位同学，他高举着那面红卫兵大旗。在场部，我们集中学习，内容不外乎是种植橡胶的意义。我记得主要有两个"材料"。一是林彪的题词，"大力发展橡胶，满足人民需要"；二是"帝修反"实行封锁，不卖橡胶给我们，要二十吨大米换一吨橡胶。

学习期间，我们还知道琼海有条万泉河，是红色娘子军活动的地方，我们因此引以为荣。以后，每次文艺演出，总少不了歌舞表演“万泉河水清又清”。不过，我始终没有到过这个红色圣地。

经过两天学习，我们再被分到农场下属各生产队。

我们一共19个人被分到三县山区交界的红岭一队（红岭原称牛荫岭，也简称牛岭，山地土质以红土为主）也就是后来的二十四连。这里离场部大约有20多公里。两年后，要建新连队，我又被分到邻近的二十六连。这里的“被”字用得并不准确，因为我和同学们一样，是自己要求去的，想尝试一下如何白手起家。新建队的主要任务是建筑与开荒。

11月18日，我们19个人在生产队老工人陈七带领下，到场部“表忠心”，然后到灯光球场留影。每人一顶圆圆的海南竹帽，用以防日晒雨淋（我们倒是比较喜欢另外一种类似“牛仔”状的草帽，俗称“知青帽”），大部分人手捧“红宝书”，神情庄重。

19个人中，男的11个，女的8个；初中毕业的7个，高中毕业的12个。说来也凑巧，19个人的“学历”竟然包括初中和高中六个年级。

这19个人有两个特点。第一个特点是“随军家属”多。所谓“随军家属”，也就是跟随自己的哥哥或姐姐来海南的，共有6位，都是初中生，而

广东东红农场红岭一队，荒山野岭

且都不是广州二中学生，年纪也比较小。最小的到农场时大概也就16岁，其中一位男孩我们都叫他“小朋友”。

第二个特点是干部子女多。革干和高知子女占了近2/3，而其中好几位的家长当时还没有获得“解放”。

这些革干和高知子女没有娇生惯养造成的种种恶习（大都是前面提到的反“血统论”者）。在我印象中，至少有这样一些良好品格：乐观、朴实、肯干。

比如何代宁，父亲是广东省化学工业厅厅长，爷爷是追随孙中山先生推翻封建帝制、创立中华民国的老同盟会会员。他在学生时期“官”不大，但在同学中威望相当高。他在越华路的家经常朋友满座。当年红岭一队一栋砖瓦房的墙壁上画的巨幅毛主席像，正是他的杰作。何代宁后来回忆说：“在爷爷的熏陶下，书画终于成了我们业余的第一大专长……为了宣传毛泽东思想，我当时在所在连队宿舍石砌山墙上费了将近一周时间，用油漆画了一张高五米、宽六米的毛主席像，上书：‘要继续地保持艰苦奋斗的作风’。这张油漆壁画，至今还被有关农场保留，作为一个时代的纪念。”在兵团，他参加了团部宣传队，唱革命京剧《沙家浜》和《智取威虎山》，也是有板有眼。

再比如陈虫虫，做事扎实，为人低调。我直到不久前，才从另一位同学的博客中，知道他的父亲在“文革”前是广州医学院副院长。兵团成立后，他到了武装值班连。他向我介绍了这个有点特殊也有点神秘的连队：“武装连初建时，连排干部和班长都由复员退伍军人担任，其余基本上是男知青，所以连冲凉房都没有。日常以生产为主，不过经常参加一些带突击性任务，如台风后到受灾严重的连队扶胶树、抢收水稻、修建水电站。如果说有一点特别，那就是作息吹号。每天收工后，都安排人轮流持枪站岗，直到次日起床号响。”

我们11个男的住在一间新建的大茅草房（泥墙好像还没有完全干透）。床是把木桩做成架子，钉在泥地里，上面放上床板。我的行李很简单，一个装衣物的棕黄色大皮箱摆放在两张床之间，成了桌子，基本功能是辅助写信；还有一个用来装棉被的墨绿色大布袋。海南白天炎热，但晚上总是比较凉快，大概是因为我们这里离海不算远。照明用的是小油灯。灯和“火水”可以到邻近的红岭二队即后来的二十五连小卖部买。草房门前安置一口大水缸。每天，我们轮流挑水把缸灌满。早上起床后或晚上睡觉前，就蹲在门前用这些水洗漱。

应该说，我在生产队，尤其是早期，心情不错。尽管我这样的出身，但同学们从来都没为难我，相互关系一直很融洽。当时“血统论”表面上已被“批臭”，但并非没有市场。实际上，当年我登上红卫轮的一刹间，心里已蒙上一层阴影。我刚刚当了几天的小小“领队”突然被撤了。自从《人民日报》1967年元旦社论批判了“老子英雄儿好汉，老子反动儿混蛋”的“血统论”观点后，我这个出身职员家庭的非“红五类”子弟以为可以和大家一样平起平坐，一年多来在“斗批改”中始终站在“最前线”。殊不知，当遇到“权力”这些敏感问题时，某些人那根“阶级斗争”的弦又绷得紧紧的。

2012年12月，我在网上无意间看到几篇有关知青的文章，写的也是东红农场的事。其中有一篇是一位当年的女知青写的，读后颇有感触。

这位女知青毕业于前面提及的广州二中“邻近的一所中学”。她回忆在生产队的日子时说：“各人的家庭背景不同……最次就是出身不好或者有港台关系的‘可以教育好的子女’”。作者说自己属于“最次”一类。“刚到队，我们几个思想情绪比较压抑。那时候，唱语录歌、跳忠字舞，‘宣传最新指示不过夜’，我们对这些活动从不敢怠慢。每次开会准是比别人早到会场，讨论发言也特别认真，但就是这样也常常难以被‘一些人’认可，有位知青经常在我面前一本正经地说：‘你们这些出身不好的人，必须时刻记住改造自己，思想上与家庭决裂。’改造思想本是人人有份的事，但出自他的口，便全属于‘我们’的事了。”

她接着还回忆了她和另外一位女知青的一段交往。那位女知青来自广州二中，“父母都是老革命干部”，“按照当时的政治氛围，我们之间属于‘猫鼠不同笼’，但相处了一段时间，我们都有一种相见恨晚的感觉”。她“完全没有当时一般干部子女都有的‘高贵感’‘优越感’，对我们家庭出身不好的人不但没有歧视，反倒寄予同情，我开始认识到，出身好的干部子女并不是一个模子刻出来的”。

文中提到的两个人，我都认识。对于前一位，不知道他后来是否意识到自己的“一本正经”的言语，对像兄弟姐妹一样的农友是一种伤害？

而对后一位，我对“不是一个模子刻出来的”很有同感。我们的“红卫兵革命委员会”之所以有较强凝聚力，是由于里面的不少干部子女具有良好素养，他们受到良好的家庭教育。有人说“红革会”之所以反“血统论”，是由于他们中的很多干部子女的父母被打成“走资派”。这种情况不能说绝对没有，但看法肯定片面，比如“红革会”中一位极具影响力的同学，他在1966年下半年，也就是“文革”开始后不久，就公开提出反对“血统论”，而他的当某厅厅长的父亲是1967年底才“被造反派以莫须有的罪名打倒”。实际上，即使早期的“毛泽东主义红卫兵”，也并非每一个成员都是“自来红”崇拜者。

上面这篇文章的作者是广州二中“邻近的一所中学”毕业的，这又使我想起一件有意思的事情。到海南时，二中原来属于“主义兵”“红革会”的同学，大都分到了琼海，而原来属于另一“派”的基本上分到了澄迈。为什么这样分，我就不清楚了。本来以为，“文化大革命”中的“派性”从此没有了滋生的土壤。谁知人算不如天算，我们分到红岭一队的同时，另外一批来自二中“邻近的一所中学”的知青分到和我们紧靠的红岭二队。他们所持的“观点”和我们不一样，也就是属于另外一“派”。当知道对方“身份”后，相互间开始见面会有点尴尬，但环境已经不同，没有谁再有精力和兴趣去做那些“革”与“保”的争论了。随着时间的流逝，一切都淡淡地过去。后来新连队建立，人员进进出出，有的重新组合成“一家人”。比如，到了新建的二十六连，和我一起在厨房做炊事员的那位广州知青就是二十五连（红岭二队）调过去的，我们还成了好朋友。

红岭一队（以及我后来工作的二十六队）的职工主要由四部分人构成。第一部分是海南本地人，包括老职工和后来参加工作的职工子弟。第二部分是广东罗定那一带来的。这两部分人基本上都“扎根”了。第三部分是退伍军人，其中多有从五华、兴宁过来的，他们后来有一部分也离开了海南。第四部分就是知青。我们之后，陆续有从海口、湛江、汕头、揭阳、江门等地来的。海口知青总体上文化程度比较高，也比较受重用，一般承担的是文书、卫生员等技术性工作。这还是比较好理解，因为他们懂本地语言，熟悉本地风俗习惯。潮汕知青生活习惯和我们多有不同，功夫茶、稀饭，随身总有一条绣着方格图案的“万能水布”。

江门知青是1970年8月到的海南。当时我已经调到二十六连了。分配到我们连队的江门知青有十多人。他们的到来，给连队带来一股清新空气。记得他们中有人经常念叨“一样米养百样人”，这大概是出远门前家长的再三叮嘱吧。给我印象最深的是形影不离的两个女孩子（我们分别称呼她们为“阿梦”和“阿想”吧）。多年后，阿梦回忆说：“我是爸爸单位动员上山下乡的。当时有好多单位政策掌握比较好，最大的孩子可以不去，而是在城里自己找工作，以减轻家庭经济困难和负担，等第二个孩子到年

广东东红农场，向毛泽东主席“表忠心”

龄才动员去，但我在家里是最大的孩子，也要去。”阿想到农场的经过和阿梦是一样的。我后来回广州探亲时，曾到阿想家里，父亲年老，母亲眼瞎，弟弟还在读书。

提起阿想，突然想起一件属于“后话”的事情，从而对前面那位知青“难以被‘一些人’认可”的心情有了更深切的体会。多年后的一次知青聚会，阿梦对我说：“阿干你很好心，对阿想帮助很大。她曾对我说你用她名字汇钱给她家，解决了她弟弟学费。她爸收钱后，给她来信说收到她寄的钱，后来才知道是你寄的。”这件事情我是已经完全忘记了，但现在回忆起来，我觉得当年我做这样的事情很可能也就是“难以被‘一些人’认可”的一个依据吧（其实，类似性质的事情还有一件，一次，连队组织捐款给生活有困难的知青，我认捐20元，而我当时一个月工资才27元）。在“一些人”心目中，一个家庭出身有“历史问题”的青年做这样的事情难免“虚伪”。

江门知青好多只有小学毕业学历。阿梦回忆说：“我们当时大多是只读到小学毕业，读初中的极小。主要是家庭生活困难，有的家里认为读书无用。我只读了五年半小学，未毕业就要带小弟。看见同学上学，我就偷偷哭。我很喜欢看书，经常和一个很要好的女孩子各自背着自己的小弟到处借书看，一边煮饭一边看书。借一本小说看三天，有时一二天就要还给人家。记得有晚看书看到一点，被父亲骂了。以后看书就用报纸把灯光遮住。”几年后，阿梦回城，她经过自己努力，用业余时间一直读到大专毕业。这也是后话了。

生产队下设若干班，每个班一个班长、一个副班长。班长由有劳动经验的老职工担任，其中不少还是共产党员。后来副班长一般都由知青担任。再后来，也有一些知青担任班长。班长每天早上（有时是前一天晚上）分工：某某帮厨，某某到苗圃淋水，其他到某某山地砍芭。然后带领大家到工地。副班长负责考勤，向生产队报工作进度。劳动过程中，班长的“权威”主要体现在这样一些方面；天上乌云密布，快要下雨，班长可以决定是否提早收工；开荒时遇到一块大石头，班长要决定是挖掉还是绕过去。实际上，这种芝麻绿豆大小的官真的是“吃力不讨好”。没有任何特殊待遇不说，干活还得冲向前，否则别人看不起你；而当时还在吃“大锅饭”，还得去应付很难免的“三只脚”现象（两只脚加上一把锄头，意即出工不出力）。不过，那些老班长大都很有修养，看见组员“企住倾偈”（站着聊天）时间太长了，也就是说一声：“喂，做啦！就嚟（快要）收工啦！”

担任班长的职工“不少还是共产党员”，这可以说是我和共产党员第一次最直接的交往。他们（包括后来新入党的知青）尽管也不可避免有这样那样的缺点，但都有关心集体、乐于助人、技术好、勇于挑重担这样一些良好素养，实际上也就是前面提到的“老三篇”精神。肖大连回忆说：“红岭一队分了四个班，分别叫团结、紧张、严肃、活泼。四位班长有一个共同点就是认真负责，对我们这些城市来的学生很是爱护，手把手地教我们各种劳动技能，如砍芭不能平着挥刀，要斜着向下砍，尤其是遇着小树、灌木、大芒等；要小心茅草和大芒的叶子，它的边有小齿会割手脚。在日常上也很关心我们，经常会把他们的小厨房给我们使用，煮些食物。”

我分在“紧张”班。同一个班中印象最深的是肖小湘，她也出身革命干部家庭，原来是广东省实验中学的，跟随哥哥肖大连到海南。小湘身材较瘦小，但担茅草、挖树坑、砍芭，从不比男知青差。后来，她兼任红岭一、二队卫生员。回城后，她不无自豪地说：“那几年，红岭出生的小孩都是我接生的。”

客观地说，那时入党要求还相当严格，除成分外，还真要看表现。至于入党动机，至少不会像现在某些人那么功利吧。2013年4月某日，我回广州大学城参加一个会议。其间，和一位党总支书记闲聊。我问他，现在的大学生入党标准是什么。他说：一是动机，现在学生思想的确复杂，但“又相对单纯，愿意讲出自己的真实想法”。二是学习成绩，“至少在班里排前百分之五十吧”。巧的是会议期间发的一份资料就有一篇文章是对某大学“大学生入党动机和政治理想信念的调查报告”。该“调查报告”有效问卷489份。在回答“是否希望入党”时，答“是”的有303人；而“为什么要入党”的多项选择中，回答“为了毕业时更好找工作”

的有236人；回答“能在评奖评优时加分，会影响学生鉴定上的德育评定”的有103人。

第三节 “英雄式”劳动

以上说的是“人事”，下面看看如何“与天斗，其乐无穷”，“与地斗，其乐无穷”吧。

劳动自然相当艰苦。东红农场在海南岛东北，我们面对的不是崇山峻岭，却都是荒山野岭。

开荒，目的就是修出种橡胶树的梯田，主要包括砍芭、烧芭、修梯田和挖穴四个工序。

砍芭，这是一种用带长柄的柴刀（镰刀）砍除灌木、杂草、小树、攀藤的劳动。这种活不但累，而且经常被荆棘弄得身上左一道疤，右一条痕。动工时，所有人在坡底或山脚下一字儿排开，从下往上砍。遇到大树要用锯。然后，把大大小小的树干削去枝叶，拿回食堂做柴火。剩下的东西则焚烧掉，也就是烧芭。真是典型的刀耕火种。

烧完芭并不是立刻可以修梯田，山地上还有很多树头要处理。处理树头是一种脏但不太累的活。我们戴上脏兮兮的工用手套，把树头绑在拖拉机后面的钢丝绳上，拖拉机一开动，树头随之被拔起。有的树头有一定“规模”，那场面就很壮观了。

挖穴，在修好的梯田上挖掘为种植橡胶树预备的土坑。这种活极累。土坑有一定规格，大概长80厘米，宽70厘米，深60厘米。开始每人每天也就三个五个，但后来熟练了，速度快了，就十多二十个。不过，质量都没有那么严格了。

我们的工具主要是锄头、铁耙、镰刀、半月锄。铁耙有点像《西游记》中猪八戒使用的武器，比较重，开荒时，一铁耙下去，大块泥土被挖起来，比锄头好用多了，后者更多用在边角的修修补补。镰刀有长柄和短柄两种。我们都很懂“磨刀不误砍柴工”的道理，所以，每间宿舍前面都放有磨刀石。半月锄是一种辅助工具，主要用来修整梯田。

如上所说，那时候吃的还是“大锅饭”，工作有数量，比如挖穴，每天收工时要向副班长汇报；不过，没有完成也不打紧，没有惩罚措施。体弱的往往分配做一些轻工，比如放牛。我在农场六年两个月除了探亲都没有休息（典型的“英雄式”劳动），休息日就去代别人放牛，或到伙房帮厨（没有任何报酬）。放牛时，把一群牛赶到草多的地方吃草，然后喝水。这种工作不需要过多体力，但也要日晒雨淋。下暴雨，人可以停工，但牛还是得要填饱肚子。队里有黄牛，也有水牛。黄牛养来积肥，逢年过节也杀它一头改善生活，水牛专门拉车运输，是我们这里红土路的主要交通工具。不过，放牛尽管没有牧童短笛那种悠闲，也颇有趣。第一次看到公牛扑到母牛背上，真有点惊心动魄的感觉；晚上去牛栏巡夜，通过手电筒刺眼的光，可以看见牛的嘴不停地动，这时，往往就会想起生物课上老师说过的知识：牛有四个胃，所以不停地反刍。

最艰苦的是三天两头大会战。所谓“大会战”，就是不按时间开工

广东东红农场，六年青春

收工，两头黑，甚至要在山头安放汽灯和小油灯来挖洞穴，把人弄得精疲力竭。到海南的申请信上有一位签名的同学叫周定，她分在安山队。周定回忆说："割胶需要起早，一般三点起床，碰到大会战，我们要割两个树位，就要在一点起床。叫起床的都是每个班的班长。到点时，班长会走到窗前轻轻地叫唤，待我应了声，他就走到下一个人窗前叫。我们几个同学住一间宿舍，分属三个班，因此到我们窗前叫起床的就有三个班长。"放在今天，人们可能不明白，人的精力有限，为什么会做如此不科学的安排呢？其实，现在那些中小学生，补课补到昏天黑地，和这种"大会战"的理念、方式如出一辙，多少也有点"大跃进"的味道了。

不过，大会战也有热闹时候，比如大家轮番拿起铁皮做的喇叭筒读毛主席语录和"好人好事"，都争着做"毛泽东思想宣传员"，哪怕用"半咸不淡"的普通话说上几句也好。再比如烤木薯。有时候，不知道谁弄来几根木薯，就放在烟火里烤。可能是气候和水土关系，这些木薯粗大，淀粉高，入口"松化"。

提到宣传，我想起生产队那座用木头搭起的宣传台。队里有事，队长都会走到台上拿着铁皮话筒宣布。某日清晨，我鼓足勇气上台朗读毛主席语录和社论（为什么要"鼓足勇气"？我当时的普通话正是广腔广调的"半咸不淡"，在宿舍曾经把"绳子"读成"橙子"，惹来一阵笑声）。后来，这成了一道"风景"。大家都把上台广播看作宣传毛泽东思想的一种好形式。实际上，也真的只是一种"形式"。另外还有一种"形式"是谈心活动。当时很喜欢两个人"谈心"。一般是领导和群众谈心，也有党员和入党积极分子谈心。能够"有话当面讲"，毕竟值得赞许；至于效果如何，那就很难说了。

一说到海南农场，人们就会想到橡胶，头戴一顶有小灯的胶工帽，凌晨三四点钟孤身一人进入胶林，"密林不见人，但闻人言语"。我没有割过胶，因为我们生产队胶树不多。我们19人，只有何代宁等不多几位有这个资格，成为割胶工。何代宁在他的博客中有这样一段描述："割胶的技术要求非常高。每一刀割下去，既不能伤到树干的内层皮，又不能割得太浅，影响出胶量。用刀也不能太重，否则压迫出胶毛细管，也会降低产量。每一天割下的胶皮以仅能割去表层凝固部分的厚度为准。太厚即会影响每季割胶所定的耗皮指标。”

周定在一篇回忆文章中这样说：“一个人在那么大的林段割胶安全吗？说实在话，我们队的确没有发生过什么事。我想，可能基于以下两个原因：其一，在那个年代，想干坏事的人有那个贼心也没有那个贼胆；其二，我们的胶刀呈三角凹形，磨得锋利，插进去像刺刀一样，拿着这样一种武器，谁敢来呢？”说得很有意思。我们不否认“那个年代”的种种荒谬，但“那个年代”的确有值得“怀念”的地方。

不过，我倒是耕过田。海南山地多，那些水田有这样几个特点：第一，面积小，都是一小块一小块的，三尖八角。耕田时牛被赶得转来转去。第二，凹凸不平，深浅不一。我身高一米七六，但有的深处，泥浆竟然到达我的大腿。牛更可怜，有时踩到深的地方，一下子陷进去，只剩下个头在外面。这时，往往会想起粤语说的“使牛要惜牛辛苦”。第三，田底有不少石头。铁犁一不注意撞到石头上，虎口一阵发麻。据说这些都是山坑冷水田，水稻产量很低，老百姓放弃了，所以队里拿来耕种，而收的稻谷不用上缴场部，用作补充队里食堂的粮食缺口。

当然，和水田打交道，还有一样东西很可怕，就是蚂蟥。这小东西软软的，两头带吸盘，有点像没有了壳的蜗牛。蚂蟥吸在大腿上，要有些技巧（吐一口水在这恶心的小虫上）才能把它拉下来；而一拉下来，总要付出流血代价。

现在很难想象，当年在田里撒牛屎，在菜地里泼人粪，一点都不嫌脏（有可能戴上口罩吗）。这多少是由于“活学活用”毛泽东思想的结果吧，尤其是《在延安文艺座谈会上的讲话》中这一段：“最干净的还是工人农民，尽管他们手是黑的，脚上有牛屎，还是比资产阶级和小资产阶级知识分子都干净。”现在不时看到一些机关职员三五结队参加“爱国卫生活动”，人手一把长长的“火钳”在大街上夹垃圾，实在忍俊不禁。

除了耕田，扛石头也相当消耗体力。忘记是修水库还是盖房子，我也曾经被选调去扛石头。石头在山里已经被石匠敲打成一块块，小的有二三十斤，重的应该有上百斤。我们都穿上比较厚的工作服，在肩上再铺一块毛巾或戴上厚厚的护肩布。工作时，分为两组，一组负责在车上接石头和卸石头，另一组扛石头。力气大的自己把石头扛上肩，力气小的有专人帮忙扛上肩。走远近不等的一小段路（车往往不能停靠到石堆前），再把石头搬放到汽车上。当车开走后，扛石的一组就可以稍为休息一会了，可以聊聊天。

聊天中的一个小故事给我留下深刻印象。

那是夏日的一天，在一个半山腰的打石工地，当我们看着装满大石头的卡车慢慢地驶离后，各自找块阴凉地方喘口气。“先生”是一位“单飞”来东红农场的广州知青，给人文质彬彬的样子，他对海说：“你和楠究竟是怎么一回事？讲给我们听听吧。”

海也是广州知青，在农场靠西北的一个连队。他摇摇头：“散了。还有什么好说？”

“藕断丝连，情节离奇。我以后有机会，一定把它提炼成小说。”

楠来自雷州半岛，朴实，单纯，和海在同一个连队。

故事的开端发生在海回家探亲的时候。

那一次，海选择的是坐船过琼州海峡，然后坐长途汽车回广州的路线。途经楠的家乡时，他顺带帮几位知青给家长们捎去家信。到达楠的家，天色已晚，好客的楠的家人留海住了一宿。这是一个典型的南方小城镇“劳动人民”家庭，低矮而整洁的小平房，略显潮湿的阶砖地板。墙上挂着的镜架有数十幅黑白照片。楠是老大，下面还有一个弟弟和一个妹妹。第二天临走时，楠妈妈对海说：“你们都离家那么远，互相好好照顾。”海回农场后，把楠妈妈的话对楠说了。楠轻声回了一句：“我知道了。”那一年，楠19岁，海24岁。

“关系”似乎这样就定下来了。那时的“拍拖”不外乎是我帮你洗衫，你帮我打饭，假日里煲点糖水。如果“啱偈”（两人感情相投），空闲时钻到橡胶林里，皎洁的月亮洒下银色的光，四周一片宁静，应该比高粱地惬意多了。

“不曾料到，过了没多久，楠对我说，现在年纪还小，迟一些再谈这些事情吧。接着，又发生了一件离奇事，连队‘组织生活’，有人莫名其妙地公开提出家庭成分问题，矛头直指我。最后我向‘组织’承认和楠已分手……”海露出疑惑的神情。

“可能有人也看中楠了，”我说，我也认识楠，“那算得上是一个不错的女孩子，不但长得漂亮，人品也好。”

我们善意地分析，“组织”还不至于把海和楠的事情上升到“阶级斗争”层面吧，大不了个别成员有点“争风吃醋”。

“又过了很长一段时间，有一次，楠在团部医院住院，我专程去探望她。也许是‘患难之中见真情’，我们的关系略有‘解冻’，才多少了解到一点事情的前因后果。原来楠家里收到一封信，信中供出了我的家庭成分，有‘历史问题’。信里说，不要找成分不好的人作男朋友。还说这是为楠好，象她这样条件的人应找一个成分好的才幸福。楠对我说，她也不知该怎么办，拿不定主意。家里弟妹又小，又要寄钱回家。”

“乜嘢话？咁样都做得出？（什么？这样都做得出来？）”，记得当时我听后很感慨。

“曲折离奇就在这一个环节了。谁写的信？”“先生”问海。

“不知道，我不想打听。”

“那实在遗憾。这个故事就没有办法结尾了。”

“先生”见海有点失落的样子，开导说：“在海南何必急着去找老婆呢？你就不打算离开这个地方了吗？”接着又讲了一点“恋爱经”：“我不会随便去找一个女的。一个女人，要想别人去追，自己总得有点长处吧。你看看我们工地那一位，整天那么风骚……漂亮吗？或者有才干吗？”

这位“先生”，我不知道他如何来海南，也不知道他如何离开海南。不过，我回到广州后，有一年带学生到某中学实习，该中学的指导教师竟然是“先生”的夫人，学识丰富，相貌端庄。当时万分感慨，除了觉得“世界真小”外，心里还想，这位“先生”真是好眼力，找老婆也懂得用理论指导实践。而“先生”本人，当时已经成为一份杂志的资深编辑，经过他的推荐，我还在那杂志上发表了两篇文章。

至于海和楠，后来都先后离开农场。楠回到她的雷州半岛，而海到的则是粤西北一个山城。不知什么原因，他们最终也没有能够走到一起。

不过，后来我和“先生”在编辑部聊天时，他告诉我“真相”：“还记得那封信吗？想不到吧，是洪写的。”

“洪？从粤西来的那一个？”

“就是他。他在代表‘组织’做楠的‘思想工作’时‘顺便’把自己的弟弟介绍给楠。但楠不同意。”

“听说洪的弟弟后来和楠一个同乡知青冬结了婚，是不是真的？”

“后来离婚了。洪的弟弟是在粤西一个铁矿当干部，所以，冬就暂时住在洪家里。有一次，洪的老婆带小孩回家探亲……不知怎么回事，后来……也就离了。”

记得当听到这个结局时，我的嘴巴惊讶得张大后都合不拢了：“你不是真的在编小说吧……不过，我倒是有点不明白了，你是要批判‘血统论’，还是要批判‘阴谋论’？还是仅仅谈点知青的情感生活？”

这故事是不是扯得太远了。

在农场，我们也不是仅仅做打石头这样的“苦力”，也掌握了不少技术活，比如盖茅草房。要完成这样一个“工程”，首先得准备好材料，主要是竹篾、木桩和茅草。正式动工时，在地基上隔约两米打下一个木桩；在两木桩之间用竹篾编成篱笆，然后把搅拌好的茅草泥巴铺到篱笆上，便成了篱笆墙。再用木条架起屋顶，把捆扎成一片片的茅草一层层地铺在屋顶上，两端加以固定。最后一层还要特别用东西压住，以防风、防雨。这样，房子就落成了（铺墙和盖屋顶这两个工序一般情况下也可调换）。不过，在老生产队，我们建的茅草房一般是自用的小厨房之类。老工人建茅草房时，都会请我们去帮忙。搭架的搭架，铺墙的铺墙，好一番热闹。女主人一般就去做一顿比较像样的饭菜招待我们。

到了新建队（二十六连），我们的技术就派上用场了。新建队没有房子，没有水井，因此我们这些第一批的建队成员（先遣队）只能暂住二十四连，每天跋涉到新建队“上班”。首要任务是盖房子和挖水井。

还有一件事情和“英雄式”劳动紧密相关，那就是政治学习以及“早请示”“晚汇报”。我们在男生宿舍的外墙壁，挂上一幅毛主席像，每天

广东东红农场红岭二十六连，刀耕火种

上工前、收工回来后站在像前念上一段毛主席语录。

这种“氛围“后来慢慢淡化。1969年6月，毛泽东在中共中央《关于宣传毛主席形象应注意的几个问题》稿上批示“照办”。文件指出“不要搞‘忠字化’运动”，“不要搞‘早请示、晚汇报’，饭前读语录、向毛主席像行礼等形式主义的活动”。

实际上，我们的业余时间相当一部分是用来“政治学习”的，这可能是农场和农村的不同之一。“政治学习”主要内容就是读报纸（每个生产组订有一份报纸），以及交流学习毛泽东思想的心得。如果说那时候“文化大革命”还没有结束，那么，读报和“讨论”就是我们参加“文革”的唯一方式。

回忆那个岁月，不能不提这个“心得”。谈心得也叫“讲用”，讲讲自己怎样“活学活用毛泽东思想”，怎样“英雄式”劳动。班里讲得好的，推荐到连队（生产队）讲。连队讲得好的，再推荐到团部（场部）讲。

我也有幸参加过团部（场部）讲用会（参加这样的会，除了有荣誉感外，还有了一个和老同学见面的机会），不过不是“讲”，只是“听”，听别人讲心得。讲心得的程式很简单，也就是说说自己所做的符合毛泽东主席哪些语录。到团部讲用的，有各式人物；而最令听者揪心的，是那些声泪俱下者。他们往往是“苦大仇深”的老工人，在痛斥“旧社会”，再有就是“触及灵魂”的知青。我们一边陪着擦眼泪或做出同情状，一边心想：他一定有份被推荐为“标兵”了。成了“标兵”，也就有机会上师部，到海口，继续“讲用”。

在云南，痢疾等恶性疾病是可怕的，而在海南，对知青造成威胁的恐怕是台风了。这种自然灾害来临时有一定规律，先是闷热，然后是阵雨，再接着是狂风骤雨，最后落下“白茫茫一片真干净”。台风过后的当务之急，就是到胶林把被吹倒的树苗扶起，给草房补漏。可能由于我们“光棍”一条，所以对台风来临也有点不太在乎的心态。实际上，当时也只是觉得这种自然灾害威力很大，倒没有什么可怕。记得有一年，强台风过后，把一个小涵洞堵塞了，小溪水流通不顺畅。一位广州知青在腰上捆扎上一条绳就跳进水中，打算清除杂物。我和另一位知青跟在后面，准备“前赴后继”。正当我刚下到水中时，水一下子把第一位卷进涵洞，其他知青赶快把我拉起来。后来，在前面不远处找到那位落水知青，幸好他只是手臂和前胸擦伤了一点，“执翻条命”（保住了生命）。一会儿，水就自动地冲开那些杂物，堵塞解除了。那位知青自然成了大家心中的英雄。不过，这样的行动其实相当鲁莽。

大概就是这一年的抗台风，我立了三等功。1972年11月21日，中共广州军区生产建设兵团第一师六团二十六连支部给我广州的家发了一封“报喜信”。

敬爱的叶佩珊家长同志：

正当我兵团全体指战员在毛主席革命路线指引下，继续深入开展“农业学大寨”群众运动，掀起革命、生产新高潮时，今年第二十号强台风从正面袭击了海南岛，在生产建设上给我们带来了一定的破坏和损失。但是，用毛泽东思想武装起来的兵团战士，牢记毛主席关于“与天奋斗，其乐无穷；与地奋斗，其乐无穷；与人奋斗，其乐无穷”，“中国人死都不怕，还怕困难吗”的伟大教导，在上级党委的正确领导下，与二十号强台风进行了英勇顽强的斗争。同志们发扬“一不怕苦，二不怕死”的革命精神和团结友爱、互相帮助的共产主义风格，以坚强的战斗意志，战胜了自然灾害，迅速恢复了生产和生活，取得了抗灾斗争的胜利！在这次严峻的抗灾斗争中，贵子崔干行同志，表现出不怕牺牲，英勇奋斗的大无畏精神，舍己救人，爱国家、爱集体的共产主义风格，和以苦为荣、以苦为乐的无产阶级世界观，完成组织上交给的各项任务，受到全连同志的好评，获得团的立三等功之奖励。为此，我们特写信向贵家长报喜！

崔干行同志在这场斗争中，能经受考验，得到奖励，是由于他本人来兵团后，认真学习马列主义、毛主席著作，虚心接受老工人再教育，刻苦改造世界观，努力要求进步的结果。也是和贵家长对他的教育帮助分不开的。因此，希望贵家长在今后要鼓励崔干行同志谦虚谨慎，戒骄戒躁，争取更大的进步。

最后让我们团结起来，争取更大的胜利！

此致

革命敬礼

这里几乎囊括了当时所有的溢美之词。这份喜报邮印在一张普通的红纸上，只有“叶佩珊”“崔干行”“三等功”是钢笔填写上去的。

不过，1970年的那次台风给广州知青造成的损失才是最大的一次。南方都市报主编的《我的1976》（南方日报出版社2008年版）有一篇题为《广州知青的最痛：海南山洪冲走20姐妹》的文章。口述者透露：“1970年10月17日凌晨，晨星农场养猪连遭遇了山洪袭击，全连28名成员中22人被洪水吞噬，仅余6名幸存者。”幸存者之一的小杨1977年考入广州师范学院中文系，后来留校任教，我们成了同事。她也曾经和我们讲述这一段经历：“那时天还是黑糊糊的，茅屋一公里外，很多手电的灯光在前后晃动，我知道救援队伍肯定到了。‘毛主席万岁！’我下意识地不断大喊。

第四节　难为“无菜之炊”

我在农场后两年基本上在后勤工作，其中至少有一年在厨房。

现在，我有时和好友闲聊，说我曾经做过厨师，煮过五六十人的饭，听者都会露出惊讶神情，他们大概把我想象成电视节目中“饮食天地”的主角了，或者认为我不过一介书生，手无缚鸡之力。其实，那个岁月做厨房并不难，因为每顿都是通心菜（俗称“无缝钢管”）和冬瓜（俗称“大地雷”）。再困难时是萝卜的祖宗三代：萝卜苗、萝卜、萝卜干。最困难，也就是弄一点酱油了。把水煮沸，然后把油、盐、酱油依次倒入水中。所以，我在厨房待了这么长时间，只学会了不多的手艺。其中一项是切冬瓜。右手拿刀，左手掌轻按着瓜，手指弯处顶着刀，这样切起来速度会比较快。还有一项是用手逐条摘通心菜，而不用刀切。据说这样味道会比较好，我却是“牛吃牡丹”，没有别样的感觉。不过，摘菜总是比较悠闲的活。坐在小板凳上，和派来帮厨的职工边摘边聊；而这些来帮厨的一般是女知青。

当“伙头军”时，我先后和两位知青合作过。一位姓黄，是广州知青；一位姓郑，是潮汕知青。他们生活经验比我丰富得多，手艺也比我好得多，炒得一手好菜。有时有点好肉，都由他们掌厨。而我主要做下手（到农场前，我好像都没有划过火柴，更不用说做饭了），干点粗活，诸如生火、劈柴、提水。生火时，先往炉灶里塞一把禾草，点燃后，再放上一些小树枝，然后把炉灶小铁门关上，火“轰”的一下子就猛烈地烧起来。待火烧得旺了，就放些半干不湿的树头。海南经常下雨，尤其是打台风时，到处湿漉漉的，所以我们都要预先保存一些干柴；而用柴量相当大，炉灶里那把火几乎从早上五点烧到晚上六七点。我们是既忧无菜落锅，也忧无柴入灶。

那些柴都是职工们交来的，每人每月定量200斤（食堂每月从要搭食的职工工资中预扣12元，10元是伙食费，2元是柴钱，交足定量就退回2元）。拿到食堂后，都要过秤。有些“扭纹柴”，比如一些大树根、大树头，很难劈开，但又不能不收。所以经常看见我们一有空就在厨房前边的空地上“剥光猪”（脱光衣服）劈柴，身水身汗（浑身大汗淋漓）。

那一段日子，我的手臂练得相当有力。除了劈柴，另外一个重要原因是提水。厨房后面有一口我们自己打的水井。水井口很宽，水很满，往往一弯腰，就可以把水装到桶里。于是，我们都是一只手提一个桶，每桶装有约莫四五十斤水，然后走过十多级石阶，再把水倒到一个大缸里（很多时候是单手把一桶水拎起，借助水缸边的支撑力，把水倒进缸里）。这就是我为什么不用“挑水”这个词而用“提水”的原因。

水井周围用石栏围住。职工洗衣服和饮用都靠这口井的水，每到收工时这里就相当热闹（很多知青的早期“爱情故事”就发生在这里，比如谁帮谁洗衣服了）。有时候，有谁不小心把水桶掉井里了，我就自告奋勇跳到井里，把桶捞上来。水井应该有五六米深。下水后，屏一口气，很快整个人沉到井底。抓住水桶，再舒一口气，很快就浮上来。把桶交还“失主”时，他们一般都会百般道谢。其实，海南白天气温高，下井捞桶不失为一件痛快事情。

食堂一日三餐。我们两个“伙头军”每天轮流起来做早餐。早餐一般是稀饭和点心。“点心”这词语好听，也就是馒头、松糕而已。一般前一天晚上做好，第二天早上加热。上早班那一位，晚上打扫完厨房，就提着小马灯和闹钟回宿舍。第二天凌晨大约五点，再提着灯到厨房煮一锅用蒜头和盐做料的稀饭。一个人很无聊，有时就打开半导体收音机，胡乱听听。三更半夜，哪有什么听的？大都是电流声，偶尔夹杂着一些外台广播，飘来几句“反动”语句。后来听说有一位知青向上级反映，说我收听敌台（该知青大概是起床方便时发现“敌情”的吧）。自然不可能有证据，也就不了了之。

午餐和晚餐时，我们把饭全部盛放在一个大竹箩筐里，另外用两个大盘子盛菜。每个人一碟菜。好不容易杀一次猪，每人分一份猪肉，留下的食堂得精打细算，肥的熬油，瘦的用来加菜，每人每餐一块比豆腐干略大一点的卤肉。有时也有汤。我们做汤的“工序”很简单，炒菜时最后剩下一点在铁锅，加上水，把它烧开，放点盐，就变得“美味”了。饭要自己用饭票买。那时饭量相当大。记得有一次，我（当时不是炊事员）和一位连长不知为什么事“打赌”，我吃了一斤八两米的饭和三份菜。这应该也算纪录了。我们用的饭碗足有小脸盘大，根本难以想象（在海南，用“忍饥挨饿”这个词语并不合适，只能说经常嘴馋，因为米饭还是足够的，只是油水少）。后来回到广州，很长一段时间我每顿还是三大碗（当然不再用“小脸盘”了）。

在当时物质贫乏的年代，厨房工作肯定是个“美差”，正所谓“近厨得食”（印象最深的是偷偷拿点熬好的猪油和盐“捞”饭，“捞”是“拌”的意思）。只是劳动时间长，除了日煮三餐，还要给知青以及部分老工人提供饮用的开水和冲凉用的热水。而大会战还要送饭到工地。送饭时，饭用箩筐盛，随便吃，一般都会加点菜；盛水用的是铁皮桶，山路崎岖，为防止水溢出，很得有点功夫。不过，劳动强度和开荒比，毕竟轻松多了。在厨房干活还有一样讨厌的事，就是不论出太阳还是下大雨，都要穿水鞋，否则脚趾会烂，据说会有沙虫咬。

讲一件大概属于“造孽”的事情。我们食堂养了一群鸡。有一次，一只鸡丢失了，我和搭档一起去找。结果，活鸡没找到，倒是发现某户人家的小孩正在小厨房门前有滋有味地吃鸡腿（那年月，不是逢年过节或极重大事情，是没有“借口”杀鸡的）。第二天，我的搭档想法偷走那户人家的一只鸡，而我负责“行刑”。我把鸡整只扔到炉灶里，把小铁门一关，那鸡立刻灰飞烟灭。

上面说过了，菜很少，但还是尽量搞些花样。（据在团部（场部）工作的某位知青回忆：“团部的伙食比连队要好，虽然也是每月十块钱左右的伙食费，早餐除了馒头外，还有熬得很好的猪肉粥、鱼肉粥、鸡肉粥，正餐也顿顿有荤，有时食堂还做一只白斩鸡或白斩鹅之类的加菜，5角钱1份，想吃的就买。”除了偶尔开会，我没有在团部（场部）饭堂吃过饭，所以对这段文字感觉很陌生）。食堂的菜一般是自己菜地种的，司务长也会隔若干天骑自行车到附近的墟集买些“必需品”回来。我在二十六连当炊事员时，种菜员是海南人老高。老高个子不高，人很老实，可以说干样样活都是把好手。他后来当了连队司务长，林彪事件的信息最早就是从他那里传给我的，他当时刚到团部开会回来。

“老干，”他都是这样称呼我，“林彪死了。”声音压得很低。他的海南普通话听起来费劲（把小猪叫做“小嘟”）。

近年看了不少知青回忆录，其中多有说及当听到林彪事件时的兴奋和困惑，有的甚至精神崩溃。说实话，对林彪的死，我没有什么反应，可能是“习以为常”了。其实，林立果等制订的“五七一工程纪要”中对知青困境的描述，比如“知识青年上山下乡，等于变相劳改”，“红卫兵初期受骗被利用，充当炮灰，后期被压制变成了替罪羔羊”（引文见《真相：九一三事件考证》，张聿温著，中国青年出版社2012年版），都很容易引起我们的注意（对林彪以及林彪事件，现在有了比较客观的评价，但不管怎么说，林彪作为党中央副主席的确开了“当面一套，背后一套”的先河，现在揭发出来的腐败案件，相当一部分当事人就有着这样一种“作风”，虚伪，真实的信仰都藏在心里，拿“文革”的流行话语就是“打着红旗反红旗”，拿粤语来说就是“人心隔肚皮，冷饭隔筲箕）。为什么我当时无动于衷呢？只能说我的思维僵化和麻木，这样做人也实在窝囊。现在陆续知道一些“真相”，有当年被愚弄的感觉。所以，我总是第一时间把“真相”告诉我那年近九十的父母，至少要让他们知道以前发生过的事情是怎么一回事，以免一辈子活得糊里糊涂。

第五节　静悄悄地撤离

1974年冬天一个稍微寒冷的晚上，在生产队食堂里，农场一位副场长向我示意，场部打算提拔我当司务长。这时已经是到海南的第七年了，但消息没有给我带来任何喜悦。我对副场长说，我正在办理离场手续（这是我第一次推辞“官职”。第二次发生在20世纪90年代中期。广州师范学院组织部长和我谈话，希望我担任中文系党组织负责人。我想起了入团入党的曲折经历，感慨万分。最终，我推辞了。我说：“这个职务还是让年轻老师担任吧，他们比我有朝气。”）。

副场长沉默一会，对我说：“来农场时，把你的领队职务撤下来是你们学校做的决定。”他是当年接我们到海南的农场负责人。

为什么要在生产队食堂里谈呢？因为我当时好像是负责种菜，也可能是养猪。种菜，每天淋水、施肥，把红的绿的瓜菜摘下送到厨房。养猪，每天把由米水和剩饭菜混合而成的潲水，再加上切碎的番薯叶、米糠等放在一口大锅中煮成猪食。

我煮过饭，种过菜，也养过猪，让我当司务长可能也是“蛮适合”的。

当然，这也许是对我长期“考察”的一个结果。我在海南六年三个月，没请过一天病假，包括跟随货车搬运石头时，因车急刹导致左胸部被车上的木栏碰伤，这是工伤；在知青宿舍里“补充营养”，脚被打翻的沸腾的汤水烫伤，这是私伤；建设新队时，曾经为了打水井三天两夜“捱眼瞓”（熬夜，实际上也是“英雄式劳动”），因为打井得一边往下深挖，一边要把从地底下冒出的水往外倒。可以说“搏到尽”。但这一切没办法抵消“家庭出身”所带来的歧视。现在回想起来，我当时真的有点像鲁迅小说《祝福》中的祥林嫂。那位可怜的寡妇在丈夫死后受尽歧视，只得去捐门槛，回来后以为霉气消除了，祭祖时“坦然的去拿酒杯和筷子”，但被四婶大声的“你放着罢”制止，于是“受了炮烙似的缩手”。就是那种心情。几乎在“高龄”入团的同时，我就向党支部提交了入党申请书，连指导员老邓多次难为情地对我说：“你的表现有目共睹，但……”

今天，有知青回忆海南农场生活时，颇有感触地说：同来海南的知青命运也分三六九等，际遇天壤之别。的确，正如粤语所说“同人唔同命，同遮唔同柄”（“遮”者，“伞”也）。不过，我当时并没有“羡慕嫉妒恨”，我总是逆来顺受，不管是懦弱，是虚荣，我总是希望通过自己的努力改变命运。

实际上，我和很多同学当时对坐机关、当老师并不向往。有一位同学说过这样一则冷笑话：有一位老师请客。他当着客人的面，连表敬意，“吃鱼，吃鱼”；但当客人夹了一块鱼后，他一转身就连连摇头：“夹了那么大的一块！”我的同学边说边摇头晃脑。显然，这是讽刺知识分子的虚伪和酸腐。我当时很有同感。1975年，我离开海南后到了韶关，一心也是要找列车服务员之类能更好地“为人民服务”的工作。后来，鬼使神差地当了老师。

回想起来，精神生活倒是最贫乏。

海南六年，阅读过的书屈指可数。我现在还保存着几本当时的“精神食粮”。一本是《在广阔的天地里》（上下册，中国青年出版社1966年印刷，没有“出版”两个字）。第一页是毛泽东手迹：“一切可以到农村中去工作的这样的知识分子，应当高兴地到那里去。农村是一个广阔的天地，在那里是可以大有作为的。”书里介绍的邢燕子、董加耕20世纪五六十年代就下乡了。另外还有一本是1972年7月3日买的“报告文学集”《踏遍青山》（广州部队生产建设兵团政治部编，广东人民出版社1972年版）。读这样的书真是味同嚼蜡。

所以，我在农场时期的阅读可以用“惭愧”两个字来概括。今天和我年龄相仿的“思想者”，在当时几乎都是无一例外地看了不少属于“著作”之类的书，如恩格斯的《家庭、私有制和国家的起源》、普列汉诺夫的《论个人在历史上的作用》和《历史唯物论》等等。其实，当年我也曾经尝试过阅读马克思的《哥达纲领批判》、恩格斯的《反杜林论》（这是中共中央1970年11月6日发出的《通知》要求高级干部学习的6本马、恩、列著作中的两本。我们当时都“高标准”要求自己），但无论如何读不进去。

生产队放电影自然是一件大事。海南夏夜好凉快。露天放映的场景已被不少人做过描述。撇开政治因素不说，那时有几部电影还是值得看一看。比如《列宁在十月》《列宁在一九一八》。有些经典金句，如“面包会有的，牛奶也会有的”（列宁的警卫员瓦西里对妻子的许愿），“你干嘛老缠着我不放呀”（工厂车间一位老人拒绝向社会革命党代表鲁特科夫斯基交枪时这样说），直到今天，还不时会在不同场合被引用。《卖花姑娘》《多瑙河之波》更不用说了，都可以使人想入非非了。

做知青，当然也有快乐的日子，并不是整天苦瓜脸模样的。一是年轻，二是有“信仰”，有“理想”，深信“世界上还有三分之二的劳动人民生活在水深火热中，需要我们去解放”。如果总是很郁闷，如果仅仅是熬日子，如粤语说的“捱世界”，不要说五年六年，十天半个月也难“捱”。

除了劳动外，其余日子怎样打发呢？有个别时间是“浪漫”的，比如去不算太远的海边玩，到其他生产队“串门”（有好几个同学把广州的单车也搬运过海了，这多少也是一种乐观、热爱生活的表现），晚上跟随老工人打黄猄、捉松鼠，不过，更多的是去趁墟，也即赶集。我们这里属三县交界处，到黄竹、大路等地也得走上一两个小时，如果遇上雨天，红土路一片泥泞。

就这样生活着，整整六年三个月（真正的黄金时期），干的全部是最底层的活。说干这样的活“其乐无穷”，在“现场”倒有几分真实，有几分感觉，但随着时间的消逝渐渐地淡去。后来回到广州，好多个清晨，还躺在床上的时候，我都会下意识地问自己：我现在在哪里？我真的不用拿锄头了吗？我不用再进深山扛石头了吗？

干的是最底层的活，接触的也是最底层的生活。我们偶尔也听到一些风月传闻，并在草房夜话中“交流”。记得有一位男知青轻声但认真地问我：“是不是和女的牵着手，抱在一起，她就会怀孕？”我忘记当时是怎样回答他的了。

在“回城潮”下，我在1975年1月最终选择撤离。为什么要离开？出身妨碍了发展，当然是一个重要方面（不过，认真想想，好像也没有考虑过什么“发展”，因为也没有什么路可供选择）。但更多的倒是感到茫然。用个现代词语就是进入“革命疲劳”阶段。在相当一段时间，既没有人具体指导如何“继续革命”，也不知道该如何“继续革命”。当年的志同道合者也都陆续“分道扬镳”，相互间很少讲政治和理想这个话题了，更多的是关注生活。每天精疲力竭，客观上也沦落到“日求三餐，夜求一宿”的境地，再加上也逐渐到了“男大当婚，女大当嫁”的年龄，即使自己不急，家里也急。这样，几乎所有同学，都从理想主义者转为现实主义者。

据同学回忆，广州二中到东红农场这批知青最早离开的是兵团刚成立后去当兵的几位，而比较“密集”的撤离大概从1972年开始，这时，上山下乡的政策有了变化。最后一个离开应该是1978年，在农场待了整整十年。当时的撤离方式有“公”和“私”两种。“公”指的是以“国家”的名义，“私”指的是以“家庭”的名义；也有人把这两种方式比喻为“红道”和“黑道”。“公”的如招生、招工（不知道通过这种途径回来的知青是否认同这也是“撤离”，其实，当时不少“公”招都是带着名单来的）、征兵。“私”的如顶替、病退、困退（照顾家庭）。不管哪条“道”，殊途同归。上面提到的阿梦和阿想大概也应该归入“黑道”吧。阿梦是“顶职”，而阿想，这个身子单薄的女孩子最终通过“嫁人”的方式回城。

我选择的是“黑道”。用“选择”这个词不一定妥当，当时我有可能选择吗？

最后回来的，一般都有些特殊情况。比如担任的职位比较高，或在农场结了婚。也有属于意外的，比如出了“冤假错案”（知青中相互戏谑的话也被上纲为“阶级斗争”），尽管这些“案”基本都属子虚乌有，最后也都不了了之，但当事人回城的路自然更曲折一些，“好事情”不那么容易轮上，当然会令当事人相当沮丧了。

为什么在农场（兵团）也会有冤假错案？这显然和“文革”那个特殊环境有关。人与人之间的关系有“善”的一面，同样也有“恶”的一面。写这本书稿期间，我的一位当年的同级同学给我讲了这样一个事例：1969年五六月间，一位广州知青家里来了加急电报。第一封，“父病住院速回”；第二封，“父病危速回”。某领导不仅不准假，还说：“你又不是医生，回去有什么用？要相信毛主席的革命卫生路线，有它在，你父亲病会好的。”紧接着第三封加急电报又来了，“父病逝速返”。于是又去找这名领导请假，这个知青是家里长子，要回去处理父亲后事。领导依然不准假：“人都死了还回去干吗！”尽管这名领导的语言风格明显有“文革”色彩，但我还是问我这位同学这件事情“是不是真的”。他说：“陪这位知青去团部请假的就是我。我们今天看起来好像是笑话，当时那名领导可是挺认真的。”

刘小萌著的《中国知青史》（当代出版社2009年版）一书中，有这样一段叙述：“极左思潮的肆虐，在兵团知识青年工作中也造成了严重后果。一部分兵团干部文化素质低下，工作态度生硬，主观主义、命令主义盛行，他们动辄以掌权者、改造者自居，以致歧视、压制、迫害知识青年的事件层出不穷。”

上面说到“特殊情况”，又想起一件“正面”事情。离开农场前，我到另外一个生产队探望一位广州女知青。她是二中的，已经成了家。这段婚姻倒是“门当户对”。为什么这样说呢？因为她是“学习毛主席著作积极分子”，而丈夫（当时不称“先生”）是“学习毛主席著作标兵”，潮汕知青。告别时，她抱着一个孩子，神情复杂。想不到的是，20年后，她的这个当时还在襁褓中的小女孩，竟然成了我的学生。后来，女孩毕业了，到中学当上了语文老师。现在这对知青夫妇，还有他们的孩子们，应该应了那句话了吧：从此，过上幸福美满的日子。

不管如何，我们离开了生活多年的农场。

离开时，有种空荡荡的，说不出来的感觉。多年后，看到了这样一组数据，才有点明白过来。农林部1972年6月20日的《关于广州军区生产建设兵团橡胶生产情况的报告》（以下简称《报告》）称：广东兵团饱受瞎指挥之苦，不顾主客观条件，盲目开荒种胶，1969—1971年3年中累计开荒种胶180万亩，但由于劳力、机械、肥料、苗木跟不上，3年累计报废近50万亩，其余130万亩，保苗率一般只有40%左右。我们当年不知道这样的“内情”，只是感到效率不高。《报告》还称：“割胶生产中同样是不顾客观条件地瞎指挥，制定干胶生产计划不从实际出发，指标偏高，有的把两天割一刀的制度改为天天割，甚至一天割两三刀，冒雨割，低温割，声称‘管是手段，割是目的’。这种‘杀鸡取蛋’的做法，严重影响了生产发展。”

不过，客观地说，撇开代价不谈，知青在“广阔天地”毕竟留下了一些东西（如果“一些”不恰当，“一点”总可以了吧），尤其是知识和文化，这在社会整体进步中自然起到了不可替代的作用。比如，我们曾经尝试办过夜校（严格说来，办的也不成“校”，最多只能算“识字班”罢了），给职工讲点文化知识。有一位职工女儿，十多岁了，每天和我们一起开工，竟然大字都不认得几个。多年后，她仍然记得，当年有一位广州知青对她说，没文化就没前途。后来，知青们一笔一划教她认字和数数。再比如红岭队宣传队就曾经多次到邻近乡村演出。尽管表演的内容时代性很强，但毕竟多少丰富了群众的业余生活，不用天一黑就“洗脚上床”。

何代宁在他的一篇博客中说：1976年，回队探望老工人，“胡邦如推心置腹地对我说：老何，你们来了以后，其实我们不是像上面说的那样对你们再教育，而是你们教育了我们，改变了我们的面貌”。胡曾担任红岭队党总支书记，他的话会有客气成分，但也绝对不会言不由衷。2008年，东红农场一位职工的女儿在一篇回忆文章中则这样写：“我从小在农场长大，就我看来，农场最活跃最充满生机的年代就是知青到来的那十年。知青们的热血汗水抛洒在农场的同时，也给我们留下了童年里最美好的记忆。”

回广州时，我坐的是红卫二号，四等舱408房1号。这船1975年1月23日上午7时开。为什么记得那么清楚？因为船票我也保留下来了。保留下来没有什么意义，仅仅是有点意思。

真正的返城“潮”应该是在1978年。据说知识青年返城风潮最先在西双版纳兴起，尔后波及全国。《一个上海知青的223封家书》（上海社会科学院出版社2009年版）一书有这样一段注释：“1978年10月16日上海知青丁惠民发起写了第一封《致邓副总理的公开联名信》，一个月后又写了第二封。公开信对上山下乡运动的质疑，在知青中引起了强烈的反响。1978年12月知青开始罢工绝食、集合请愿，月底北上请愿团到达北京，受到王震和程子华的接见。1979年1月，农林部副部长兼农垦局局长赵凡带领中央调查组到达云南，具体了解各地下乡云南的知青情况。1月23日，中央同意不愿在云南农场的知青可以回城。”

西双版纳，那是凌瑜和他的战友们曾经洒下过血和汗（甚至付出生命）的地方。

和红卫兵运动不同，对上山下乡运动的评价复杂多了。知青们是为国分忧，还是成为缓解城市压力的牺牲品？是为未能待在大学课堂和实验室里而感到懊丧，还是庆幸没有成为失业者？“青春无悔”也好，“不堪回首”也好，都是自己的情感流露、情感宣泄。每个人生活的具体环境完全不同，千万个家庭自有千万种心态、千万种情况。的确，现在提笔写“青春”的往往是事业有成者，而更多的人为上山下乡付出了沉重代价。他们不但丧失了继续学习、发挥自己才华和潜能的机会，而且即使后来返城，在生活上也陷入困境（上面提到的阿想回城后也只能住公租房，领低保金；最后自己也重病缠身）。只是，我们现在回忆知青生活中的“美好”日子，不等于就赞美当时的政策；我们现在揭示当时的苦难，也不等于说那时整天愁眉苦脸，像粤语说的“冤口冤面”。如果整天都生活在忧郁中，有可能坚持到返城那天吗？

郑次平是1972年12月通过招工回城的。她这样评价这段历史：“通常称上山下乡为‘运动’，知青回城为‘潮’。如果认可当时下乡的目的是‘接受再教育’，那么，回城是必然的了，不同的是去时满腔热情，回城时思绪万千。当然，经历过‘再教育’的知青，在各行各业发挥的作用值得肯定。”

和我一起赴京串联的翟广雄，后来到了博罗杨村农场。那里以种柑橘闻名。不久，他就到了宣传队。回城后，在某单位拿了一段时间工资，然后“下海”，直到今天，他仍然在一个房地产“集团”当部门经理，忙并快乐着。也算事业有成了。

当时上山下乡，有的同学到农场，有的到农村，各有“利弊”。一般来说，到农场，有编制，可以拿工资，但也有诸多限制，比如一年探亲一次，招工指标少。如果到海南的农场，那道横隔海安和海口的“天堑”（琼州海峡）还会增加心理负担。到农村，离家近，但生存压力大。一位到高要插队的广州三中初中同班同学（我们称呼她为阿菊吧）告诉我：“插队的好处就是随时可以回到广州。”不过，要付出的代价也实在大。阿菊种了四年水稻，一年两造。插秧、割禾、除草，每一造每一个环节都要一个多月。农闲时更辛苦，要修水利。“没有工资，是拿工分。一天最高十个工分。至于一个工分多少钱，每个地方不同。我们这里算比较好了，有7角钱。有些很差的地方，只有8分钱。”

“有知青分到那些‘8分钱’的地方吗？”

“当然有了。”

8分钱一天，怎么活？连“餐揾餐食”（没有积蓄，每天挣得的钱只够当天食用，甚至找一顿吃一顿）都难，也只能用上那句老话：老天饿不死瞎眼的麻雀。

“最高兴的是‘最新指示’发表。一般都是晚上，我们知青敲锣打鼓在周围几条自然村游行，任务就是要让所有人都知道。每次大概两三个钟头，有时要四个钟头。”阿菊说。

“也真够辛苦。”

“那你就不知道了，这是要记工分的。每次游行都有十个工分，好过第二天做一天。修水利，担一日‘基围’，也就十个工分。”

2013年2月24日，我和上面提到的北京赴滇第一批55个知青中的安哥见面了。地点是广州市江南西一间咖啡厅。

安哥的真实姓名叫彭振戈，他告诉了我们更多有关凌瑜的事情。他说：“凌瑜平时总是沉默寡言，很少有笑容；但他心地善良而正直，身体很壮，工作很刻苦。印象里，白天他总是打着赤膊挥着锄头。晚上，总是在蚊帐里就着马灯的光看书。我总觉得，在他的身上有雨果的《悲惨世界》里冉•阿让的影子。

“1969年中，他报名去了一个偏远的新建生产队。听说每天他总是最后一个下山，还要扛一棵干树送到伙房当木柴。饭凉了就用开水泡一泡吃。平时，他总是默默地帮助那些需要帮助的人。”

我们都很清楚，为什么当年我们会和凌瑜成为好朋友，为什么凌瑜去世43年后我们仍然非常怀念他。

“为什么有71个知青坟墓那么多？这个比例是相当高的。”我问安哥。

“的确是71个，可能还不止……不过死的原因有很多。有在打斗中被捅死，有被河水冲走的。当然也有很多是病死的。那里生活条件很差，的确不是人生存的理想地方。”安哥这最后一句话留给我很深印象。

“吃”是我们知青经常谈及的话题。安哥向我们介绍：“全连老老少少两百多口人，每餐的大菜锅里只洒上一小酒盅的油。常吃的一种菜是把萝卜叶晒干加进辣椒腌成的咸菜。一年就只能吃两三次猪肉。生产队的猪瘦得很，肉也老得很。杀一次猪，每个人能分一碗肉，一半是肥的，一半是瘦的。第二天早上，连队的厕所就排长队，很多人都拉肚子。”

看来在吃的“质量”方面，西双版纳和海南差别并不大。我感觉主要问题是气候，尤其是从北京、上海到那里生活，说好听一点是水土不服。

“既然这样，当时为什么选择到那里去呢？”

“大串联时，曾经有同学去农业部和西双版纳考察过，知道国家准备在那里大量开垦原始森林种植橡胶，而橡胶是当时国家稀缺的战略物资。”

“你们回北京，路上要花多长时间？”

“从生产队出发，到景洪要一天，景洪到昆明三天，昆明到北京还要三天。”

“我们回广州，一般两到三天。从生产队到海口，住一个晚上，第二天坐船。你们路途那么远，坐过飞机吗？”

“最后那一次坐了，用上最后发的那笔钱。”安哥笑着说。

“那应该是退职费或安家费了。”

我也坐过一次。应该是海口飞湛江，机票每张42元。这是我生平的又一个“第一次”。印象中，机舱里只有十多个人（有32个座位），晕得我直想从云上跳下来。当飞机在湛江机场“中途休息”时，我都不想再上机了。

第六节　后知青时代

离开了生活六年的海南东红农场后，我到了粤北的韶关市。

1975年2月起，我在韶关一个建筑工地拉“大板车”。大约过了半年，转到韶关农机厂做“发包工”（临时工），成了“崔师傅”，每天“三班倒”，把一个又一个小零件放在机床固定部位加工，周而复始。到了这年10月，经朋友介绍，我受聘于韶关市第五中学。

在韶关五中，我经历了“文革”的最后阶段，批《水浒》，反击“右倾翻案风”。

《红旗》杂志1975年第9期的一篇题为《重视对水浒的评论》的短评称：“充分开展对《水浒》这部书的批判，充分发挥这部反面教材的作用，使人民群众都知道投降派的真面目，学习用阶级分析的观点去看各种问题。”我在韶关五中任高一语文老师。第一节课，校长要求我教“评《水浒》”。我也不知道应该怎样教，只是讲了一下《水浒》的故事情节，然后读读报纸“只反贪官，不反皇帝”的有关材料（只能从正面去理解，也不知道要“影射”谁）。

反击“右倾翻案风”稍后一点开始。《红旗》杂志1975年第12期发表了北京大学、清华大学大批判组的一篇文章《教育革命的方向不容篡改》，批判教育领域的“翻案”。文章说：“坚持教育要革命的方向，就必须正确看待教育质量，批判‘智育第一’。”在韶关五中，我就是在这些相当混乱的“理论”指导下，开始从事影响千家万户的教育工作。

我教过语文，也教过政治、生物，至今还保存有几本教材。这些教材具有一少一多的特点。“少”，就是课文篇幅少，比如广东人民出版社1975年版的高一第一学期《语文》，只有15篇课文，92页。“多”，就是毛泽东语录多。广东人民出版社1977年版的高一《政治》，一共两个单元。其中第二单元“辩证唯物主义”，全部是毛泽东的文章，包括《人的正确思想从哪里来？》《矛盾论》等。广东人民出版社1977年版的初三第二学期《语文》，一共18篇课文，毛泽东的诗文有4篇，包括《关于胡风反革命集团的材料的按语（选辑）》。

我在韶关五中教书时，有相当长一段时间驻守在农村分校，并且负责给学生讲“农业基础知识”（很可能是由于有了海南六年经历，所以给了我这样一个差事）。那本《农业基础知识》第一册（广东人民出版社1975年版）挺有意思，毛泽东语录渗透字里行间。比如“选用良种做好品种搭配”这一小节这样开头：“伟大领袖毛主席教导我们：‘有了优良品种，即不增加劳动力、肥料，也可获得较多的收成。’实践证明，采用良种是实现水稻增产的一项经济而有效的措施。”

学生一批又一批轮换着来，每次两个高中班，半天“上课”，半天劳动。劳动一般也就是挖地、除草，种点花生和番薯之类。此外，就是围着一日三餐转，每班派几个学生和老师一起砍柴，煮饭，拉着大板车到城里买菜。有两位身子比较单薄的女学生留给我颇深印象，她们每天负责喂鸡、捡鸡蛋。显然，这样的“教育与生产劳动相结合”具有极大盲目性，付出的代价实在太大。

分校离市区有六七公里路，交通极为不便，由于我单身，所以经常要在这里值班。尽管面对的同样是青山和水田，但已没有了熟悉的知青身影，和我朝夕相处的是学校请来“留守”的本地农民杨伯。杨伯50多岁，忠厚老实，文化不高，但我们之间共同语言不少，这大概得益于我在农场和工厂这样的底层生活了好长一段时间吧。杨伯的特点是好饮酒，没有东西下酒时，辣椒也可以。有一次，他很清醒地对我说：“我迟一点介绍一个乳源的女孩子给你，很乖巧的。”韶关地处粤北山区，乳源还要更偏僻一点，真的是“山窿山罅”。后来由于杨伯饮酒出了事，这件“好事”就没有了下文。

我先后当过三个班的班主任。

第一个班属高一级，带了一年。接手不久的一天，要到分校劳动。我骑着一辆旧红棉牌单车前往。途中，遇到一位徒步的女班干部。我向她打了个招呼，示意她坐到我的单车尾架上。她脸一红，连连摇头，然后快步往前赶上她的同伴。我猛然间意识到，我现在不是在农场，不是知青了。

印象最深的则是1976年下半年读初三那一个班，学生大部分是附近一个棉纺厂的职工子弟。相处一年，每个学生我都家访一至两次。这班学生思想单纯，不过，知识水平参差不齐。全班57人，中考时总分最高的474分，最低的只有24分。

第三个班属初二级。这个班的“悲催”在于其成员基本都是该年级排名靠后者。我当时“勇挑重担”，进行家访，为班干部打气，却完全没有意识到这样组成的班给学生心灵上带来的创伤是一辈子的。

我对这三个班倾注了自己的情感与尽到责任，当然，这一切在当时都是自然和朴素的。20多年后，我才读到苏联教育家瓦西里·亚历山德罗维奇·苏霍姆林斯基那句震撼人心的话：“我生活中什么是最重要的呢？我可以不假思索地回答说：爱孩子。”（见《苏霍姆林斯基选集》第3卷，教育科学出版社2001年版）而很多教育方法也是在后来的学习和实践过程中逐步了解并掌握的。比如，20世纪90年代某日，我到广州市中山大学附属中学听特级教师魏书生上示范课。他对学生讲的一段话给我留下深刻印象：“下面我们讨论这篇课文的特点，你们说是由老师讲还是大家自己看？我这个人特别懒，凡是学生能够做的事我都不做。随随便便的4个自然段，老师还用讲吗？”我正是从魏老师这节课中懂得了“懒老师”这个观点。“懒”和“勤”是一对矛盾。“懒”老师能培养出勤学生，相反，一

1978年7月，韶关市第五中学，我（前右四）和校长（前右五）、级组长（前左一），以及我的学生（袖章上“红卫兵”三个字已没有“造反”的意义）

个老师太“勤”了，什么都包办起来，学生也就会转到另一方，懒了。

这些都是“后话”，在这里就不展开来了。还是回到韶关五中吧。

在1977年1月和1978年1月，我先后被广东省韶关市革命委员会和韶关市教育局评为年度“先进工作者”，授奖词说明，前者是在“工业学大庆群众运动中”，后者是在“深揭狠批‘四人邦’，抓纲治校”中。不过，我不清楚我的工作和这些“运动”是否有什么联系，也不清楚这两种“运动”对我的工作是否有什么不同的影响。

我正式接手第三个班不到一个月，就收到了大学录取通知书。

我参加过两次高考。1977年的考试时间是12月11日至13日，我的准考证号是771274。这年“实行开卷考试。考生只允许带初、高中课本和十一大文件”。1978年的考试时间是7月20日至22日，我的准考证号码是200829。准考证注明“如有些考生在规定的考试时间内解答不完试题时，可适当延长考试时间，但最多不能超过30分钟”。这“注明”实在有点不可思议。我这一年的考试成绩：政治79分，语文81分，数学70分，历史

65.5分，地理63.5分，总分359分。外语考的是俄语，27.8分，“成绩仅作参考，不记入总分”。

1977年那次没有被录取的原因应该是身体问题。我当时参加冬泳，记得1978年元旦还渡过韶关的一条江，气温2摄氏度。高考复习期间我每天依然游泳。想不到体检时发现肺部“有阴影”，于是立刻到韶关和广州的多间医院复查，都正常。但在那个“千军万马”的形势下，我的复查自然不可能受到重视。于是，只能在1978年再参加一次高考。

1978年8月25日，韶关市招生委员会发了一张《关于考试成绩及体检的通知》（以下简称《通知》）给我。《通知》说：“根据我省下达的参加今年招生体检的最低分数线，你可以参加体检。”“希望你从实现四个现代化的需要出发，结合自己的政治、健康和考试成绩等条件，认真地选报合适的学校和专业，要服从国家利益，坚决服从国家的分配。”不过，当时并没有人指导我们如何“结合自己的政治”条件填志愿。

《通知》还说：“按照招生规定，参加招生体检的初选人数为今年大学、中专招生人数的百分之一百五十。因此，你的考试成绩虽然达到录取最低分数线，但还要接受祖国的挑选。要做到‘一颗红心，两种准备’。被录取时，要为革命努力学习，不要辜负党和人民的期望；未被录取，要立足本职，搞好业余学习，走又红又专的道路，为新的长征作出应有的贡献。”

当时录取率极低，据说1977级是二十九里挑一。（有的知青目光远，从广州带一些中学课本到农场，晚上在昏暗的灯下自学。我在农场那六年没有摸过任何课本，如果不是当了老师，“临急抱佛脚”也不灵了）。

1978年10月，我被录取进广州师范学院中文系1978级。

录取我们这届学生的时候，学校名称是“广州市教师进修学院”。不过，入学时已改为后来这个名称，据说是“复办”。但没有自己的校舍，只能寄居在东山区的广州市第五十七中学内。这所中学校园面积不算小，还颇有点古色古香，但我们只占有两栋教学楼。包括中文、历史、英语等文科系在“六号楼”，图书馆就设在楼下一间大课室，真是麻雀虽小，五脏俱全。1980年，因为争“家产”，校园内发生了一次规模很小的“学潮”。起因是五十七中学要恢复原校名“培正”，有关方面要求我们搬迁。于是，同学们聚集在学校办公室及理科系所在的“古巴楼”前，以罢课请愿方式向上级领导反映意见。事情惊动了时任广州市委第一书记的杨尚昆。不过，很快恢复平静，火没有烧出校外。因为大家都很理性，珍惜来之不易的校园生活，已经没有了当年那种“激情”，“历史问题”得到妥善解决。当然，多年的风雨经历，使我们这一代人形成了“国家兴亡，匹夫有责”的意识，所以，后来留校任教，我还是一再向我的学生提倡“国事、家事、天下事，事事关心”。

入大学时，我们班共44人，其中有“上山下乡”经历的22人。有的整整当了十年知青，是从农场考进来的。我原来就是中学教师，所以对学习环境不会太陌生。大概由于我在班里是“老三”（年龄最大的比我大一岁，最小的比我小13岁，是应届毕业生），我被临时推选为学习委员。这个“委员”一当就是四年，但我印象中，为同学们做的“好事”只有一件，四年级到中学教育实习前，我协助老师辅导同学们课前试讲（没有学生的模拟讲课）。同学们都极认真。有一次，一位女同学刚在任课老师指导下试讲了一节课，见到我走进课室，又要求我听她再讲一次。那时候，一个老师指导四个学生，每一个学生每一节课都要试讲通过后才能正式走上讲台。若干年后，是一个老师指导八个学生。再若干年后，是一个老师指导20个学生。这时候还可能“每一节课都要试讲通过后才能正式走上讲台”吗？当然，这些也都是后话了。

老师大都四五十岁，其中不少是从中学调上来的。他们责任心强。比如一位外国文学课讲师，课间休息时专门向我了解同学们对教学有什么要求。不过，老师们教的具体内容，我现在大都忘记了。一方面，这大概应了我们在不少场合听过的一种说法：忘记了课堂上所学的一切，剩下的才是教育。按照我的理解，这个“剩下的”东西是智慧与情感。另一方面，客观地说，当时有的课程内容也不尽如人意，十年动乱，教学科研停滞不前，哪有多少新东西？更不用说教学方法了。不过，我们当时坐在课堂上，还是很乐于翻翻陌生的教科书，去享受那种新鲜感。毕竟，很多“东西”对我们来说，还是“新的”。同学们尽管有的已经成家，但极少缺课。上现代文学课，入迷地听老师讲朱自清的《荷塘月色》，上古代汉语课，乖乖地默写李白的《梦游天姥吟留别》。

当时印象比较深的是英语课。我在中学学俄语，而进入大学要学英语。班里大多数同学原来就是学英语的，这既苦了我们，也难为了老师。我只能从ABC学起（尽管年纪不算太大，但相对现在“不要输在起跑线上”的孩子，真的有点“老来学吹打”的味道），尽管兴趣高，考试分数也不低，但实际上学不了什么。老师大概采取“教考分离”的做法，否则其他几十位同学岂不是“陪太子读书”？所以，我英语底子不好，考职称外语时，始终没有办法拿到法定的40分，直到成为“老教师”获得外语“免考资格”，才总算通过了正教授职称的评定。

印象深的还有课外活动。教现代汉语的一位女老师，组织我们和1977级的部分同学组成“学生科研小组”，编写了一本名为《中学语文课语法修辞例句选》的小册子。这应该是我第一次做“研究”。大家热情很高，课外都去翻资料。听说现在有些研究生把导师称为“老板”，不清楚是怎么回事。

不过，提到研究生教育，还有一件不吐不快的事情。20世纪末某日，某师范大学中文系一位教授和我交谈时，说过一段颇有意思的话：“现在研究生读书也有问题。有的研究生，也在听老师一句一句地讲课，好像在读大学五年级一样。研究生就是要搞研究的。我在杭州读研究生时，一开学，老师就吩咐，你毕业前将《庄子》注释出来，再写篇文章就可以了。我每天就写读书笔记，写完一篇读书笔记就找导师谈话。按照现在这样来读‘研究生’，将来怎么搞研究？”当然，我们的研究生教育“发展”了这么多年，总算有点新东西了。开始那几年，好多教学内容和本科没有多大区别。难为了任课老师，一个茶壶怎么能倒出两杯不同的水呢？

这一节的标题是“后知青时代”，不知是否贴切？实际上，不过是想说一说我和我的同学离开海南东红农场后做了些什么，如何为自己的“梦想”而继续努力。现在有一部分知青成了各级领导人，引起不少人关注，其实，这很正常。当年的中学生大都上山下乡，而他们中相当一部分为了改变自己的命运，又参加了高考。这些知青，既经过农场、农村锻炼，体验过底层生活，又经历过正规大学专业学习，自然有助于自身成长，尤其是人格的形成。

我们当时分到红岭队的19位知青，后来也都陆续回城了。刘小惠回广州后，在广州市越秀区海珠北路小学任教，还是我儿子崔慧聪的老师。“慧聪”这名字，可以看到我们当父母的苦心，却不知道这是取名大忌。后来，给孙子起名时，我说“天意”吧，但“家庭会议”上没有通过。于是，我再说那就“顺其自然”好了。也就“顺然”了。“慧聪”到“顺然”，也是一个从“理想”到“现实”的过程。

陈虫虫、何代宁等回到广州后，又专程多次到生产队探望当年的老工人。从这样一件“小事”，可以看到他们对当年生活的留恋（可能用“怀念”这个词适合一些），以及对老工人的情感。“探亲”回来的当年知青都说：“现在的胶园很漂亮，但我们当年奋战种的胶树大部分被更新了。住的都是瓦房，而且不再是我们在时的一间房分隔开两家人住。以前曾经生活过的生产队，土质差，什么都不长，可是特别适合种胡椒、槟榔，现在，很多工人都种上了胡椒、槟榔，收入可观。”

我们在回忆知青的劳动和生活时，总是用不少的文字描述艰苦和贫困，这主要是从自己的经历和感受角度来说的。实际上，老工人（我们一般用这个词语称呼比我们早到农场的职工）要养家糊口，生活更显拮据和窘迫。他们的劳动技能比较强，但由于限制自留地，也只能徒呼奈何（在屋后种一点自己喜欢吃的菜也是“走资本主义道路”，要全部铲除）。不过，至少从表面看他们是“安心”的，这可能也是由于他们的自身经历使然（有一个年轻妈妈，潮汕人，连举起锄头都很费劲；我当时心想，她干吗要到海南来？）改革开放后，大环境有了变化，但老工人们也真的“老”了，更多的希望只能寄托在“农二代”身上。

不知道“老工人”们是否知道，他们当年手把手教会割胶、开荒的知青不少人已经或正在实现自己的梦想。

安山队的周定当年也是“割胶工”，现在已成为广州市设计院副总工程师。她作为广州市体育馆、广州市新电视塔等多项著名工程的结构专业负责人而多次获得省市奖励。

当然，更多的是自食其力的普通劳动者。“自食其力”是一种境界。

还记得当年说的“三十岁仲要老窦畀钱买须刨”那句话吗？

1982年，我本科毕业后留在中文系当助教。

当年广州师范学院中文系1977级和1978级共有十个人留校当助教，其中有“上山下乡”经历的共九人。这种经历，对他们的工作能力和态度足以起到“正能量”作用。就拿我们班另一位留在中文系的同学来说吧，他毕业于广州市二十九中，后来到增城三江公社插队。四年时间基本上是“下田”，在小煤窑做“苦力”。他回忆说：“当时派了四个人去小煤窑，两个知青，两个‘五类分子’。在这里做工既不安全，也不规范。没有矿灯，没有通风设备，可以说没有任何安全保障。每个人一把锄头，一个粪箕。”我这位同学很有才华，留校后，从事外国文学教学。1997年，他得了死亡率高达百分之五十的脑出血，中风，偏瘫。一年后，他一瘸一拐地重上讲台，“上课第一天，我拄着拐杖，站着讲课。那时没有多媒体，讲台上也没有椅子。有几个同学说：老师，你坐下。如果你不坐下，我们也不坐下”。

我不知道我的这位同学加同事的病情和他的知青经历有没有必然联系，但知青恶劣的生活环境，肯定对健康状况多少有影响。我们当时年轻，不知天高地厚，饱一顿饿一顿。记得海南有位老工人胃疼时表情相当痛苦，他劝我们要注意饮食，但我们觉得“病”对我们来说是很遥远的事情。我们这批当上了大学教师的知青，珍惜来之不易的机会，总是加倍努力，而这往往酿成悲剧。

当我写到这段内容时，猛然间想到一个词：知青品格。

品格，也就是品性、品行。知青品格，也就是知青待人接物的态度、对待工作的准则。在工作态度上，最能体现出“知青品格”的是责任，是敬业，是一丝不苟，是助人为乐。所以，今天的我们可以而且应该对上山下乡运动这段历史的政策、某些事件进行反思和批判，但对知青的品格是绝不能否定的。当然，提出“品格”这样一个概念只是想说明，从整体看，知青有这样一些值得肯定的精神、气节、习性，有一种健康的人格。

大学刚毕业，我和一起留校的同班同学刘树谦就“迫不及待”去做“好事”了。这大概也是我们这一代人的“本性”，或者就是一种“知青

1994年7月，广州师范学院，我和我的学生，她们都是“孩子们的希望”

品格”，刘也曾经当过知青。1982年8月2日，《羊城晚报》第一版登了记者周文韶写的一条消息：

广州师范学院中文系应届毕业生崔干行、刘树谦，上月二十六日开始义务为广州殡仪馆青工补习文化。暑假期间他俩每周抽出四至五天的上午前往讲课，连车费也分文不要。

本报六月二十一日刊登“殡葬工李某和纺织姑娘小罗恋爱十年终成眷属”的消息后，引起社会各方面的关心。崔干行和刘树谦特地到本报和广州殡仪馆表示，殡葬工人的劳动应该得到社会的尊重，他俩义务为殡葬工人补习文化，只不过做力所能及的一点工作。

其实，对我来说，这种义工行为所具有的更重要的意义可能并不在于“分文不要”，也不在于摒弃世俗观念，而在于挑战心理。上课的课室离灵堂不远。我教数学，刘树谦教语文。课余时，员工们带我们参观他们的工作间，花圈组、防腐组，那种气味那种氛围难用言辞表达（后来，我和

2006年6月，广东东源县双江镇中心小学，我（后右一）和学校的老师和学生，孩子们的心中想必也有梦想

一位大学同学合作写了一篇以殡葬工人的爱情为题材的小说。那位同学是主笔。他对我说：编辑小姐读到停尸房一段，把口中含的一颗糖都吐了出来）。中午，我们就吃殡仪馆食堂的饭菜，在我记忆中，那段时间比较多的是炒鸡蛋和青菜。后来胆子也大了，而且长了点见识。有一次，我单身一人走进一间小小的停尸房，那里摆放着二三十具准备化妆的遗体。我很好奇，怎么好几具满脸“汗水”。后来才知道，那都是刚刚从冰柜里推出来的。员工们“毕业”后的一个晚上，结伴到我家，并带来礼物。新出的《辞源》四卷是给我的，还有一套蓝色衣服给我儿子。其实，这个见面，无论对他们还是对我都很需要点勇气。他们曾经对我说，平时极少到亲戚家里，更不用说朋友了，更不用说逢年过节了。

这件事情发生在刚留校期间，而下一件值得分享的事情发生在退休前夕。

2006年12月10日，星期日，我先后接到人文学院院长、分管教学副院长、系主任、分管教学的系副主任、教务员“十万火急”的通知，我被教育部评估组“抽中”上“公开课”（这段时间，广州大学接受教育部评估，氛围相当“紧张”）。17时51分，不久前由我指导教育实习的一位学生发来信息：“崔老师，您好！听说明早专家们抽了您的课听，在这里先预祝您成功，我们实习小组都支持您！”我要上课的那个班的学习委员也打来电话，问我有什么要准备的。我说，对专家要有礼貌，其他，就按平常那样上课，“我不可能要求你们预先做什么特殊准备，否则，我将来怎么指导你们上课呢”。

12月11日，第一节，我比正式上课时间提早15分钟进入课室，这时大多数学生都已到了，他们看见我西装革履，都善意地笑起来。今天好像节日，我想起都德小说《最后一课》的描写。

专家准时进入我们的课室。我讲的内容是“阅读课的教学思路”。我让学生在笔记本上写出都德小说《最后一课》的简单教学思路，并得出“要根据具体的教学对象来设计教学方案”的结论。然后我从这一角度切入阐述我的看法。整节课的组织和平时没有什么区别，唯一觉得别扭的是，当我提出问题时，好多学生像小孩子一样“七嘴八舌”地抢着回答，我其实只需要他们像平常一样，专注地思考问题就可以了。课后，我们起立欢送专家离开。10时16分，一位学生给我发了条信息：“老师，恭喜，得到学生的一致好评价，很有激情。”

不过，事情还没有完，12月12日下午，接到通知，晚上要进行师范生技能训练，由我主持。参加训练的学生由评估组从学号中随意抽出，共五人。

我作为主持人，“开场白”中明确把这次活动定位为模拟教学训练活动，要达到两个目的，“我们怎样给七年级学生上语文课；我们怎样评价一节语文课”。接着，由五位学生中的一位进行12分钟的模拟教学，其他四位学生进行评点。最后是我的评点。

第二天凌晨2点24分，系书记发了条信息到我的小灵通：“崔主任据说你的评课第一，学生讲课第二。”这是一个颇理想的结果，因为学生是抽查的，而教师是代表学院的。

这一小段“工作实录”，可以看到时下褒贬不一的“评估”的紧张气氛。我也当过评估者，那段日子实在相当“风光”。2005年，我参加了一个“学士学位评审”专家组。当到某高校评估时，刚进入该高校所属地域，我们的专车前面立刻出现了两辆开路的警车，真有点受宠若惊。2009年，我刚收到赴某中学进行“高中教学评估”的通知，第二天，就接到该学校校长的电话，自称是我大学不同专业而且素未谋面的同学。这种“情感投资”，使我们写评语时得多费不少功夫。客观地说，这种方式的“评估”，对促使“未来”教学管理规范化是有帮助的，但对“过去”的教学管理水平则很难得出中肯的评价。

1993年至2004年，我当了12年中文系系主任，也有很多值得回味的事情。先说一件小事吧：我们系一位副教授出了车祸，我到医院探望他。他躺在铺着白布的床上，满身绷带和管子。我走到床前，弯下腰，他正闭着眼，我轻轻喊了他一声。他微微睁开双眼，点点头。出院后，他对我说：“我当时整个身子已经飘到病房上面，半空中，听见你喊我，我赶紧下来了。”听得我毛骨悚然。我是做了一件好事吗？我可是从来没有听过这位副教授开玩笑。

再讲一件“大事”。

2000年春，广州师范学院（2000年7月和另外几所学校合并为广州大学）某副院长召集中文、数学、外语等系的系主任讨论“中师办大专”的事，“有两所中师想挂靠在我们学院”。

我说：“是不是只要我们学院的印，由他们去办学？这样绝对不行。把我们的‘招牌’都卖坏了，社会影响将会极恶劣。我们系里已经为这件事专门开了一次系务会议，所有系领导都坚决反对这样做。”

副院长显得无奈：“这件事的确很麻烦。这些中师，有的是学校招生时答应学生读五年，大专毕业，但现在得不到有关方面的承认。有的是学生入学时学校答应‘包分配’，毕业后分到小学，但现在情况变了，中师毕业生不能分到小学。所以，有关方面准备让这批学生今年参加高考，考上了就让他们挂靠到我们这里。”

“有多少人？能考得上吗？都录进来？”

“大概有好几百人吧，省里另外出题。估计基本都让他们通过。”

“分数线肯定会划得很低的。我认为这是一种集体作弊的行为，性质相当恶劣。”

后来的情况不用多说了。一切按“有关方面”的计划进行。这年夏天，按“分数线”录了几百人。没有上“分数线”的，大概有几十人。我的一位大学同学，也在挂靠我们学院的某个“中师大专班”任教。她对我说：“听说都录进来了，不到线的也申请降了分。”

“如果真的是这样，有些学生可能很难跟得上学习进度。”

“那有什么办法。现在最担心的就是他们将来怎么能找到工作。不合格就让他补吧，补了就合格。”

这种“大专招生”是严重的集体作弊，尽管如果不这样处理，很可能会出现“社会问题”，但这样的做法伤害了其他一些考生，对其他一些考生不公平，当时的升学率并不高。

关于不公平，倒是还有一件“小事”。2001年9月，开学第一天，我们系收到招生办发下来的一份“高职本科”录取名单，共32人。按“要求”是根据分数自高而低录取的，但前面31位的分数是从814分到635分，而第32位是550分，据说这个得到特殊照顾的是“上面”某领导的亲属。

此外，我们当然也不能不注意到这样一点：通过“特殊”途径进入大学的师范生，他们将来当教师时怎样对自己的学生进行“诚信”教育呢？

那几年招收到的那些学生，现在相当部分成了中小学的“教学骨干”了吧？

其实，我当系主任时，感到最棘手或最感慨的事情是处理学生的作弊。

1996年6月某日，我们系组织应届毕业班进行古代文学考试。再过一周，这班学生就要离开这所读了四年的学校。他们是未来的教师。

时间过去将近一半，监考老师发现女学生小胡老是把身子侧在一边，让试卷暴露在后排的小图的视线范围内，而小图则用手遮掩着半张脸，显然不想让人看到她的目光。监考老师很生气，她过去轻轻敲了敲小胡的桌子。事后，这位老师说：“我当时完全可以立刻取消她们的考试资格，但一想，她们已是毕业生了，这一来，她们就完了，读了四年书，不容易啊！所以我只是作了警告。”

小胡显然也意识到老师觉察了，很快完成了试题，站起来，准备交卷。

然而，她又坐了下来，撕下试卷一角，写了些什么，卷起来，把它塞到一支笔套里面，递给了小图。监考老师快步走过来，制止了她。

小胡脸色煞白。在办公室里，她说："考试前，小图对我说，没有复习好，要我帮她一下。我知道这是违反纪律的，但感情战胜了理智。现在，我深深地懊悔……"小图也对自己的行为作了检查："考试时，我叫小胡把卷子拉下一点，好让我看清楚点。但有些题目我看不清，于是就叫她写在小纸上递给我……对于这次行为，我后悔万分，四年的大学生涯就要结束了，可是结束前，却没能画上一个圆满的句号。"

教师们对学生的作弊行为深恶痛绝。小胡和小图的作弊被发现后，系里一位女教师给我打电话，一字一句地说："我以一个普通的教师，一个普通的共产党员的身份谈一点看法。我总觉得，我们以往实在太仁慈了，每次考试都会抓住几个，但最后也只是批评几句就算了。这样下去，学风怎么能好呢？是的，我们也许是在为学生着想：受了处分，将来毕业不好找单位。然而，我们有没有想到，我们这样的学生将来进入社会怎么办？让他们去当老师，只能误人子弟。"

对作弊这种行为感到不齿的还有当年有知青经历的几位老师，他们中的一位还被某些学生封为"捉作弊"的"四大名捕"之一。

论文抄袭和考试作弊是一对孪生兄弟。有一年，离毕业生离校不到半个月时间，女学生小筱写的一篇"研究"外国文学的毕业论文被一位古代文学博士发现是抄袭，原来评定的"优秀"成绩自然取消了，但如果不给小筱的论文"过关"，她就不可能毕业（而且不能补考）。左思右想，领导们还是决定给小筱一次"机会"，让她再写一篇论文交上来。小筱当然按时补交了，但短短一周时间她能"研究"什么呢？我们这样做，究竟是"爱护"学生还是害了学生？

这里记录的是发生在近20年前的事情。考试作弊和论文抄袭这种种现象，今天是越演越烈，还是有所收敛？想来读者都心知肚明。我们该怎么看这种种现象？洪鹄的《哈维尔的遗产》（见学林出版社2012年出版的《读者参考丛书104》，转自《南都周刊》）有一段文字可能会使我们受到些许启发：1990年新年，新任捷克总统的哈维尔发出新年贺词。"他向大家报告了捷克的现状：被破坏的资源，无效的劳动和被浪费的潜能。然后他指出，最大的问题却在于这个国家的绝大多数人已经成为了‘道德上的病人’：整个社会横行着谎言，每个人都对口是心非习以为常。”“如何摆脱这样的社会？哈维尔的观点是，必须回到政治的原点——必须唤醒人的良知，必须做有个性的人，坚守自己的道德立场和良心底线，讲求原则政治而不是利益政治。最简单的一个原则便是不说谎话。”

学生考试作弊和论文抄袭，自然是“说谎话”的开始。

一个说谎话的民族有可能进步和伟大吗？

我在大学前后30年，为什么要提及这样鸡零狗碎的几件事情呢？而且其中还多少有点“王婆卖瓜，自卖自夸”的味道。

我就是想谈谈“知青品格”，并借此谈谈这种“品格”最突出的一种表现：责任感。

如何提高责任感？思想教育有用吗？其实，思想教育不能说没有用，不过，它的效果首先取决于做思想工作的主体的权威性，你自己的品行和学识是否能让对方信服？

责任感如何形成是一个复杂问题。它和世界观、价值观有关，和社会教育、学校教育、家庭教育有关，甚至和个性有关。否则，大家都在学习《岳阳楼记》，都在背诵“先天下之忧而忧，后天下之乐而乐”，但为什么每个人表现出的责任感有那么明显的差异呢？

然而，要治理国家，仅靠责任远远不够，这毕竟只是道德范围的要求。

如上所说，在大学任职期间，我曾经兼任过高校招生工作，而且整整8年。在一般人心目中，招生是容易出腐败的地方。

的确，我仅负责一个系的招生，指标也就100多人，但每年的“小纸条”就有数十张。

这些小纸条究竟想托我们做什么？绝大多数是希望档案出来后不要退回去，也有极少数是希望能够降分录取，甚至不惜花一点钱。后面这种情况是完全不可能的，这是对政策不了解。前面那种情况呢？换句话说，就是希望同等条件下能被优先录取。作为招生工作人员，有没有这样一种权力呢？这就要看政策以及具体措施是否有利于对录取工作实行有效制约。

比如，招10个人，如果只按分数和志愿的顺序向招生人员提供11个档案，而且要求被退档的那一个一定要讲清楚“不录取”的理由，这样，我们就很清楚选录的空间究竟有多大。这就是制约。过程其实很简单，就是要考虑如何才能使当事者不会“过水湿脚”（粤语比喻掌管钱财或某种权力的人利用工作之便牟取私利或占取便宜）。

…………

2011年7月22日，有关方面聘请我到疏附县给这里的在职教师上半天课。疏附，为数不少的人应该没有听过，但如果说新疆维吾尔族自治区的喀什，就不会陌生了。疏附属于喀什市。“没有到过喀什就等于没有到过新疆”。

从喀什到疏附大约15分钟车程。一路上，我们感受最深的是那一排排白杨树。作为语文教师，以前讲茅盾的《白杨礼赞》时，很难想象对白杨的描写，“它的宽大的叶子也是片片向上，几乎没有斜生的，更不用说倒垂了”。

学员是高中在职教师，绝大多数是维吾尔族人。

…………

老师们，在学生的学习中我们究竟应该起到什么作用？在课堂教学中，我们和学生相互关系的正确处理应该遵循怎样的规律？

我们曾经组织广东省“语文骨干教师培训班”的学员到广东一所省一级小学观摩教学。讲课的是一位大学毕业不久的年轻女教师。所讲课文是列夫.托尔斯泰的《跳水》。

老师充满青春活力。学生也表现出极大积极性。师生“融为一体”，课堂很是热闹。

当讲到由于猴子的挑逗，孩子被引到桅杆顶端，陷入绝境时，老师要求学生小组讨论：“船长为什么要用枪逼近孩子，让他跳水？”

小手“刷”的举起10多只。

老师说：“别急！别急！你们要先讨论讨论。”

没有一个组“讨论”。老师显得有些无奈，只好指定一个学生发言。

然而，课堂并没有平静下来，7、8个学生仍然站着，等着“补充”，以致老师都没办法评点。

问题究竟出在哪里?

一位维吾尔族女老师回答：这些学生跟本没有兴趣听别人发言！我们要让他们养成尊重别人的良好习惯。

说得有道理！而且，这样的活动实际上违背了语言和思维相互关系的规律。人的思想是通过思维活动产生的，所以，思维是语言的基础。要引导学生多思考；先想清楚，再说清楚。

接着，我就如何指导学生掌握学习方式谈了一些看法。

我们指导学生自主学习的着力点是介绍学习方法，以及指导他们选择适合自己的学习方法。义务教育阶段，学生更多的是在教师指导下尝试对不同方法的运用。在小学课堂上，教师喜欢这样提问：“你是怎样认识到这个字的？”学生答的“方法”往往不尽相同。有经验的教师这时会注意比较各种方法的优劣，提示其不同效果，让学生分享别人的“成果”。高中阶段，学生更多的应该是在教师引导下调整自己的学习方法，选取最适合自己学习的方法，比如做笔记，有经验的教师会有意识地让学生根据自己的兴趣和特长，选取不同方式。

…………

我们在观摩教学时，往往有这样一种感觉：小学生课堂气氛活跃，初中生次之，高中生很沉闷。于是有人认为在高年级没有必要也很难开展合作学习。真的是这样吗？我们研究一下学生学习心理和学习规律。在一个学习小组里面，学生的知识基础、学习能力、个性特点往往不同。小学生之间存在这种差别，但不会太明显，所以他们的交流不会有太大障碍，相互之间往往能在某些方面得到分享。此外，小学生爱表现这个特点，也使这种活动得以比较顺利进行。但随着年龄的增长，学生之间差距拉大了。

试想想，一个小组若干个学生，如果彼此不能从对方的发言或表现中得到某些东西，他们对合作学习活动的兴趣又怎么可能持久呢？另外，个性特长的差异，也有可能导致“话不投机半句多”的状况。所以，和小学、初中相比，高中学生的合作学习，要符合他们自身的生理和心理特点。比如“合作学习”中的小组讨论，方式可以灵活一点，应该鼓励学生在个人钻研的基础上，更多地进行全班的、大集体的交流，此外，也应该让学生有更多自由组合的权利，这样将有利于他们对不同观点的思考和判断，养成善于倾听、吸纳他人意见的良好习惯。

…………

讲课的老师分别来自大学、中学和市教研室，每人上半天课。应该说都是有教学经验的人了，但仍然一丝不苟。每一位从课室出来，其他人都会向他了解具体情况，诸如学员能否听得懂普通话。除了责任心外，我想还与压力太大有关。我们从广州坐飞机到达乌鲁木齐，再转机到喀什，双程交通费，再加上食宿、教学酬金，接近一万元。我心里总有点忐忑，我们这样的课值这个价吗？

实际上，经历过知青那种艰苦岁月的人，都会这样“忐忑”的。

第四章　家与国

第一节　回到“旧社会”

1975年离开海南东红农场后，我并没有立刻到韶关，而是先返回广州的家。途中，我一直盘算着，那笔退职费要分一部分给我弟弟干敏，他的境遇并不比我好。谁料到，一踏入家门，母亲就迅速把门关上，压低声音对我说：“干敏到那边去了。”

我知道“那边”是什么地方。我的心“扑通”一下，说不上什么滋味。我意识到背了10多年的“家庭包袱”将更沉重了，但是我同时也为弟弟的出走感到一点宽慰。

回广州不久，干敏的好朋友“新”给我们带来一封信，是干敏写给他的。信中详细记叙了“出走”经过。

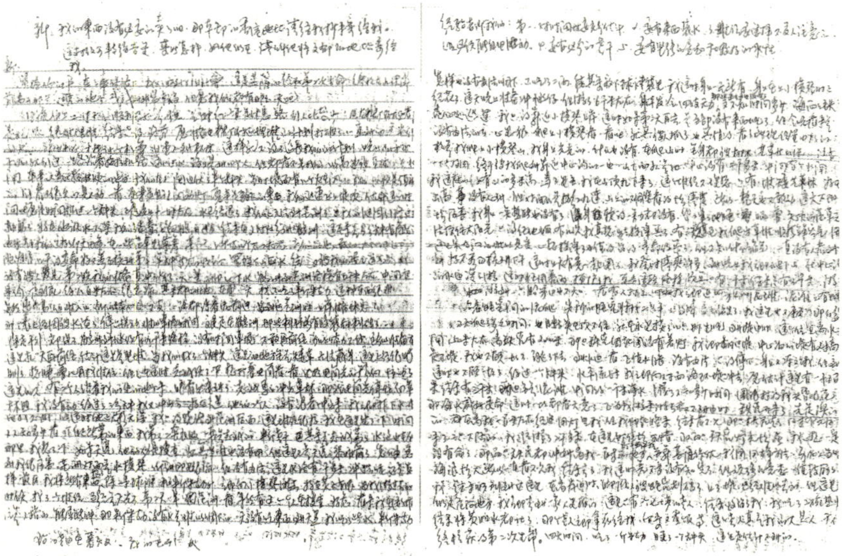

干敏给朋友“新”的信（1974年）

信中有几个字看不清楚，用×代替。错别字在字后用括号注明。标点符号做了一点改动。全信正文共四段，以下是第一段：

紧握你的手。在上帝的保佑下，我又回到了“旧社会”。这是菩萨们给我第二次生命。终于在九周年前离开那个受难的地方。我感到非常幸福，但愿我们都有那么一天吧。

我有两个弟弟，出走的是大弟弟。干敏在广州市第六中学（也是一所名牌中学）读初中，因为“出身”原因考不上高中，1965年到了广东省国营平沙农场南水分场。农场坐落在现在的珠海市（到澳门一般都经珠海出关），主要种植甘蔗。“出走”时间是1974年某月18日，也就是到农场的“九周年”。

2013年2月13日，大年初四。我们在广州居住的一家四代到广州惠福西路一间酒楼（过去称茶楼）饮早茶，一盅两件。闲聊时谈起了平沙农场。我太太何丽容说，她当年做知青时就在南水分场二队，干敏在四队，“两队就隔着一条小河，四周被无边无际的大海包围着。最辛苦的是围海造田，也就是挖泥叠堤，把海水拦截在外面，使海滩变成良田。海水里到处都是蚝壳，把手划得一条条疤痕。种甘蔗也很苦，尖尖的蔗叶割得脸上和手臂都是伤痕，而蔗毛也会成堆地扎进肉里，水一泡，太阳一晒，火辣辣的。你不要以为只有你们海南苦”。

“吃更不用说了，饿时要靠蔗充饥。那种滋味实在不好受。一个月吃一次肉，只有一小块肥猪肉。”

我母亲说她1958年也到过平沙农场一年，“是下放”。

我母亲是和父亲一起“下放”的。父亲在那里待了三年。“一年放鸭，两年做财务。”他说得很轻松。我看过他在平沙的好几张正在收甘蔗和晒稻谷的照片，脸上挂着笑容。

望着父亲那满布皱纹的脸，我想起刚刚读到的《民国范儿》（《新周刊》编，漓江出版社2013年版）一书中艺术家陈丹青说的一段话：“那时人老实啊，于是全班加入三青团之类，据实写出，签了名，交上去，以为

1956年，父亲（前右）下放到平沙农场，种蔗

可以效命新中国了，哪晓得从此不得好活，牵连亲友，祸延子孙……”

第二段实在太长，我把它按时间分为四小段，以下是第一小段：

18号中午二时我们顺利到达红旗。当时红旗是休息，路上行人比较少，但在糖厂附近都是生产队，很难埋堆，结果只得一路前，愿（原）准备在糖厂附近埋堆的计划打破了。一直到4点半行到大××附近才找到一个机会，迅速入到蔗林。这样子不得不延长我们的计划。晚上七时正，我们就行进。一路沿着拖拉机路逢水过水，路上见到几个人，但都看不见我们，以高速度直插3号水闸。本来认为比较麻烦的地方，我们在水闸边伏了半个钟头。当时堤面有几个火在闪动，我们怀疑是值班的，但看了很久不见人动。一看，愿（原）来是自动闪动灯，愿（原）来是骗人的东西。我们迅速飞上堤顶，估计这个时间比愿（原）定时间超过一个钟头，已是晚上十一时左右，水已经退了，我们已无法到芒（茳）洲了。我的腿因行路过急抽筋了，好在地底水不深，我们踏着泥向鹤洲进发，结果2时42分到达鹤洲。这本来是分分钟有危险的地方，但我们只好听天由命，在一些茫（芒）草里蹲着。

干敏到香港后还写了一封讲述出走经历的信给丽容。丽容说信中内容现在还记得比较清楚，“‘红旗’是红旗农场，他们开始是沿着岸边一直前进的”。

有很多“土语”，不容易懂，但可以联系上下文去猜。“埋堆”是埋伏的意思，后面的“堆位”是埋伏或藏身的地方。有的数字书写不规范，但不影响阅读，就不改动了。

第一天（18日）干敏本来打算直接到茫州，但时间不合，只得先到鹤洲，爬到山上躲在芒草里。出走时是两个人，另一个应该是信中说的“志诚”。据丽容说，“另一个”对路比较熟，“他们用一个指南针之类的判断方向，我父亲给了他们一个陀表，也就是怀表”。

以下是第二小段。

第二天上午有几个石工打石，我们动也不敢动，太阳晒得我的脑发昏，口干得要命，好不容易挨到第十一点钟，等石工收工后冒险下山取水。结果又被我们碰了运气了，下山没有被人发现。

第二晚我们准备直冲飞仔。天一黑，立即就下水。鹤洲到芒（茫）洲路程有五千米左右，中间有一条沟，是主流，约八百米左右，很急流，其余都到地。在这一天，我只吃了半斤朱古力，这种东西绝难吃下，虽然营养高，但难入口，所以体力有所不支。一路都踏着泥前进。当到达芒（茫）洲时，上岸准备休息。但××××那个表因被水淹了，停止摆动，难以掌握时间，主要是在鹤洲，那些刺将所有胶袋都刺破了，东西××除老干外，都湿了。鹤洲到飞仔有九千米路程，没有时间掌握，不敢再前往，加上体力不佳，所以准备在这里扎一天再前往，估计这里是坚堆。当我们找了一个钟头，这里的地方全是矮草，无法藏身。这里已经很眼瞓了，想睡会儿再找堆位。但正在这时，志诚跌了一下想打着电筒看一看，由于电筒光的影响，惊动了这里的人。有二个人沿着我们坐的地方来，眼看就要到了，志诚马上冲出草林。那二个电筒光停住向草林照，我没有动，约过了三分钟，我又冲出去。好在天黑，他们二个人，没有跟着冲出来。我立即扑下水，准备找志诚，但这时他正无影无踪。我只得绕路到茫洲后面，这里堆位很好。我在这里坐了一下，时间又不知多少，看一下自己所带的东西，我带了二套衣服，一套是志诚的，半斤饼干，其余是志诚带了，水泡也在他那里。我想了一下，如果天亮，他们必定搜查，就是坚堆也没有用。但这里已是天亮，黎明前了，怎么办，急得我很厉害。芒（茫）洲对面是小横琴，听讲那里很流，但没有办法，这里水路有一千多米，冲过去呢，还是怎样，最后，我将所有东西扔了，除一条球裤和半斤朱古力外，立即向小横琴游去。好在苍天有眼，当我游过去的时候，找了一个堆位，已经是天光了。

“老干”是饼干等食品。“眼瞓”是粤语，“想睡觉”的意思。“坚堆”的“堆”就是堆位，埋伏或藏身的地方。“急流”，意思是水流很急；“到地”意思是水较浅，脚可接触到水底。

第二天（19日），干敏本想到澳门的氹仔，但仍然是因为时间问题，只好到了茫洲，在这里和同行的“志诚”走散了，然后到了小横琴。

在百度百科查了一下几个地名。“茫洲”是台山一处未开发的海岛，主岛面积仅1.5平方公里，渡船是岛上群众出入的唯一交通工具。20世纪50年代起，有解放军海军一个团驻守，80年代撤走了。“小横琴”在珠海市南面，珠江口西侧，与澳门氹仔岛隔海相距800米至1200米，历史上属香山县管辖，现属珠海市香洲区横琴镇。

以下是第三小段。

第二天一早，向茫洲一看，果然有五六个人在搜查。好危。看来我在这个堆位是不错的，能屈能伸。那半斤朱古力没有水是难以咽下的。一天没有吃东西，到天黑，我吃了些水，半斤朱古力怎样也没有办法咽下，只吃了二两，其余放下球裤袋里。我这时身上一无所有，身上在上小横琴时已经花了。这天晚上准备冲氹仔，但游了6千米左右，身体发冷，四肢无力，那些朱古力也没有了，又不知时间多少，海面的铁壳四处巡逻，我只得靠近小横琴上岸，这时如果第二天再去，是全部没有东西吃了，但今晚看来是没有办法的了，心里狠，爬上小横琴看一看吧，就算被人抓了，也算值得，看看地理位置也好的，于是我爬上小横琴山。我身上光光的，什么也没有，在爬山时，全身都被树木、芒草等划花了，没有一块好肉。终于被我爬到靠近中心沟的一边，山下面就是田，中心沟有二千多米，中间有个水闸。我这座山约有200多米高。为了安全，我在山顶扎下来了。这个堆位不理想，只有一堆矮芒草林，好在山高，没有人到，但对面的是红九连，山上的碉堡看的十分清楚，所以一整天也不敢动。这天太阳十分厉害，我身上一点热能也没有了，浑身软的一点力都没有，昏昏晕晕地睡一会，晒一会，头顶的茫（芒）草无法顶住太阳光，只得任他晒，有几次我真想出去投降算了，有三次甚至我爬出草堆吸新鲜空气，因这里实在闷的难以忍受，心想投降了也值得，留得一条命仔算了。但不知什么福气，一直没有人看到我。好不容易挨到下午，这时上天有意，起风了，我登时清爽许多。

第三天（20日），干敏本来打算冲氹仔的，由于身体原因，只得再次靠近小横琴。

以下是第四小段。

到晚上，我立即爬下山，在中心沟的水边漫漫游。这时狂风暴雨掩护了我。本来这段路程顶算只有一千米，结果足有三千米，游了一会游到一只船旁边也不知。一看有人打鱼，吓到我立即退到旁边的泥滩。泥滩上有蚝壳，我沿着蚝壳间的泥爬，尖利的蚝壳将我二只手以及膝盖划破了。我这里也不顾得那么多了，也不知爬了多久时间，肚子实在顶不住，就在水里摸了几只虾生吃。到堤边时，这个位置离水闸150米左右，离铁壳有200米。那只铁壳因起风没有着灯，我立即翻过堤，中心沟的堤有2米高，是石堤，我也不顾一切了，跳了下去。到水边一看，正值水涨，没有办法，只得停下。身上又冻又饿，但到这时也不顾一切了，约过一个钟头，水平流时，我立即向对面路环堤冲去。愿（原）估计这里有一千五百米，结果有三千米，两边全是泥滩，中间约一千米深水。游了不知多少时间，风浪打得我头昏眼花，那海水咸得要命，这时一切都看天意了。正为我游来游去都不到边时，铁壳开来了。先是澳门的，在离我一百米左右经过，用灯照我，但我仰起脸来，结果看不见，那只铁壳走了。后来有（又）先后来了二只大陆的，我已经游了二千多米，在这里×住十分可惜。那两只铁壳灯光十分强，我心想一定没有命了，那两只铁壳都冲到离我一百米的地方，灯光照住我，至靠菩萨保佑，我用同样方法，另加了当时海浪十分大，所以一直看不见我，结果走了。我这时差不多没有知觉了，但顽强的意志一值（直）鼓励了我，结果顺利到达这里。在离岸边时，脚底被蚝壳划破了，上了堤，已经难以走动，但这里仍是危险地方，我立即走到一家人×拍门。这里只有一个七十岁的老人，结果收留了我。我吃了二碗热水，结果将黄胆水都吐了。那个老人立即拿药给我，后来又煮饭等。这个老人真是我的大恩人。我终于获得第二次生命。四天时间，吃了一斤朱古力，睡了一个钟头，这全是估计不到的。

据丽容说，“铁壳”应该是巡警类船只，“估计探照灯快要扫射到，就潜入水中”，“那个老人是一个英国退伍军人”。

第四天（21日）到达氹仔。“氹仔”位于澳门半岛南方约2.5公里处，长约1.5公里，面积仅2.57平方公里，西与小横琴隔海相望。

写这本书时，我问干敏：“一共游了多长时间？”“有十多个小时。”但什么叫“中心沟”却再也回忆不起来了。干敏是先到澳门后来再到香港，游水所花的时间很长。据说，如果直接到香港，偷渡者往往会选择西线，即从蛇口、红树林一带出发，游过深圳湾，顺利的话，大约一个多小时就能游到香港新界西北部的元朗。

以下是第三大段（其实是写在信纸上方的一段插话）。

经验告诉我们：第一，对时间性要充分估计。2，要有东西装水。3，堆位要选择不受人注意的，但必须能自由活动。4，要有必分的老干。5，要有坚强的意志和较好的水性。

干敏在广州市六中是校划船队队员。

这里的一组数字书写很不规范，也不改动了。这毕竟是一件“文物”。

以下是第四大段（其实是写在另一页信纸上方的一段插话）。

我的东西没有必要的卖了吧，那本部的香港地址请给我抄来寄给我。这封信可转给××，××怎样，如他仍在，请叫他将××的地址寄给我。

据丽容说，到澳门第二天，干敏马上给他一位已取得香港定居权的朋友（同学或是农友）打了个电话，那位朋友立刻赶到澳门，叫干敏暂时到他一个亲戚在澳门开的一间工厂打工，他自己要回香港凑一笔钱，想法让人通过地下通路（乘船，再一次偷渡）接他到港。干敏大概打了一两个月工，就转到香港（据说，原来需要1200元，由于有“熟人”，所以只花了800元）。

这一段中的几个××是人名，没有必要就不写出来了。

干敏到香港后寄回来好一些照片，其中有一张是在扯旗山照的。后面写了这样几句话：“B仔在扯旗山顶高峰遥望远方，思念亲人。今天的幸福是与风暴奋斗的结果。但生命不息，奋斗不止。”“B仔”是干敏的小名。

说干敏“因‘出身’原因考不上高中”，当然只是一个猜测，我们又怎么可能去翻阅当年的档案呢？不过，虽然猜测，也不是没有一点根据。初中三年，他至少有两年是“三好学生”（在这本书写作过程中，还了解到一些内情，但由于没有核实，在这里就不说出来了）。1963年5月，“新一年级丙班同学崔干敏”获得过一张广州市第六中学授予的“三好学生”奖状。1964年6月1日，他在这所中学读初二时又获得广州市第六中学发的一张奖状。授奖词称：

初中学生崔干敏在德育、智育、体育三方面得到很好的发展，一九六四年五月被评为“三好”学生。特发给奖状，以资鼓励。

“1963年之后，阶级斗争不断升温，阶级路线也向‘唯成分论’演变。‘黑五类’子女，大学基本不收，重点高中也开始拒收。有的农村甚至连小学升初中也规定：‘出身占60分，表现占20分，学习成绩占5分，其他占15分。’1964年的高考，‘黑五类’子女全军覆没。在高干子弟进入哈军工、清华等重点大学时，家庭出身‘有问题’的学生却踏上了‘与工农相结合的革命道路’。”（见《炎黄春秋》2012年第2期《血统论和大兴“八三一”事件》，孙言诚文）

其实，即使到了农场，干敏早期也是个“积极分子”。“一九六六年第一期围垦工作中”，“高举毛泽东思想伟大红旗，活学活用毛主席著作，胜利完成围垦工程任务。特发给奖状”。这是国营平沙农场围垦工程指挥部1966年12月发给他的奖状中的授奖词。

干敏那封信的价值是还原了历史。

偷渡，曾经是一个敏感的话题，但现在已不再避忌了。

2013年春天某日，我和几位知青朋友在广州市北京路一间小酒楼聚会。闲聊时说到“笃卒”这个话题。“笃卒”是粤语，动宾词组，本意是下象棋时用手指推“卒”向前的意思，暗喻偷渡，粤语有话“笃卒过河当车使”，也含有“有去无回”的意思。

一位说：“我的一个朋友给我讲过她的经历。这个经历听起来心惊惊。她自然也属‘可以教育好的子女’了。偷渡时，一共七个人，都是知青。其中两女一男是广州荔湾区一所普通中学毕业的。女的两人是姐妹，给我讲述经历的是姐姐，男的是她的朋友。另外四个是男的，都毕业于广州荔湾区一所层次稍高一点的学校。他们在东莞出走。游水到中途时天气突然发生变化，那四个男的体力不支先后身亡。而姐姐的男友也奄奄一息。姐姐左右为难，继续前行不是，往后撤也不是。思量再三，还是得转回来，一手拖着男友，一手推着不很懂水性的妹妹。刚上岸，她的男朋友就咽气了。她请人把男友草草挖个坑埋了。”

据讲述者说，他的这个故事已在不同场合讲过多次，每一次，听者都会深深地叹一口气，然后问“后来呢”，这一次同样是这样。

"后来，她被民兵押解回来了，这是第三次偷渡。她仍不死心，找了个算命的，求了个签。算命佬说你不能同你妹妹两个人一起去。"

"后来呢？"

"第四次，她真的不和妹妹一起去了，好像还是从东莞偷渡，成功了，"干脆说清楚，"再再后来，她到了国外，成了身家过亿的大老板。"

另一位接着补充："那段时间，很多知青只要有机会回广州，就会到石门一带苦练游泳。石门在广州西北约15公里处，小北江和流溪河在那里汇合。我的一个初中同学考不上高中，就是通过这样的'培训'过去的。最近看了她带回来的一堆儿女婚嫁照片，真是珠光宝气。"

有一位说得有趣："我们这里珠江边不是有一个小岛沙面吗？岛上有不少英式建筑。沙面和南面的沿江路之间由一座30多米长的石桥连接。'文革'期间某一天，一个外地男子走到江边，迅速脱掉衣服，跳到水中，很快游到对岸。上了小岛，他满脸高兴地问一位路人：'这里是香港吗？'真的好搞笑。"

有一位说得惊险："和我一起在深圳农村插队的一位同学，第一次选择爬铁丝网过去。到了最顶部，他突然想起了祖国……"

有人插话："这是选择陆上偷渡。一般从深圳梧桐山、沙头角一带，翻越边防铁丝网。粤语叫'扑网'。不过，你这是开玩笑吧？"

"真的！就是这一犹豫，一条狼狗走过来了。那些狼狗嗅觉极灵敏，我们常常看到偷渡不成的知青被押送回来时，已经被狼狗撕咬得衣衫褴褛、伤痕累累。我的同学被关了一个月'格仔'。第二次，他用医疗用的塑料胶布对折，然后在黏合处涂上胶水，再然后充气，造成了一条可以坐十个人的船，过去了。去之前还预留一个位置给我，但我母亲当时是干部，坚决反对我过去。"

有一位说得平淡："有个生产队靠近边防。有位知青正在劳动，突然把锄头一扔，就走过去了。"

有人接话："这倒有可能是真的。我知道有两个知青正在洗米，不知哪一个说了句，过去睇下。就走了过去。以后也不知踪影。"

还有一位说：“我们下乡的生产队靠近边防。不知什么时候，队长一家都‘笃卒’了。他后来回来探亲，我们问他怎么这样神通广大。他笑了，告诉我们……”不过，这一位不肯再说下去。

第二节 “走吧，记住要做一个好人”

2006年，“文化大革命”结束30周年。盛夏的一天，我和初中同学在位于解放路的广东迎宾馆聚会。贵宾是我们当年的女班长（我们称呼她为阿棋吧），现在已经在海外定居了。

阿棋当年的遭遇和干敏如出一辙。她父亲是广州三中一位受人尊敬的老师。你今天能想象一个生活在这样的家庭，而自身又是上进心极强的人竟然会没有书读的吗？我还记得她到农村后，曾经给我来过一封信，说在那里喂养了一群小鸡。我们当时考上了高中，正“沐浴在阳光下”，很难体会到她的心情。

我刚踏入宴会厅，一位经常见面的老同学对我说：“你认一下，看看能不能认出来……最年轻最漂亮的那一位就是了。”我和阿棋握了握手，很多话想说但不知从何说起，正所谓一切尽在无言中。

前面提到的阿梅回忆当年她给阿棋送行的一刻：“那天，三中乐队也有去，吹着乐曲‘到农村去，到边疆去，到祖国最需要的地方去’，我看见我们班一位在乐队吹黑管的同学边吹还边流泪。”

聚会进行间，我们谈起从来没有露过面的阿琴。她是和阿棋一起“着屐”（“屐”是木屐，“着屐”就是坐船的意思）出走香港的，现在也已定居海外。

“请她回来看看吧，”一位同学对阿棋说，“以前的事早过去了，我们当年很无知。”

实际上，我是“文革”结束多年以后，才知道阿琴的悲惨遭遇的。阿琴的父亲是个很有名望的医生，在闹市区有一幢四层楼房，并且在一层（即楼下）开设了一家私人诊所。我们不少同学到过她家里，听过她演奏钢琴。高中时阿琴仍然在三中。家是“文革”早期被抄的，阿琴等被赶到十三行一条横街的一间小木屋居住。有到过这间小木屋的同学说："相当潮湿，阴冷，狭窄，床铺都很难按正常位置摆放。这样的生活，和原来相比，落差实在太大。"

"究竟是谁去抄她的家？"我问一位老同学。

"不是很清楚了，但我想肯定有人从中作梗。"

"为什么和她过不去？"在我心目中，阿琴是一个单纯、热爱生活的人。

没有人能回答这个问题。

阿棋和阿琴是1971年到的香港，在此之前，我读初中时的另一位女同学（我们称呼她为阿书吧）已经还算顺利地"登陆"了。1971年11月24日，当她得知阿棋到达香港后，写下了这样一则日记：

××，你真的来了吗？太好啦，我多么的想你啊！只有我们欢聚在一起，才会愉快回忆快乐的学习生活。只有我俩在一起，才会畅谈出知心的话。今天我们再欢聚，可怕可笑的小故事一定层出不穷。××希望尽快见到你。你是我在港唯一的朋友。有志气的人，有毅力的人，永远就在一起。

××是阿棋的名字。"学习生活"都过去七年了，还在渴望着"愉快回忆"。

阿书当年也是考不上广州三中高中的。"我的毕业证书只有两到三门4分，其余都是5分。我怎么也想不通，我为什么考不上？应该是家庭出身问题吧。我公公（外祖父）是资本家。"2014年3月5日，在广州酒家，阿书这样对我们说。

1965年阿书到广东东莞长安公社插队。这个年仅16岁的娇娇女开始时是货真价实的农民，一年多后才被调去做小学教师。"田间劳动很累。担禾草，要从田头担到生产队。农民都是担得满满的，大概有20至30扎，扁担都压弯了。一般知青也担五六扎。我呢，扁担两头，一头只有一扎。有一次担禾草时，经过一个小卖店，口渴，用4分钱买了一根雪条（冰棍）。

晚上算工分，我担了一天禾草，刚好也只有4分钱。我大哭了一场。”

阿书是1971年偷渡去香港的。之前已经有很多人去“冒险”，有成功的，也有失败的。她讲了一件印象很深刻的事情：有一次，公社抓住三个偷渡的人游街，每个人胸前都挂着一个牌子，其中两个写着“叛国投敌”，一个写着“不得好下场”。原来挂着“不得好下场”那个是用禾草扎成的“人”，被另外两个活的抬着，真人已经被打死了。据说，当时他们已经跑到海边，被发现了，叫他们站着，但有一个没有听见，结果被打死了。“那是我的一个最好的朋友，我回到屋里大哭了一场。”

偷渡前一天，阿书的妈妈到了公社。她是来拦截她，叫她不要去的，“听说政策会变了，很快会调回来了”。“她这不知听哪里说的。我当时心里很慌乱，叫妈妈快点回去，因为如果给人看见了，她一定会被斗的。别人会以为是她叫我去偷渡。想着要连累妈妈，我的眼泪差点又掉下来了。最终，妈妈对我说：‘走吧，记住要做一个好人。’”

阿书是和她的男朋友一起去的。她的男朋友是第三次了，她是第一次。“我当时向学校辞了职，说要到广州医病。”

阿书和男朋友到“那边”一共花了三天时间。

“第一天，吃完早饭，大约中午时分，我们骑一辆破旧的单车出发了。他踩车，我坐在车尾架上。车头前面放一扎菜，给别人一个趁墟的感觉。踩了四个钟，到了宝安一个荒凉的地方，我们把单车扔到一个山坑里，趁天黑上山。”半山有民兵持枪巡逻，他们躲在小灌木里。

第二天晚上，到了一个好像叫乌石岩的有很多石头的山，“临近天亮，我们找到一块大石头，准备在石头后的灌木丛中躲起来。突然，听见石头上方有人声，我们吓了一跳，后来听听他们谈话的内容，才松了一口气。原来都是偷渡的人，都是男仔，起码有四个。”

“那三天，你们吃什么东西呢？”我问。

“出发前，一个本地青年用米炒成粉，加上一些白糖，给我们做干粮。这个青年平时对我很有好感的。”阿书说，“不过，这些粉一定要加上水才能吃，所以我们在山上还要找一些泉水。”

第三天晚上，他们到了海边。“这里是深圳湾，可以望到对面香港的灯光了。我们躲在树仔和灌木丛中。这里有边防军，大约30米距离一个。突然传来一阵哨子声，只见边防军都往一个方向跑去。可能是那边发现有情况了，也可能就是我们在山上听到声音的那几个男仔被发现了。趁着这个机会，我们立刻爬过一段海滩，大约有10米，然后下水。我们带了一个波胆，也就是篮球胆。到了脚踩不到水底的地方，我们用绳子把波胆和两个人各一只手腕捆绑在一起，这样不会失散。波胆有浮力，但不大，只是预防万一罢了。我们向着对面三盏对着大陆的灯游去。我的男朋友前两次没有去成，就是由于他眼睛不好，看不清楚那三盏灯。也不知道游了多长时间，天蒙蒙亮时，我们感到脚碰到水底了。这时我深深地喘了一口气，心里想，原来我哋唔死得（我们不用死了）！”

他们是在香港元朗尖鼻嘴上的岸。

“上了岸，我们去拍一间木屋的门，没有人理睬。正当我们六神无主的时候，开过来一辆车，车上有一个司机和一个穿制服的人。我对他们说：‘唔该你哋带我哋去警处（麻烦你们带我们到警处）。’谁知道穿制服的那一个说：‘我哋就系警察，一个晚上都用红外线睇住你哋游过嚟，宜家就系过嚟接你哋嘅（我们就是警察，一个晚上都用红外线看着你们游过来，现在就是过来接你们的）。’接着，他们用车把我们送到尖鼻嘴警处，在那里登记了姓名、出生地，然后，打了防疫针，然后，帮我们联系亲戚。我们在警处待了三天。”

“你们这样游，会不会遇到鲨鱼呢？”

“我们倒是没有遇到过鲨鱼。不过，下水一定要计算好时间。涨水时水会把你推到海滩。这些我不太懂，我的男朋友懂。”

我初中在广州三中读书，毕业后到二中读高中，由于入团申请受挫心里有压抑感，所以和初中同学极少来往。很久以后，才知道当年的同学竟然有好几位初中毕业后就没有书读了，比如前面提到的阿棋，比如阿书。而最不可思议的是当时我们班的一位上课时坐在最前排的女同学（我们称呼她为阿画吧）也有不堪回首的过去。

“那时我只有1米37高，62斤重，在农村要挑80斤重的东西。我挨了整整一年，才‘病退’回城。”2013年中秋节前，我们在中山五路的东兴顺酒楼聚会，阿画这样对我说。

“你到的仁化是山区，为什么不到番禺沙湾呢？那里至少收入高点。”

“仁化条件差，冬天气温低。有一段时间开工收工都要穿过一条小溪，溪水冰冷刺骨，我现在心脏有毛病，关节也有毛病，多少是那个时候惹上的。但仁化去的毕竟是农场，沙湾是农村公社，我可能更受不了。”

“你个子只有这么一点点，能做什么劳动？”

“大家还是很照顾我的，但总不能不做吧。只能做少一点。挖种沙田柚的树坑，一米乘一米，别人挖两个，我挖一个。最辛苦的是到农村那一段了，当时农场要临时接收一批干部。”

“应该是‘五七干校’之类。”

“对，把我们临时安排到附近农村。出发前，场里一位负责人对农民说：‘依啲人都系狗地主、狗资本家嘅仔女，你哋要好好改造佢哋（这些人都是狗地主、狗资本家的子女，你们要很好地改造他们）。’

“到农村是‘三同’，吃的是番薯、芋头，很久才能吃上一餐饭。那里农民生活条件也实在太差。最难忘的是有一晚迷了路。当时是秋收，放下刚刚打好的谷子后，认不得回家的路，周围没有屋，都是田。”

“其他人呢？不是集体劳动吗？”

“担着80斤重的东西。别人走得快，我走得慢，走几步又得停一下……后来才遇到一个人给我指路……真把我吓坏了。”

“当时没有考虑过去香港吗？”

“你看我的身体条件，能去吗？”阿画摇摇头。

“你当时考不上高中的原因是什么？”

“‘文化大革命’期间我回广州看大字报，顺便回三中探望年迈的班主任。她当时也有病，说了一句令我刻骨铭心的话：‘你考不上高中不是成绩问题，而是家庭原因。你不要对别人说。’”

阿画给我们讲述了她的家庭情况。她说：“我父亲在香港读书时被补送到英国剑桥留学，学的是化学。这个专业当时很吃香。后来，我爷爷开的厂要他帮手，就转了行了，成了‘工商业’。 我母亲也是大学毕业，很有素养的。家里人对我的学习要求很严格，所以，当接到‘不录取通知书’时，一直都想不通，我为什么考得那么差。”

阿画的大姐是广州一家三甲医院的医生，1962年考入广东一所著名医学院，“那一年是按成绩录取的，不怎么看家庭成分，因为之前几届录取时过于看重家庭成分，好多学生毕业时专业水平很差。院长说，今年就按成绩录取”。

“那你姐姐很幸运了。”

“的确很幸运。同一批还有好几个是前两年因成分问题考不上的，这次都录取了。所以说幸运，还因为过了这一年，又恢复看成分了。不过，毕业分配也只能分到粤东一个县的卫生院，一去18年，后来才调回来广州。调动还比较顺利，因为那时成了‘人才’，这里的医生青黄不接。”

为什么1962年“按成绩录取”，而之前之后都要“看重家庭成分”呢？联系一下那几年的大背景就很清楚了。“专业水平”应该是很次要的一个方面。

阿画还说了一件同样使她刻骨铭心的事。回到广州后，她的一位亲属办调动，从广州一个单位调到另一个单位。两个单位相距比较远，旧单位的工作人员把档案取出来，封好，交给她这位亲属自己带去。由于档案封口刚刚粘的糨糊还没有干，他们多了个心眼，偷偷拆开了，里面这样写着：“据说该学生的父亲是国民党反动军官，此人只能参加农业生产劳动。”这明显是老师的口吻。可悲的是，该“亲属”在中学读书时还是一个学生会干部。

“你真是好记性。”在座一位同学说。

“这句话一世都记得。”

我们现在读“这句话”，可能不会有太多的感觉，但如果设身处地想一想，就很清楚了：没指望，一辈子都完了。

在那个年代，填写履历表都要填“家庭成分”。客观地说，家庭对一个人的影响不可说不大，但情况相当复杂，如果简单地用贴标签的方式去判断它的影响，绝对荒谬。我们都注意到许多革命者出身于富裕家庭，如果没有一定经济实力，他们怎么可能得到良好教育？而如果没有获得良好教育，即使有“理想”，也不可能是“为了解放全人类”，而只能是“三十亩地一头牛，老婆孩子热炕头”，这也是某些掌权者产生腐败的根源之一。

时代毕竟在进步。今天，如果对考生进行非规定项目的体检，将被视为歧视；而实际上，体检远没有“成分”那么折腾人。

我进入广州师范学院后，参与招生的一位老师对我说了“实情”：“当时有一批考生，分数很高，但之前都没有被录取。这些人都30多岁了，有的已经回到广州，有的还没有回。比如你崔干行，就从海南到了韶关。我们动了恻隐之心，觉得很可怜，再不招就回不来了。”倒没有提到政审的事。

不过，当时确实也出过点事情。据马国川、赵学勤著的《高考年轮》（新华出版社2007年版）介绍：“河南省郑州二中15岁学生竺稼，参加1977年高考，原被西安外语学院录取。因他的外祖父20多年前被镇压，社会关系复杂，他到校之后，竟被退回郑州。他写信给中国科学院和教育部，认为这种做法不符合党的政策，要求领导上帮助解决。经过有关单位调查，来信所反映的情况属实，最后决定将竺稼收入郑州大学英语系学习。”1978年4月26日《人民日报》披露了这一事件，并发表评论员文章《高考政审必须坚决执行党的政策》。文章指出：现在报考的青年，多数20岁左右，是在全国解放后出生的，是在党的教育下长大的。即便是地富子女的子女，也是孙子辈的人了，是靠他们父母的劳动收入生活的。

“竺稼事件”基本上也是“文革”期间“血统论”作孽的尾声了。

1979年1月11日，中共中央在《关于地主、富农分子摘帽问题和地富子女成分问题的决定》中要求：地主、富农家庭出身的社员，他们本人的成分一律定为人民公社社员，享有同其他社员一样的待遇。今后，他们在入学、招生、参军、入团、入党和分配工作等方面，主要应看本人的政治表现，不得歧视。这实际上间接承认了，在过去30年，出身于这些家庭的人，在以上六个方面存在被歧视。

这一次的“决定”可能相对“务实”一点了吧。以前也曾多次提出要落实相关政策，但效果不大，因为那些政策本身就刻有极左的烙印，比如

“可以教育好的子女”就是一种歧视性称呼。

写到这里，我突然有一种毛骨悚然的感觉。我想，如果不是“文化大革命”，我们这种家庭出身有“历史问题”的人，有可能上大学吗？“文化大革命”对我们来说，是“幸”，还是“不幸”？这是一个荒唐的想法吗？

1986年9月2日，邓小平在中南海回答美国哥伦比亚广播公司《60分钟节目》记者迈克·华莱士关于“文化大革命”“您和您的家人遭遇如何”这一问题时，这样说：“那件事，看起来是坏事，但归根到底也是好事，促使人们思考，促使人们认识我们的弊端在哪里。毛主席经常讲坏事转化为好事。善于总结‘文化大革命’的经验，提出一些改革措施，从政治上、经济上改变我们的面貌，这样坏事就变成了好事。为什么我们能在70年代末和80年代提出了现行的一系列政策，就是总结了‘文化大革命’的经验和教训。”（转引自薛汉超著《历史的见证：“文革”的终结》，九州出版社2011年版）

邓小平上述“回答”还给了我们这样一个启示：只有对“文化大革命”进行研究和思考，我们才有可能深入了解我们的国家，从而形成更美好、更正常的“梦想”。这也是我和我的亲友们、同学们共同完成这一本“回忆录”的动力。我们要给我们的国家、我们的民族留下这一段历史。实际上，了解和研究“文化大革命”就是了解和研究历史，就是了解和研究历史发展的规律。我们都知道，文明和进步正是由于人类能够不断地扩大对规律（社会规律和自然规律）的认识和掌握。在这个了解和研究的过程中，我们会清楚我们需要什么，不需要什么；我们需要如何努力，才能得到我们所需要的，而避免我们所不需要的。

第三节　近在咫尺

陈秉安的《大逃港》（广东人民出版社2010年版）引用了两位国家领导人的话，可以作为“笃卒”这个话题的结语。1977年11月，复出不久的邓小平到广州“摸情况”。当主管广东省经济的王全国汇报偷渡“具体数字”是194274人时，广东省革委会主任韦国清插话说：“老百姓也有说法……他们说生活太苦，河那边经济发达，两地差距太大了，所以很难留住人。”接着又说：“我们加派了部队……也没解决问题。”“半晌，邓小平掸了一下烟灰：‘这是我们的政策有问题。’稍过半刻，他又说：‘不是部队管得了的……’”对邓小平这段话，林天宏的《百万人“大逃港”》则是这样记述的：“这是我们的政策有问题。逃港，主要是生活不好，差距太大，生产生活搞好了，才可以解决逃港问题。”

不久，新上任的广东省委书记习仲勋到宝安考察。“两天后，习仲勋离开宝安，他没有说太多，只是若有所思地对宝安县委的人说：‘香港九龙那边很繁荣，我们这边就冷冷清清，很荒凉。你们要下决心改变这个面貌。这些人是外流嘛，是人民内部矛盾，不是敌我矛盾……经济搞好了，逃过去的人又会跑回到我们这边来。’”林天宏的《百万人“大逃港”》还有这样一段记叙：“在深圳特区成立十周年的1990年，陈秉安采访到了前来深圳参加庆典的习仲勋。当聊起那段历史时，习仲勋意味深长地说了这样一番话：‘千言万语说得再多，都是没用的，把人民生活水平搞上去，才是唯一的办法。不然，人民只会用脚投票。’”

以后的事情逐渐“阳光”。

20世纪70年代末，电视机开始进入普通家庭，但比较难买。我们托干敏在香港买一台（原来的“包袱”，现在成了“南风窗”）。他1979年10月29日写信给我们说，正联系某先生，“待我们联系过后，即可将电视机带回去。日立牌电视机很抢手，现这里价钱是570元一部。其他如关税等不知要否我付出。估计全部约900至1000港元吧”。干敏这时还不敢回广州，只能委托某先生。

1980年8月26日，五届人大会议正式宣告深圳经济特区诞生。第二年5月，干敏手持回乡证第一次返广州探亲，回“家”了，“回到我们这边来”了。顺利回香港后，他5月11日给我们写了一封信。信中说：“回到后看见你们一别八年，兄弟感情依故，使我十分高兴。遗憾的是你们工作十分忙，未能尽情去玩，亦影响你的休息。”

前面提到的阿书是1981年回广州的，这时她和妈妈分别已经整整十年了。“十年来，我无时无刻不想念妈妈。”阿书在前面提到的那次聚会中对我说。她打开手机，给我看了一篇写于1971年11月16日的日记。当时她已经到达香港两个月了。

转眼，愉快的星期天又过了二天。时间走得很快，离开妈妈已六十天了。虽然在此生活很舒服，但在安静的时刻，妈妈善良的脸孔总在我脑海中浮现。

记得在分别时刻，妈妈流着泪对我说：“为了你的前途，走吧！记住要做一个好人。”亲爱的妈妈，我会记住你的话，当一个有骨气的女儿。

妈妈，你知道吗？我在想你呀！

阿书后来成了家，有了子女，还曾到国外生活了一段时间。“很长一段时间，我们没有把自己偷渡的经历告诉孩子，因为当时在香港偷渡者的名声并不好，有的偷渡者由于无法维持生活，走上了打劫、贩毒的路。我们很自卑，也不想孩子们在家庭的阴影中长大。”

“现在他们知道了吗？”我问。

“知道了。是其他亲戚告诉他们的。那时他们已经读大学了，是在美国读的名校。他们问：‘为什么不把那段经历告诉我们？’我说你们年纪小，不懂得分辨好人坏人。不要以为偷渡就是坏人，妈咪是环境不好才偷渡的。妈咪读书成绩好，但考不上高中，因为公公是资本家，当时政府不给我继续读书。在大陆有政策，‘老子英雄儿好汉，老子反动儿混蛋’。”

“他们知道后怎么样了？”

“他们知道后对我很尊敬，更显得懂事了。因为他们知道，今天无忧无虑的生活是爸爸妈妈白手起家、白手创业得来的。他们也很努力，要求自己很严格，考了工程师、测量师，发展很顺利。”

我父亲、我太太和我儿子1995年7月第一次申请了港澳通行证到香港旅游。他们“有幸”见到了“资本主义”的香港，和我弟弟一家三口在“有求必应”的黄大仙庙前合影；而我呢，稍后一点，见到的是“一国两制”的澳门和香港。

2006年夏，我自费到澳门G中学初一的一个班听课。

这个班有40多个学生，见我们进来都站起来。由于上课铃已响了，我们怕打扰学生，都只顾着往教室后面走去，想不到的是，那些学生都跟着把身子转到后面，等我们找到座位了，然后齐声说“各位午安”。

讲课的是年轻女老师M。M是澳门人，在台湾师范大学毕业，现在是工作第二年。同行的珠海教研室容老师向我介绍说，M是一个“很用功，素质很好的”老师。

M老师讲的是杜甫的《闻官军收河南河北》，她用粤语上课：“惦样（怎样）将资讯传出去？杜甫裹阵时（那时候）有无电话？有无‘伊妹儿’？以前有消息系托人带去嘅，消息得嚟容易唔容易呀？”

老师一联一联地讲解，也就是我们称的“串讲”：“‘却看妻子愁何在？漫卷诗书喜若狂’，旧时讲‘妻子’系指两个人，我哋今日讲‘妻子’就系指老婆一个人。”

讲完一联的要点就要学生把整联翻译一遍，并且提示：“大家清楚唔清楚，有无听唔明白嘅？‘狂’系发狂，唔好写成‘发癫’。”

老师投影了一些思考题：“为什么杜甫在颔联中只提‘妻子’‘诗书’，而不提其他东西呢？”

接着讲颈联：“白日放歌须纵酒，青春作伴好还乡”，“系用大杯定系（还是）细杯呢？要有个靓啲嘅词语修饰。开怀畅饮。有无同学能译一译？要译得靓一啲”。又投影了一道思考题：“想一想为什么老杜要用‘白日’与‘青春’，这些词给人什么感觉呢？”

最后一联是“即从巴峡穿巫峡，便下襄阳向洛阳”。由于虚词和动词的配合，尽管这14个字中有8个字是地名，却能给人痛快淋漓、快疾如飞的感觉。为了加深学生理解，M老师投影了一张“杜甫返乡路线地理位置图”。她显然比较喜欢用这样一种方式教学，课后她说：“上次教《黄鹤楼》，我就准备咗（准备了）一张江河水系图，仲有（还有）一张地形图，课上得好开心。”

最后一个环节是仿写：“麻烦你哋攞张纸出嚟（拿张纸出来）。你逛街时，突然收到要翻学校（回学校）嘅消息，依阵时（这时候）你惦样先至能够（才能够）翻到个间（那间）可爱嘅学校呢？”老师要求学生用“印从……穿……便下……向……”写一个句子，“字数不限，压韵不限”。老师巡堂，指点学生，“可唔可以唔用依个字（是否可以不用这个字），写另一个字？”

M老师很虚心，课后交流时一再要我们给点意见：“睇睇有乜嘢（什么）地方要改善，一个人无论惦样都会有盲点。我自己亦有咁样感觉，讲得比较多，容老师平时都要我哋讲少啲，畀学生多啲读（让学生多读一点）。我唔放心，怕学生唔答。”

“上课都不用普通话吗？”

M老师做了解释：这里对普通话没有要求。但有普通话课，专门教学生普通话。朗读也用粤语。广东话读起来，很亲切，感情表达很好，韵尾很足。然后又向我们介绍说：这是一节阅读课。一周一次，自己找一些文章让学生读。有琦君的；也有一些温馨的散文，如《假如给我三天光明》；还有《伊索寓言》。发现学生很多没有看过，要他们自己看，然后讨论。

M老师在组织学生阅读方面是个有心人。她说：这里10个学生就有6个喜欢看连环图，或“惊书”，较少借散文或小说。但我不想限制他们。我只是尽量想办法打开他们的心门。我让他们去图书馆，要他们自己找书，找些生动活泼的书，不一定是名著。我对他们说，“要了解作者嘅写作动机”。

指导学生阅读余华的《活着》时，M老师让他们用四幅图画概括故事的发展，然后到网上了解写作背景，接着是演出、写读书报告。“我原来以为学生唔中意，谁知道都好感动，讲‘估唔到咁惨（想不到这样惨）’。”说到这里，M老师显得有点兴奋：“我发现有不少学生买了《许三观卖血记》来看，然后问我，现在还有没有这样的人？初一学生睇得好仔细。”

2006年6月8日，我到香港中小学进行自费考察。

中学考察点是香港华人基督教联会真道书院。

我们听课的是中二的一个班，26个学生。

这节课的教学内容是说话训练。女老师H对学生提出要求："大家对社会时事嘅分析能力相对弱一啲，今日我哋就一则时事做一个分析，希望大家了解到时事同个人生活嘅密切关系，加强认识社会时事嘅兴趣，同埋（以及）批判是非嘅能力。最近大家对乜嘢（什么）新闻印象深？"

"'巴士阿叔'。"学生异口同声回答。《羊城晚报》曾在《人物》专栏介绍过这个人。大意是"巴士阿叔"在巴士上大声通电话，后面坐的一个乘客不满意用手拍了他一下，于是吵起来了。"你哋相唔相信有啲人嘈交（吵架）系好平常嘅事，不过攞到互联网个度（那里）就好热闹。依啲反映佐（这些反映出）某个阶层嘅心态。"H老师简单地点出"分析"这个新闻的意义后，指定三个学生通过"扮演"主角，将事件再次"回放"出来。

三个男仔首先自我介绍角色。一前一后坐着的分别是"巴士阿叔"和被他骂的人，另外一个是"'拍嘢'（照相）的年青人"。

"做乜嘢（为什么）骚扰我？"

"你讲嘢（说话）大声。"

老师评点："技巧要留意。大声小小（一点）。表情方面要夸张啲。"

接着进入下一个环节，老师向学生"论述"一篇有关"巴士阿叔"的文章要点，不时问大家"你哋同意唔同意作者嘅睇法"。

课后，H老师对我们说："这种聆听，一个月一次。学生平时好活泼，有嘉宾来比较紧张，怕羞些。下次将主菜多摆给他们，多些互动。"

在内地，不太重视口语训练，主要原因是不用统考。

我们很想了解香港在教材方面的使用情况："有哪些情意因素是以前比较少而现在加多了的？"

"民族方面，比如岳飞生平，需要加强爱国教育。"

看得出来，在道德渗透方面，老师意识很强。从语文角度看，既重视传统人文精神的传授，也重视与实际生活结合。在课室外走廊开辟的"语文园地"上，有学生的硬笔书法习作，写的是《水调歌头·明月几时有》《爱莲说》；有学生作文，《在运动中寻乐趣》《给心爱的童话人物的一封信》。陪同我们参观的老师说："看到学生成长是香港老师最大的满足感。"

在香港两天中，校长和我们进行了两次详谈。他的一些教育理念给我们留下很深印象。应该如何高考？校长举了一个例子：香港供水不足，新加坡也供水不足。给你提供两套资料，一套是香港的，一套是新加坡的，每套资料都有多少水塘，多少人等等数据，要你试论述10年后，哪一点是优势，哪一点是困难。"死读的答不了，分析力强的很快就可以回答。"

校长还说，招聘教师时要和他们谈话，"找到和自己理念相同的"。对于有些教师课外时间给学生补习，"在香港绝对不行，廉政公署会来找你，不能够堂上无精打采，补习时兴高采烈。我对他们说，学高为师，德高为范，既然不能做到，不如不做老师去从商"。"

到香港第二天，这里挂起黄色暴雨警告。临近中午，我们到了大埔崇德黄建常纪念学校。

学校有一个小小图书馆，每个班每个星期有一节图书课。图书馆里有一个图书角，上图书课时"故事妈妈"给孩子们讲故事。这些"故事妈妈"都是学生家长，前后一共有20多位。

"都是自愿来的。"校长说，"开学了，我们就发通告，需要'故事妈妈'，她们就来报名了。有新加入的，也有往年做了还想做的。"

"她们主要做什么？"

"比如中国文化周，她们就给孩子讲有关这个专题的故事。还有，学校购买什么书，她们会给意见。图书馆新书来了，帮忙包书。"

"她们懂得讲故事吗？"

"校外有团体对她们进行训练。这些'故事妈妈'都是义务的。没有津贴。食饭和水都自备。家长们反映，小朋友见到自己的妈妈来做'故事妈妈'，变得乖了，母子关系好了。"

"在我们那里，老师揾（找）家长是大件事，家长揾（找）老师也是大件事。"

同行的一位内地校长说了这样一件事：有一个学校，要学生回家拿旧报纸回来，把卖了的钱送给灾区。结果，有的家长这样对孩子说："攞报纸咁辛苦，不如我畀钱你。”意思是取报纸来来去去那么辛苦，干脆我把钱给你交给学校好了。

“我们曾经让妈妈教小朋友编织了1000多条围巾送给老人院。我们同时要使家长明白，这样做是鼓励孩子为学校、为社会出一分力。”

结束两天参观后，我们使用“八达通”坐轻轨回到深圳罗湖口岸，回家了。

2014年春节前，我到一间排印中心打印这部书稿的初稿。营业员是一位来自广东某乡镇的靓女，她看到我写的是偷渡香港的内容，感到有点不可思议，说：“咁牙烟，又辛苦，去个度做乜嘢呀？（这样危险，又辛苦，到那里做什么？）”我笑了笑，正要回答，她却忙着去招呼其他顾客了。

第四节　不“清白”的家世

对我一生造成极大影响的“家庭成分”中的“家庭”究竟是怎么一回事呢？

我父亲和母亲都是广东新兴人。父亲家乡在坝塘村，母亲家乡在水湄村。我没有见过祖父和祖母（广州人分别称爷爷和嫲嫲），他们很早就去世了。对我们影响比较大的是母亲这边的人脉。

我的十二舅父叶佩弦是中国科学院物理研究所研究员、博士生导师，属于“青春万岁”一代（20世纪50年代的青年知识分子）。退休后，写了好几篇回忆家乡的“散文杂作”，从中颇能看到我们这个家庭的枝枝脉脉。以下这篇“杂作”题为《回忆一幅照片勾起的思绪》。

抗日战争初期，我家回乡住在养志园。父亲的卧室兼书房坐落在养志园的东南角。我们偶然进去，喜欢翻阅的是那些装饰精美有关淞沪会战的画册。但给我印象最深的，是看到挂在墙上的那幅照片，从此我便知道三叔叶季壮是共产党。那是一张三叔和我们新的三婶在陕北结婚后的合照，新三婶是长征路过四川时参军的红军战士。那时国共合作，三叔穿的是国民革命军的将军服，他是第十八集团军总后勤部部长。

我奶奶生了三个儿子。老大是我父亲叶洁芸，老二夭折，老三就是三叔叶季壮。据说生下老三后不久奶奶就去世了。父亲和三叔感情很好，后来，又都先后毕业于广东省立法政学堂。在大革命时期的1925年，三叔参加了中国共产党，同时也有国民党的身份。在参加省港大罢工等革命活动时，他经常出入我们家。

1927年国民党清党。三叔在广州起义失败后被追捕。军警围堵了广州光孝路三号和五号我们家的出入口。他机智地进入二楼的冲凉房，开大水龙头，借着水流巨大的声响做掩护，爬上房顶的天窗才得以逃脱。后来他参加了百色起义，接着又到了瑞金中央苏区，历任红七军政治部主任、红军总供给部部长。1934年随中央红军长征，最后到了陕北。

1948年夏天，广州观音山（现在的越秀公园），我和父母；现在沿石级往下走，直到大门，往东大约百米，就是我曾经就读的广州二中了

这期间我父亲做过新兴县长，又任过谅山、阳春、增城、开平等县的县长。尽管如此，他们兄弟还是尽可能取得联络，我父亲也尽其所能给三叔帮助。三叔逃离广州后，几经周折到达香港。为了支持他主办党的机关报（也是联络点）《香港小日报》，父亲不仅一次借给他八百元，还吩咐我家经营的药材铺掌柜每月汇三十元给他作生活费。后来，党组织还了他这笔借款，他便将还款当作去广西参与组织百色起义的路费。当红军长征路过粤北向西转移时，时任开平县长的父亲又给了他五百大洋的资助。据说这笔款他如数交给了组织。对大哥的支援，三叔都心存感激。抗战期间他们更常有书信往来，父亲还通过三叔介绍了一大批乡亲青年去延安抗日军政大学学习。

广州，父亲和童年的我，“故事”还没有开始

自从广州沦陷举家回乡以后，父亲便不再从政。抗战期间他致力于办教育。抗战胜利后他主持过编修新兴县志，但大部分时间是在广州居家赋闲。此时，与三叔通信已不可能，但他仍然通过一些友人了解到三叔的情况，并似乎还保持着一些联系。他关心东北时局。据我哥哥回忆，那段时间父亲还要他定期去一位中共友人处学俄语，似乎是在为去苏联学习做准备。

1949年10月广州解放，我们全家欢欣鼓舞，从电台我们听到有关三叔在中央人民政府任职的公告，三叔也委托南下干部到访我家，与父亲联络。很快，翌年1月新年刚过，二哥、九姐、哥哥和我便在友人引领下，踏上去北京的旅途，开始了新的生活。那时三叔正随同主席、总理在苏联访问，三婶热情接待了我们，住在三叔家，如同一家人。4月下旬三叔回京。三叔问我愿到哪学习，我表示愿到东北老解放区去锻炼。他很高兴。打心里讲，我那时还不足16岁，我到北方确实不是为享受富贵荣华，而是出于当时青年普遍的对革命的向往和追求。记得父亲当时原想留一个儿子在身边，那就是我。我为此还大闹一场，表示若如此便再不回家。1950年青年节刚过，三叔亲自到北京火车站在车厢里送别我和九姐等一行人赴东北学习。我是最远的，入读大连大学预科（最初叫补习班），从此开始了我独立学习、工作和生活的人生。其余人到沈阳就不走了，九姐入读沈阳中国医科大学。哥哥留京入读中国人民大学。1951年父亲北上与三叔团聚，留下了在三叔家中他们兄弟的珍贵合影。

1952年中，风云突变……即使如此，三叔三婶对我仍是关照的。记得1953年秋我在长春患重病连续住院9个月，他们得知后立即寄来30元钱作补充营养之用。1956年秋我从东北人民大学物理系毕业后，又让我到北戴河休养地和他们共同度过一段时光。但没想到这是我见三叔的最后一面。

这就是在中华传统文化的大背景下，叶氏兄弟家庭看似奇特但又很正常的关系。正如中共新兴县委党史办《关于叶洁芸支持叶季壮干革命的调查材料》所比喻的，这是“不曾破裂的国共合作”。在社会关系复杂的中国，有这种家族结构的又何止万千。即使在中共高层，也是不乏其例的。国民党一方不也一样吗！

百余年来的近代中国，为了反抗列强侵略，实现中华民族的伟大复兴，许多仁人志士、热血青年从不同角度进行过探索。所有为了民族的生存，国家的富强，人民的幸福做过好事的人，历史都不会忘记的。

养志园已不复存在。相信我回忆中的这幅照片也已不复存在，因为那时进入父亲卧室兼书房的陌生人，怎么能想到照片上穿着国民党军服的是叶季壮呢？

回忆录中的“三叔也委托南下干部到访我家”的“南下干部”，据十二舅父介绍，是广东省人民政府首任财政厅长张云励。

十二舅父“入读大连大学预科”后，叶季壮曾给他一封信。信中说：“你入校后能力求进步，很好。同意你暑期留在大连，多学点东西，同时大连气候比较好，适宜于暑天居住。你在暑期中，除补习外，可以到处玩一玩旅大风景”。

我没有见过三叔公（粤语习惯称叔祖父为叔公）叶季壮，无论读书期间还是工作期间，我都极少提及这位中华人民共和国第一任对外贸易部部长，填写履历时更不可能提及。不过，倒是见过两位三叔婆（粤语习惯称叔祖母为叔婆）。广州那一位自不必说，20世纪50年代和60年代，逢年过节都是要去净慧路她家中拜访的。北京那位三叔婆，见过一面。我结婚前夕，她到广州探望我们，在我家（当时住在十八甫新街）那窄小的厨房，给了我40元利是。

在另一篇题为《姐弟情深》的散文中，十二舅父还专门回忆了几位姐姐，也就是我的母亲和姨妈：“父亲虽然说不上是新派人士，然而对待子女的生活和教育还是很开明的。她们中没有一个缠足，没有一个的婚姻是包办的。而且，她们全都受的是新式教育，大学毕业。五姐是厦门大学教育系，七姐是中山大学经济系，八姐是国民大学经济系，九姐原在中山大学医学系，解放后北上转入中国医科大学。”

其中有一段专门回忆八姐即我母亲。

当我在乡下读书时，八姐已在外地念中学，只有寒暑假才回乡。抗战胜利前一年暑假，与她同来的还有一位英俊的男同学，后来成了我的八姐夫。1947年春，她们的长子在广州出生。那时我正在西关的培英中学读初二。八姐分娩的医院与学校仅一墙之隔，我还偷偷溜出校园去看望。记得八姐还给我削了个金山苹果吃。八姐是我们兄弟姐妹中唯一坚守广州没有长期出远门学习工作的一个。正是有了她和八姐夫的艰难支撑，才维持了我们这个家族在广州的存在，我也才有可能时不时地说我要回家或说我刚从老家回来。1952年我家发生重大变故后，是八姐亲手签字领回了由乡下押解至广州的无家可归的母亲。在以后的十多年里，又是她和九姐两家相继照应母亲的生活。

在我家到农村插队落户的困难时刻，在得知母亲已不幸离世时，我再也忍耐不住思乡之情，这时候，八姐在她家也很困难的情况下接待了我们一家四口。经过几天几夜长途跋涉，当火车终于到达阔别廿三年的广州，见到同样分别多年在站口等候的八姐时那喜悦而又多少带有几分惆怅的心情是难以言表的。但是毕竟我是到家了，我又可以操起那久违的广州话和人交谈，在那熟悉的西关、荔湾、沙面、太平南、财厅前到处闲逛了。就这样我在那虽狭窄但温暖的家度过了快乐的两个月。这期间七姐、九姐都带着晚辈专程来相聚，一时间好不热闹。八姐、九姐和我们全家一起，还带着对母亲去世的怀念和歉疚，乘船到西樵水乡探访舅舅一家。这是我记忆中第一次到舅舅家。舅舅带我们喝早茶，游玩西樵山，吃一鱼多味的午宴。尤其难忘的是，在当时的困难时期，在舅舅家还吃到香甜可口的花生粥……又过了许多年，中国终于迎来了改革开放。我家和八姐家的境遇都有了很大的改变。从此，我只要有机会，无论因公因私去广州，都要到八姐家，也就是我的家，去和八姐、八姐夫共同度过一段快乐时光。

两段回忆，一片亲情，家庭的人脉大抵清楚了。问题在于“1952年风云突变”，“我家发生重大变故”。正是这个“变”，使沉重压力也落在我们头上。

十二舅父告诉我，1952年家乡进行土改，我外公（外祖父）叶洁芸被押回乡批斗，正在家乡的我外婆（外祖母）张玉桂则被押到广州变卖房产。这里说的房产也即我们当时居住的光孝路三号和五号。据说当事者答应：拿到变卖的房钱就可将外公赎出。但后来，房屋是卖了，钱也被当事者拿走了，外公却在监狱中再也没出来。而包括家乡养志园在内的所有我家房屋财产被没收后，无家可归、身无分文的外婆则又被押至广州，由当时我已成家的母亲出面签字认领。

新兴县文史研究者苏增慰写了一篇文章《民国年间水湄村四位县长》，其中这样介绍叶洁芸：

我的父亲（左）、九姨妈、十二舅父，“青春万岁”一代

叶毓坤，字光照，号洁芸，清邑庠生，广东法政学堂毕业。民国10年（1921年），陈炯明部粤军军长叶举向省政府推荐他任新兴县县长。他任新兴县县长一年，做了两件较大的事：第一，创设县城附城警察所；第二，分别在县城黉官前设第一肉菜市场，东门口设第二肉菜市场，南街设第三肉菜市场，县署前设第四肉菜市场。

1927年，任琼山县长，后又历任国民革命军总司令部中校军法官，第一集团总司令部军法处上校执法官。1932年，任阳春县县长。1935年调任增城县长；任内遇集团军总司令陈济棠和夫人莫秀英出游广州东郊罗岗洞赏梅，被不明之武装袭击，逃往增城，他及时纠集县内自卫队护卫，得陈济棠的赏识。陈回广州，立即升调他为开平县县长。1937年卸职回乡，在船岗专心创建明德中学校舍，辟“养志园”引增城挂绿荔枝树苗回园种植，并指导办理育才小学（此校是叶季壮任校董创办，季壮去后由他代行校董职）。

对外公最后的命运我不了解，家里人也基本不了解。我不知道当事

1951年，北京，我的外祖父叶洁芸（右）和外叔祖父叶季壮

者会如何对待他。直到最近，读了中共党史出版社2008年出版的《姚依林百夕谈》中提及的一件事，才感到有些害怕：1947年，姚依林参加了“刘少奇同志领导”在晋察冀开的一个“土地会议”。“他留有印象是：此会甚左。会上支持农民对地主挖浮财，没收工商业，人身消灭。当时农民仇恨地主，往往一来便把地主打死，不打死也整得很厉害，如搭个‘坐蒋台’，让地主站上去，下边拆台，把地主摔下来。”“这股土改过左之风刮得很凶，直到毛泽东、周恩来同志来到晋察冀后才立即予以纠正。”

第五节　日子还得过下去

1952年，我五岁，对上面提及的光孝路三号和五号还是有一点零星记忆。

光孝路南端和中山六路接界，三号是靠西面第二个门牌。现在，三号和五号旧址已矗立着一座商业大楼，底层是“大快活”。对面是“西门口”地铁站，每天车水马龙。

当年的楼房共三层。顶层西面是厨房；北面有一个天台，红砖地板，我们经常在这里看放纸鹞（风筝）。第二层有一个比较大的客厅。记得新中国成立不久，我和大弟弟、表妹经常坐在靠东的窗台往外张望。天空不时有探照灯扫过，而马路上则经常出现一队队荷枪实弹的战士。他们高声唱着：“洛芙山下，彩旗飘，河山多么好……”“洛芙山”只是三个音，不知什么意思；不过，这两句的歌谱我现在还记得。在客厅，好几次见到乡下人来要钱，其中一个男的背后挂着一支短枪。

外婆的身世是从父辈口中断断续续知道的。外婆祖籍广东南海西樵乡，家里很穷，从小就给别人家当丫环。由于外公原配妻子没有男孩，所以续“后”娶了她。

外婆是传统的中国女性，勤劳，总是停不下来。在乡下，除了直接照顾我的两个舅父外，要领着人为一大家子洗衣烧饭，喂猪养猫，清扫庭院，整理厅房，不时还到菜园种地施肥。在城里，她尽心尽力照顾我们几个外孙。我在广东省人民医院住院期间，她每天都要提着汤水来探望。直到20世纪90年代，那些已经老去的护士还清楚地记得当年那位个子小小的“阿婆”。

前面不是说过吗，我父母曾下放到平沙农场，那段时间我在广州重病在床，是和外婆一起度过的。我记得我能够为外婆做的事情主要是两件：一是“集数”，也就是记账，拿一个作业本记下每天一分一角的开支，那时候每天买猪肉也就是一角几分钱。二是写信和读信，写给我父母，以及在吉林大学的十二舅父、在广西的九姨妈，读他们的回信。如果说还有第三件事情，那就是捡烟头（烟屁股）。外婆喜欢抽两口烟，但经济不宽裕。我们在街上看见别人抽剩扔掉的烟头，就捡起来给外婆。她把烟丝取出，用很粗劣的纸重新卷成烟。

外婆相当节俭。我还记得她给我们讲过的一个小故事：从前有一个人，切木瓜时把木瓜仁（核）挖出来扔到地上。雷公误以为是饭粒，放雷劈他。

在我记忆中，还有这样一件事情：有一次，外婆带我上街买东西。卖东西的挑着一副担子，担子两头应该是两个扁平的小箩筐，小箩筐上盖着两块玻璃板。大概外婆在付钱的时候，我不知怎么的用脚踩在玻璃板上，玻璃板立刻裂开了。我六神无主。外婆却安慰我：“我今天也做了错事，把邻居一只小兔打死了，我以为是老鼠。”外婆的忠厚、乐观可见一斑。不过，想不到的是，她在70年代初，也就是“文革”期间，在广西桂林不幸离世。我想，面对现实，外婆可能实在没有办法再坚持下去了。

现在不少学者研究土地改革运动。我特别关心的是，地主究竟是怎样的人，他们的土地是怎样得来的。

我们从小得到的教育是地主为富不仁，靠剥削农民“发家致富”，这的确有事实根据。比如反映土改的《十里店》（[加]伊莎贝尔·柯鲁克和[英]大卫·柯鲁克著，北京出版社1982年版）就写道：十里店尽管“无论地主还是农民，都穷得可怜”，但“灾荒对于地主和富农来说，正是趁机占有抵押品和夺得土地的极好机会”，而贫农则存在“债主或地主家的狗腿子上门夺走他们仅有的门板、被子、饭锅或瓦罐等等的威胁”。

但中国是个如此辽阔的国家，实际情况复杂得多。比如，《姚依林百夕谈》（中共党史出版社2008年版）里面有一小段谈及62岁的老保姆魏老太的家事：“魏老太在抗战初期曾回一次江西老家，把自己省吃俭用积存的5000元带回家乡，买了几十亩地。她本是贫农，一心向往拥有土地。她把土地交给她的男人管理，自己仍出门奔生活。她的孩子死了，男人是当地有手艺的织布工人。等她离家后，男人却没有照她的话办，不但卖了地，还用卖的钱娶了个老婆。此事魏老太全然不知，她不知道等于自己用5000元给男人娶了个老婆，但也正因男人把地卖了，他在土改中未被划成地主。”这究竟是悲剧还是喜剧？

我的“藏书”不多，除了《十里店》外，还买了《翻身》《暴风骤雨》《山乡巨变》《艳阳天》《小岗村的故事》（从土改到互助组、合作社，再到人民公社，再到包产到户）。当时倒不是对农村改革有兴趣，而是对农村生活有兴趣，但都没有细读，也没有领悟，最近“带着问题”重读，感到其中一些故事颇令人受启发。比如《十里店》“分配果实”时，评议王福成：“有人说：‘他太大手大脚了，看看以前分给他的十二石小米吧，一会时间就没了。’

“‘对！’一个精瘦的留胡子的老人赞成这意见：‘你就是把冀南银行搬到他家，也不够他花的。’”

韩丁著的《翻身》（北京出版社1980年版）也有这样的记叙。当“重新划阶级成分”时，代理村长评议老高说：“你分到那二十四亩地的时节，地里的麦子长得挺好，光从地里的收成中赚下的，也够你买过日子用的一切东西了。可是，你不这样做，却大手大脚，把钱都花了。”

广东怎么样？我注意到罗平汉著的《土地改革运动史》（福建人民出版社2005年版）“结束语”中的一句话：“至于全国解放后个别地方（如广东）土改中出现的‘左’的偏差，因为是发生在局部地区没有普遍性，故本书没有提及。”

日子毕竟还得过下去。

离开光孝路后，我和外婆等就搬到高第街的福增里寄人篱下了。高弟街是条600米长、8米宽的街道，保留有民国时期的传统民居，后来闻名是由于成了个体户商业街。福增里是一条不很深的陋巷。我们的“家”只有一间大概四至六平方米的小房间。印象中很黑，只能放下一张床一张桌子。我和大弟弟、表妹、外婆挤在一张大床上。不过童年无忧。忘记了是一个什么节日，外婆往我们冲凉的水上洒些淡黄的鸡蛋花；而在那昏暗的火水灯（煤油灯）下，最适合的游戏是做手影。把两只手合在一起，摆出各种姿势，墙壁上、蚊帐上就会出现小鸟、小狗等影子。我们会开心得哈哈大笑。

在福增里这个临时的"家"也只短暂居住过一段时间，然后，多次搬迁于母亲所在的中国人民银行的多间宿舍。印象最深的是十八甫新街。这条街位于有名的上下九（有设计始于清代的独具特色的"骑楼"）南侧，颇有广州旧民居特点，一座座极普通的砖房连成一片。夏天，每到黄昏，小孩子一拨拨地嬉闹，女孩子跳橡皮筋，男孩子舞刀弄棒。上了年纪的便拿张小板凳和一把大葵扇到门前乘凉。有时，老人家也会对孩子们指指点点，"依个女仔好生性（这个小女孩好懂事）"，或者"果个（那个）细佬无家教，真系有爷生无乸教"。那时有一种"时兴"游戏叫拍公仔纸。公仔纸是一张小纸片，正面一般是古代人物像，如诸葛亮、赵云，背面是一些花纹。有的还附有一点知识，如字谜："一点忠心诸葛亮，三战吕布刘关张，口说无凭司马懿，十大功劳赵云将。"谜底是"计"的繁体字。游戏时，双方各自放一张公仔纸在手掌，正面向外，然后对拍（碰）。公仔纸应声落地，正面向上为赢，背面向上为输，输者的公仔纸归赢者。如果双方同向为打"平"。拍前有的人在公仔纸正面呵一口气，大概是想增加湿度，使它平稳下落。

进入小学不久我就迷上《水浒传》，一百单八将的星座和绰号背得滚瓜烂熟。住家的破旧墙壁贴满自己和隔壁一位"哥哥仔"画的《西游记》妖魔鬼怪图像。三年级转学到广州市仁济路小学。学校地处深巷，门前经常有卖"卜卜榄"的小贩，把一个装满红的黄的凉果的小木箱挂在胸前，高叫"有辣有唔辣"，"唔"是粤语，"不"的意思。学校离我母亲工作的银行很近。我往往利用中午时间到图书馆借书。《西游记》《东周列国志》《镜花缘》《三侠五义》等等，都是这个时候看的。当时看小说追求情节，不懂赏识词语，这多少有点"后遗症"；现在想把文章写得漂亮一点，但在用词造句方面难免捉襟见肘。古代文学作品留给我们印象的往往是人物形象，但真正潜移默化的倒是穿插在篇章中的诗句。这些诗句良莠不齐，但颇有生命力，比如“阎王要你三更死，不可留人到五更”，可能也有助于生死观的形成吧；而成年后，对《封神演义》中的“神仙打仗，凡人遭殃”则有更现实的理解。

年纪再大一点，我迷上了集邮。我母亲单位每天都有一大堆信件，上面贴满五颜六色的邮票。我用剪刀把邮票（连信封纸一起）剪下，放在水里，一段时间后邮票就和纸脱离开，用手轻轻抹去邮票背面滑滑一层糨糊，一张一张分别夹放在旧书里，不久，邮票就会干了（书纸把水吸干）。当然，有时还会到位于文德路或长堤的集邮公司买邮票和交换邮票。我从苏联邮票中认识了众多的无产阶级革命家、作家，还有宇航员。我最喜欢的一套邮票是1958年发行的“苏联共青团成立40周年”，共6枚，其中1枚的背景是我当年十分崇敬的苏联青年近卫军塑像。当时完全没有想过邮票有什么收藏价值，否则，“文化大革命”时我那些从“纪1”（新中国成立后第一套纪念邮票“庆祝中国人民政治协商会议第一届全体会议”）、“特1”（新中国成立后第一套特种邮票“国徽”）收集起的邮票就不会“付之一炬”了。

印象深刻的还有穿街过巷的小担子，不时传来吆喝声，白天是“铲刀磨铰剪”，晚上是“芝麻糊绿豆沙”。

住在我们对面的一家显然是有钱人家。当家的是一个老头，我们称呼他“公公”。公公穿着整齐，经常西装革履，很有礼貌，拿今天的话说，很有“民国范儿”。由于秃顶，有调皮的孩子喊他“芒果头”。他也不生气，只是微笑着说：“唔知你有冇我咁长命。”意即不知道你有没有我这样长的寿命。吃饭时，他家里一个比我们年纪稍小一点的孩子独自坐在门前吃，一张小凳子，一张小桌子。我有时会叫我弟弟借口找公公问时间（我们家里没有钟也没有表，今天很难想象没有“时间”的日子怎么过）去看看他吃的是什么。这更多的是好奇吧，当然也不排除嘴馋，粤语说的就是“为食鬼”。当时经济困难，由于我患病，每餐还能吃到一点点鱼或肉（每户有定量的鱼票和肉票），而弟弟们都只能吃青菜和咸鱼。现在报上不时会有文章提到1958年到1960年的大灾难，我们毕竟生活在大城市，至多也就是双蒸饭（印象中，先把干米蒸一遍，加点水再蒸一遍）、小球藻，“人相食”是完全不可想象的。

我们的住房在楼下（一楼），相当简陋、潮湿，每到“回南天”，地砖上都是水。正门对着街道，进门是客厅。我当“厅长”，床就摆放在客厅上（大概空气好一点）。不过，这套归属银行的房子，房租、水电费相当便宜（这大概是不少人“怀念”20世纪50年代的主要原因）。再后来，客厅中的旧木桌上添置了一部收音机。我们依靠这“贵重物品”听时事，听古仔（故事）。县委书记焦裕禄的事迹使我们神色黯然，直到今天，我仍然认为这是一个挺“励志”的典型（焦裕禄也是2009年有关方面颁布的100个“感动中国人物”之一）。

离家不远处是广州文化公园。那时候的文化公园名符其实。园中的设置，印象最深的是水产馆，里面有具不知是鲸还是鲨的标本，好几米长。还有就是中心台。好多时候象棋比赛，正中就挂起一个硕大的棋盘。

有点意思的是，我们竟然曾经在一些今天看来弥足珍贵的地头短暂居住过。比如，上世纪50年代的二沙头。二沙头是一个小岛。我们一家住在一个大概二十平方米的房间。住地周围是个大花园，印象中是绿叶、红花和彩色的蝴蝶。再往外就是珠江。载着油盐柴米、菜果、日用品、小食的小贩艇在水上穿梭叫卖。到对面的市区要坐艇仔。

大概在60年代初，我们还曾经在诗书路金陵台、妙高台“民国古建筑”住过。我当时在三中读初中，同学们都很羡慕我住的那幢小洋房。其实，徒有外表罢了，里面没有几件像样家具。2013年端午凌晨，两“台”被“强拆”，从时段角度考虑，应该是“偷拆”。

我的小弟弟干桢写了一篇短文，纪念两“台”民国建筑被毁灭。

这是一栋两层半的西式建筑的洋楼。我们住在楼下，楼上住的是妈妈单位的一位领导。

我们的房子在建筑物的东南方，是一个一房一厅的小居室。父母亲住房。厅是半圆形的，厅的柱子是圆形的，现在的建筑物很少有这样的形

我的父亲和母亲，他们有关心“国事”和“天下事”的习惯，今天总算知道了不少事情的“真相”

状，我们把它分成三小间，我和两个哥哥各住一间。我们的两户邻居，一户是银行职员，另一户是银行木工。他们和我们共用一个厨房和厕所。内里是一个天井。我们家门口是一个小花园，有一条石米铺成的小路，弯弯地通向马路边围墙的小门。小门是两边开的，很有诗意。小路旁种了一棵石榴树。还种了一些番薯，那时候国家经济困难，种些薯类可以帮补一下生活。在小花园里，我们还搭起了鸡舍，养了一些鸡，这样，我们家的蛋类也解决了。

在我们家的马路对面有一家木箱厂，风车锯木材的声音很响。木材呈井字形叠得高高的，放在人行道上晾干，成了我们的游戏场所，而木碎又为我们解决了燃料。

我们在这屋子里住了一年后又再搬回十八甫新街去了。

为什么仅仅住了一年又搬走？因为母亲单位新来了一个处长，他看中了这幢楼房。据母亲说，那个处长也是认识叶季壮的，“后来他知道我是三叔的亲侄女，很不好意思，每次见面都会主动和我打招呼”。

第六节　故乡：坝塘与水湄

2003年3月14日，广东新兴一中校长崔有辉邀请我到他们学校做“指导”。这是我有记忆以来第一次回到家乡，也就是返乡下。

新兴现在属云浮市，在广东省西部。我在坝塘村兴育中学听了一节初二语文课《向沙漠进军》。

坝塘村是我父亲的出生地。从县城到这个村镇学校，还得40分钟车程。为了我听课有一个好环境，大概也希望教师和学生能发挥出最佳水平，学校临时安排了一间大课室。

课室内没有任何装饰物，更不可能有任何电教设备。椅子比较陈旧，有的桌子没有抽屉。但讲课的×老师很有朝气，充分利用了四块小黑板（两小时车程可以抵达的广州，那里的学校基本上都用上电教设备了）。黑板上写满词语和练习题。学生们读书声音颇响亮，一共48位。

下课后，我和×老师在简陋的办公室交谈。我说：“让学生相互间开展一些交流会不会更好一些？我看他们在课堂上很积极。”

老师摇摇头：“讨论要么不出声，要么讲闲话。很难把握。当然也有认认真真的时候。”

在一旁的教导处主任插话：“农村学生不善于发表自己看法。男生和女生相互不大说话，一说话就脸红，不像城里学生。”

这其实是课堂教学中一种比较普遍的现象，只不过在农村可能突出一点罢了。

最近一次回家乡是2012年3月27日，主要目的地还是兴育学校。这时，崔有辉已升任县教育局长了。

和9年前相比，校园没有什么变化。小小的操场，周边有几棵白兰树，地上散落着黄叶。

“我曾经在这里做过老师。”和我一起来的父亲望着那并不陌生的环境对我们说。20世纪40年代，他曾经短时间在这所老校教过中学数学课。

听课的课室在二楼，紧靠着青灰砖瓦的崔氏祠堂。课室比较光鲜，旧的书桌，长条凳。和9年前一样，多媒体还是没有，两块小黑板写满练习题，讲课的Y老师好多时候还是要把黑板竖放在讲台上，一边扶着一边讲课。讲的是吴均的《与朱元思书》和《〈孟子〉两章》中的《得道多助，失道寡助》。Y老师讲课思路颇清晰，能坚持普通话教学，这在粤西乡村学校实属难得。课后，我和老师们交谈时讲了一点点“大道理”：用普通话教学，不仅仅为了完成教学任务，很重要一点还是为了孩子们的将来。

印象最深的倒是学校给我听课用的那本《语文》，这是另一个班的学生的课本。显然，那个班已经学了《与朱元思书》。“夹岸高山，皆生寒树”一段，属于“视觉”的语句，下面画了横线，属于“听觉”的语句，画了波浪线，这多少体现出读书习惯的养成。

最近这一次回新兴，我们得到了新兴县向我们提供的新发现的一帧老照片。照片上的繁体字依然清晰，“新兴县第四区私立明德小学校民二九年班全体员生合影”。第二排是教师，坐在正中的是我的外公叶洁芸；抗战期间，他担任这所学校的校长。第一排是女学生，三、四排是男学生，显得风华正茂。

明德小学在水湄村。水湄村是我母亲的出生地。我们再来分享十二舅父的散文《美丽的故乡》中“忆旧”一段。

我的故乡在广东省新兴县水湄村，那是一个山明水秀的地方。不大不小的两条河流从三面环绕，另一面是开阔的高地，名叫船岗。因此，水湄村就像在水中一条船的船舱。

村里没有水井，听说也不许打井，否则“船”就要漏了。村民们全靠这清澈的河流养育着，饮水、烧饭、洗衣。河道靠村一侧的堤坝，像是一条长长的林荫道，两边长着茂密高耸的竹林，很是幽静。记得小时候，当在外地求学的姐姐们回来时，我们不时在晚饭后漫步其间，在那炎热的酷暑天，是极好的享受。阵阵的凉风，波涛起伏的河水，伴随着鸟语竹香，真是使人心旷神怡。不过也不敢滞留太晚，据说入夜会有水鬼出没，这自然是迷信之说。但每当雨季到来，洪水泛滥之时，汹涌的河水确实吞没过避之不及的不幸者。河边是洁净的沙滩，夏天在河中游水玩耍，浸湿了的衣服铺在其上一会儿便干。

船岗是一块相对平坦的高地。一端约走十公里通向新兴县城，另一端五公里便可到达重镇集成。到县城本有公路，但因当时为防日寇，在其上挖了许多大坑而无法通车。集成附近是著名的佛教圣地龙山寺和六祖的出生地，小时候经常随家人去参拜或在老师带领下和同学们一起去野营，不过那都是抗日战争时期的事了。在那个时期，船岗曾是一个相当繁荣的集市。“集市”当地人称为“圩”，每月逢五逢十附近方圆数十里的民众都来赶集，叫作“趁圩”。最吸引我们孩童的自然是当时有限的糖果小吃，不过由于家规较严我很少去品尝。

紧靠集市便是我的母校，当时著名的私立明德小学。从学校向集成方向远望，便见到当地有名的笔架山。在晴朗的日子，总能看到在一片游走的雪白云雾中，高高耸立着数个高低有序的山峰。由小学向河边走去，横着一座小山岗，爬上去便可浏览河谷的全貌。

水湄村在当时是一个比较富裕的大村，住有不少大户人家。除了高低不等连成一片一片的砖瓦房或土坯房外，还有不少大小不等的果园、菜地和池塘。我去上学的途中有一座像样的关帝庙，供村民拜神上香；村的另一头还有石头垒成的土地庙。村里有几棵大榕树，我家旁边的一棵大到足以供二三十人遮阳乘凉。这样的大榕树只在半个多世纪后，当我在台湾中央大学讲学时，才再次在其校园中欣赏到。村的另一头有一座三四层楼高的炮楼，据说是为防盗匪而建的。

估计我是1938年末广州沦陷后回到家乡的，因为翌年春我便在明德小学上学了。那时我不足五周岁。直到抗战胜利，日寇的铁蹄也没有踏入家乡，就这样我有幸在作为大后方的家乡度过了一个相对平静和快乐的童年。这个特殊时期也许是家乡较为繁荣和兴旺的时期。

2012年秋，十二舅父到广州探望我们，闲聊中谈及“在明德小学上学”的事情。他说，明德校园很大，毗邻船岗圩和水湄村，“主要校舍是四排围成正方形的平房，每一排又隔成许多间教室、办公室、宿舍或其他用房。大门开在正面一排中央，门洞上面加了一层，是为伯芹楼，是校长的办公室。这排房子外面是一排高大的梧桐树。几排平房围着的空地由横竖两条主道分割成四块，分别种有各种花草和树木”。

“我也搞不清楚明德小学是谁创办的。”十二舅父对我说，“但我知道当时在国民革命军任职的叶肇肯定有重要贡献。因为校舍一进门，就是伯芹楼。而他正是字伯芹。我也知道你外公为此做过许多工作。因为抗战开始他回乡后，主要就是办教育。至少在最初几年，他作为校长和董事长经常都在伯芹楼二楼办公。正是那些年，明德小学得到长足发展，许多外村外乡的子弟都到此就读，成为全县有名的小学。”

据十二舅父介绍，当时的明德小学无论是课程设置还是课外管理，实行的都是一套正规的现代教育制度，师资和管理力量都比较雄厚，“这与当时广州和广东沿海各县均已沦陷，许多人走难来到我们新兴县有关”。

十二舅父介绍了当时的课堂教学：“学校注重语文、算术的基础。为了训练毛笔字，什么柳体、颜体字帖，我们都不知临摹了多少。什么《论语》《孟子》等等儒家经典和古代名著，也是在学之列。可惜我从小就过于只重理解，忽视强记，真能记下来的不多。但‘吾日三省吾身’‘己所不欲、勿施于人’‘先天下之忧而忧，后天下之乐而乐’等经典格言仍能牢记终生，并规范着我一生的做人做事。算术教学也是成功的。老师不仅能循序渐进教会学生各种基本知识，还能引导、启发他们求解一些四则应用难题，训练逻辑思维。记得到高年级，在课余，我还很有兴趣和家人或同学讨论像‘鸡兔同笼’等四则难题。”

十二舅父还介绍了当时的思想教育：“学校里团结抗日、救亡图存的气氛也相当高涨。《黄河大合唱》《义勇军进行曲》等歌曲在那时我们就熟知了。书本里、言谈中，那些有关岳飞精忠报国、司马光凿壁偷光的故事，以及文天祥的《正气歌》，在我的人生中不知不觉起着导航作用。那时每周在风雨操场都有一次学生的演讲会，人人都可报名上台练习。在那个年代，似乎人人都早熟了。小小年纪的我也懂得关心时事、战局，喜欢到学校阅览室看报。

“学校对体育教学也很重视。除有风雨操场外，在山岗上又开出一条几百米的跑道和篮球场、排球场。还举行全校性的运动会。记得有一年，在新兴县城举行全县篮球赛，明德校队参赛。你外公带着我全程观看，并摆席为队员庆功。”

十二舅父还写了一篇回忆在乡村读中学的散文，题目是《我的天堂历练》。

1945年秋，我在明德小学升中班结业后，经统考被新兴县立中学录取。不久，因躲避日本侵略军最后一次南下而搬迁的广东省立庚戌中学，也已在天堂筹备就绪并公开招生。为了能就读更好的学校，家里要我再次到县城赴考。天堂镇离我家所在的水湄村有六十华里，选择庚中将意味着我要平生第一次离家，并只能在学期结束才能回来。

离家那天，同行的除挑夫外，有我的九姐和她的男朋友——我后来的九姐夫。九姐正在庚中读高中三年级，九姐夫在庚中做教官。他们都是随学校搬迁到来的。那时没有公路，即使有也已主动破坏使之无法通车，以防日寇入侵。交通就靠两条腿。经过一天烈日下的长途跋涉，爬过最后一个山岗，傍晚终于到达天堂镇。

我和九姐分别寄宿在庚中的初中部和高中部。两地相隔步行至少需一刻钟。校方不管早饭，午饭和晚饭也只负责统一提供副食，主食则提供蒸笼给大家蒸米饭。每天早饭和午饭后都要在饭碗上放上适量的米和水，置于共用的大蒸笼上，以便做成米饭供午饭和晚饭食用。为此我每周上街买一小桶米备用。

初中部的宿舍和教室都设在一座临时借用的大祀堂内，紧挨着是一个养鱼的大池塘。厕所就架在池塘上。夜深人静时，有些学生搞恶作剧，假装上厕所，偷偷打鱼改善伙食。教师学生大多不是本地人，所以教学用语是标准广州话。起初对我也有些为难，终究在乡下八年，已经是一口新兴土话了。不过很快也就适应了。

离高中部不远，在一个较平坦的山岗上，是学校的大操场。其中有篮、排球场和一些因陋就简的体育设备和器械。印象最深的是竖得高高的一根笔直竹竿，是给人练臂力用手抓住往上爬的。我从小体弱，总也没爬上去过。因为我常去九姐处，她的同学都将我看成他们的小弟弟，所以我更多时候是和这些大哥哥大姐姐们玩。大哥哥中大多是三三五五在外租住民房，集体起伙。每到周六下午，他们就要赛篮球，晚上聚餐，由输方提供饭菜。我经常来观战，有时他们缺角还把我也拉下场算一个。别小看我，我有时站在篮下，大哥哥不经意传来个球，我便能投中而加两分。有位大哥哥，年纪稍大，可能是参加过抗日远征军的。他能拉一手好胡琴，我很喜欢听，记得都是一些悲壮凄凉的粤曲，想必与他的人生经历有关吧。

天堂这个小市镇，虽然比不上新兴县城，但比我家附近的船岗圩还是繁华得多。一条长长的主大街横贯市镇中心，两旁连着一些小街小巷。大街上有各种各样的商店，有卖粮油的、卖布匹衣服的、卖文具纸张的、卖鱼肉副食的、卖日用百货的，还有饭馆、旅店、理发店、医疗诊所等等。为了应对日常生活和学习，有些店铺我也常去光顾。学校的高中部位处大街的起端，初中部则靠近大街中部。我若要上街，需先经过一段由长条麻石铺成的小巷道，然后一级一级爬过那高高的由石条砌成的阶梯，到达顶端便是大街，此地左手边就是我常来买米的米店。由大街的另一端再往前走不远，是一个小公园，有树木和湖水。在湖水之上还建有一座粤式茶楼。每逢周日，我和九姐相聚，有时也和姐夫或一些大姐姐结伴到这座茶楼饮茶，品尝广式茶点。

我在天堂入学庚中时，抗战已经结束。不知是由于消息闭塞，还是因为庚中开学较迟，直到学期中学校才举办抗战胜利的庆祝活动。活动是隆重热烈的，似乎整个天堂镇都沸腾了。入夜后活动更是到了高潮。人们或拿着火把，或提着灯笼，在大街上尽情地行进、跳跃、欢呼、歌唱。那些高年级的大哥哥们，更是聚餐、饮酒、猜拳，通宵达旦。记得在游行行进中，一位同班同学突然塞到我嘴里一粒东西，问我是什么。我品味后正确回答：是牛奶椰子糖。看来虽久违八年，小小年纪的我仍未完全忘却！可要知道，在战时的新兴，即使是当时，也是无处可买的啊！

时间过得说快也快，说慢也慢，一学期终于过去了。我也离开了天堂，回到了家，这时已是1946年初。

十二舅父研究的是物理，长期从事非线性光学与激光光谱的科研和教学工作，他2007年写了一部专著在北京大学出版社出版，这显然也得益于他的语文功底扎实。

2012年到新兴，由于我要在坝塘听课，没有到水湄。我妈妈倒是到水湄了。我问她看到《回忆一幅照片勾起的思绪》中提到的“养志园”没有。她说，早拆掉了，现在都是些杂乱无章的小房子，旁边的大榕树连根都不见了，昔日风光已不再。

我当然没有什么感觉，因为我只在十二舅父的另一篇散文《养志园》中知道我家的这处祖屋。

养志园是我家在故乡的居屋，坐落在广东省新兴县水湄村。1939年春的一个晚上，父亲在养志园的书房给我“点书”。第二天我便背着书包去上学了。“点书”是当时流行的一种为孩童开始求学而举行的仪式。由大人握着孩童的手指，一面指向书中的字里行间，一面口中念诵书中文字如《三字经》等。之后还要吃红鸡蛋。

养志园兴建于抗日战争爆发之时，外围是长方形的密闭围墙。正门开在东墙靠南的一侧，后门开在西墙靠中。踏入正门是一个优雅的中式花园。花园中央靠东是一个椭圆形水池，可以种荷花，也可以养金鱼。池边是一米多高的砖砌网格状围栏，上面摆着不同花种和花色的盘花，更多的是白色的兰花，父亲喜欢它的芬芳和高雅。花园中央靠西有座中式凉亭，其间摆放有圆形的石桌和四把石凳，可以围坐乘凉品茶。水池和凉亭之间摆着两大缸花叶茂盛的荷花。紧靠水池的南北两侧分别种有四株果树，其中一株是有名的增城挂绿荔枝，据说是父亲任增城县长时移植过来的。增城挂绿可是广东品种繁多的荔枝之王呀。听说现在出口香港后是按颗论价的，然而那时，至少最初几年，这株荔枝树在夏天总是硕果累累。花园的最北侧，挨着主屋墙边种着一排白兰花和枇杷树，均已高过楼顶。每逢花开或结果季节，花果都可以在二楼窗户伸竹竿出去采摘。

花园的北面是养志园的主要建筑，一座二层楼房和一栋平房，中间有通向花园的窄长过道相隔。楼房正门开在东面，由花园通过一个古色古香的满月形拱门，沿着东墙向北走便可到达。门前摆着一个硕大的鱼缸，喂养着五颜六色的各类金鱼；鱼缸两旁各种有一棵大蒲葵树，其枝叶砍下可做成大葵扇供我们夏天扇风纳凉。上几级楼梯进入大门后是一个不大的门厅，再往前走是一个不小的天井，在此可以遥望蓝天和沐浴阳光雨露。天井的北面是坐北向南的大客厅，摆放着传统的中式红木家具。记得其中有一张可伸缩的躺椅，晚上我常半躺在椅上，倾听大人聊天，往往不知不觉睡了过去。墙壁上挂了不少名人和政要的字画，包括给爷爷祝寿的贺帖，不少是镶在镜框里的。

出了楼房的后门跨过过道便可以进入平房。平房靠中乜有一个天井。天井最南面是一间住房，其间隔着厕所和冲凉房。厕所用的是当地不多的抽水马桶，水是由房顶的蓄水池供给的。蓄水池较大，正常年份靠雨水累积便足够。天井的北侧是厨房，既有农村的大锅灶，也有小炉灶。再往北堆放着柴火和干草。这里是我母亲每天劳动的主要场所之一。平房南部是平顶的，相当一个大阳台，白天可晾晒衣服，夜晚可以乘凉。记得中秋节时全家曾在此赏月，剥沙田柚。

这一小段民国乡村地主家庭生活环境的记叙和描写，不知道今天是否还有人感兴趣？语文老师？政治工作者？或者是历史学家？

从十二舅父的另一篇散文《树德堂果园》中，我们还可以看到当时乡村果园的风貌。

我家在故乡曾经有过一座名为树德堂的果园。记得放学后父亲常带我到果园转悠，有时母亲到果园种地也领着我。

果园不小。入园后是一个养鱼的大池塘，岸边种有成排高大的荔枝树，记得那是以家乡新兴县命名的新兴香荔。通向园中的路旁则有许多木瓜树和香蕉林。园里有两间小屋，供看园人起居。除了有大片的稻田外，主要是分区成片种植各种果树，有荔枝、龙眼、黄皮、番石榴、杨桃、菠萝，还有大片的甘蔗田。

荔枝分早熟和晚熟两类，但一般较好品种都是晚熟的。广东是荔枝王国，品种繁多。有名的十大品种之冠是增城挂绿；糯米糍和桂味分属第二和第三；新兴香荔榜上有名，名列第十。好的品种除核小外，都会是肉厚晶莹，口感香脆，甜而不腻。增城挂绿和糯米糍个头都大，前者在红的外皮上还挂有一条半弧状的绿线，是名挂绿，原产于广州附近的增城。荔枝应属高产作物。每年成熟期，红彤彤的果实密密麻麻地挂满枝头，尤其成片的香荔树林，煞是好看。这样的景色在当时故乡的大地是不难见到的。那时每到丰年，我们家都有许多整箩筐的香荔堆放着，箩筐上写的正是树德堂几个大字。

荔枝罢园后龙眼开始成熟。龙眼肉是滋补品，但小时候不怎么爱吃，因为除香甜外，还有一种特殊的异味。黄皮有甜的和酸的两种，当地很普遍，但到了北方我再也没见过。杨桃也有形状类似的甜酸两种，不知区分有否会上当，直到我在广州白鹤洞的培英中学念书时，才知道最出名的杨桃产于毗邻的芳村，誉为芳村杨桃。

番石榴在我们村其他果园或菜地中都有种的。但最好的品种是在我家的果园。外形有点葫芦状，成熟后微微发黄，闻之有清香。食之口感很好，脆皮软瓤。离开广东后一直没见过番石榴。在台湾见到，但也没遇到这样的品种。台湾人称番石榴为巴乐，外形为椭圆状，外表不如我在故乡看到的美观。肉质粗糙，内瓤发硬，香味不足。但由于数十年不遇，尝之仍颇感满足。

甘蔗有紫皮和青皮两种。前者主供食用，后者供榨糖，但亦可食用。我家果园种的是后者。在收获季节，将甘蔗砍下便就地或挑到附近榨糖。先将蔗梗通过压榨机，流出的蔗汁倒入一口大铁锅，然后煮沸，蒸发结晶便成红糖。小时喜欢折下蔗梗末尾无糖分的一段，将其插入沸腾的糖浆，搅拌一下取出冷却，厚厚一层糖浆便结晶在蔗梗上成“糖棍”。由于是新鲜的蔗糖，十分清脆可口。

果园中的池塘每年岁末都要大清理一次，当地称作“干塘”。先把鱼捞出，将池塘的水抽干，再把池塘中的污泥挖出并将池底清理，等到来年春放水并放入新鱼苗。清出的“塘泥”是水稻和果树极佳的肥料。记得小时对“干塘”很有兴趣，因为从池底往往可以摸出许多各式各样的小鱼、小虾、小螃蟹，既可取乐，又可饱餐。

最初果园是自家经营的，可能在抗战胜利前两年就租了给别人。再过不久可能就被卖掉，因为大约在1948年夏放假回乡时对之已无任何印象了。

阅读这样的文字，会不会有垂涎欲滴的感觉？

…………

2013年4月4日，清明。广州前几天接连下了几场暴雨，今天倒真的是“雨纷纷”了。

上午9时，我和父亲、母亲，以及从深圳来的九姨妈叶佩华（退休前是广西桂林地区人民医院妇产科医生）到了已有1500年以上历史的六榕寺。

我们进入功德堂。外公和外婆的牌位在丙段第二排，爷爷（姓崔名兴南）和嫲嫲（崔陈氏）的牌位在第一排。母亲和父亲分别在牌位前摆放了发糕和苹果。我们依次在几位先人的遗像前双手合十，致礼和祈祷。离开后我们又在堂前的香炉点了三炷香。烟香缭绕。

六榕寺所在的六榕路和光孝路平行，中间只隔着一条海珠北路。

后记　好事多磨

2012年9月，我的小书《语文课的铃声响了》由暨南大学出版社出版，这是我独立完成的第七本教育著作。我打算“封笔”了。

百无聊赖时，我想起了多年前阅读过的一篇文章《中年人生大盘点》，大意说人生到了40岁，最迟60岁，就要好好收拾自己的东西了，旧书信、旧相册、旧家私。

这下子可真让我有点发愁，我那几本近半个世纪前写的笔记、日记该如何处理？

看来还得写下去。

于是，从2012年10月开始，我用了整整两年时间，写出这本《离当年梦想有多远》。其间数易其稿，而含有“梦想”这个词语的书名是一开始就确定了的。

到最后，得要写后记了。怎么写？我想起我担任大学生毕业论文写作指导教师时，上面发下来的“论文写作格式”，其中有一项叫“致谢辞”。我当时着实愣了一下，“致谢”怎么也要规范？如果导师没有对学员有到位的帮助，那么学员的这种“谢”是不是由衷的？

但写这部书的致谢倒真的是由衷的。

向父亲、母亲、舅父、弟弟、太太的致谢不用说了，他们是历史的见证人和亲历者，也是历史材料的提供者。

同学中的致谢倒是要来点“真格”，得点点名，如初中的陈效镛、林宝屏、梁燕仪、蒙秀卿、刘美意，高中的陈虫虫、肖大连、何代宁、郑次平、叶鸿龄。不过，说句厚脸皮的话，他们倒是应该感谢我，是我把他们留在历史。

我的不少同学很关心这本书的写作和出版，我也很希望写出一本令他们都满意的书。我反复修改书稿也是和抱有这种“希望”有关。但在写作过程中，我发现，这个“都满意”是根本不可能做到的。尽管我和我的同学都经历过那个时代，经历过那段历史，对一些事情的看法及表述有相同之处，但也有不相同之处，这是我们不同的生活环境及工作经历所决定的。所以，我的同学们对书中的记叙有什么不满意，如果涉及史实，希望给我提供相关材料，在有可能的情况下，我会进行修改；至于表述呢，那只能希望谅解了。

说了好一会，还没有涉及“后记”的小标题，怎么没有说到“好事多磨”？

书的“后记”说的往往都是这本书如何完成，如何出版，这应该就是“好事”了。

那怎么“多磨”呢？

如果你还没有读完这本书，那么你应该先读书；如果你已经读完这本书，你只要想一想就应该明白，为什么会说“多磨”。简单地说说吧：很多材料要核实，很多文字要斟酌。

对了，还需要致谢的是南方日报出版社，特别是刘志一博士以及他的同事们，正是他们，才能使“多磨”得以终结。

不过，遗憾的是，我母亲不能看到这本书的出版了。2015年4月23日21时零6分，世上最疼我的人走了。此时此刻，实在不知道说什么好，唯有把这本20万字的书献给我母亲。